삶의 질을 높여주는

쓰기와 걷기의 철학

김창운 지음

 프로방스

삶의 질을 높여주는

쓰기와 걷기의 철학

김창운 지음

 프로방스

CONTENTS

들어가는 글

인간은 누구나 행복을 추구한다. 태어날 때 우리는 모두 마음속에 근원적인 행복감을 가지고 있다고 한다. 지금 그대는 행복한가.

물질적으로 그 어느 때보다 풍요로운 세상에서 살아가고 있는 우리는 대체로 행복하지 않다. 필자도 마찬가지였다. 가치관에 따라 행복의 기준이 다를 수 있겠지만 행복하지 않은 근본적인 이유는 무엇일까. 필자의 경험으로 볼 때 그 이유는 과거에 대한 후회나 자책 또는 미래에 대한 불안이나 걱정이다. 다시 말해서, 바로 '지금 이 순간'을 살아가지 못하기 때문이다.

블로그를 운영하면서 '미라클 모닝'을 실천하는 이웃을 많이 보았다. 이들은 이른 새벽 책 읽기와 글쓰기를 통해 자신을 돌아보며 하루를 시작한다. 필자도 주로 새벽에 일어나 책 읽기와 글쓰기를 해오고 있다. 여기에 덧붙여 지난해 10월 무렵부터 시작한 맨발 걷기도 계속하고 있다. 책 읽기는 가장 기본이 되기에 글쓰기와 맨발 걷기를 이야기하기로 한다. 글쓰기와 맨발 걷기를 하는 이유는 무엇일까. 결론부터 말하자면 바로 지금 이 순간의 행복을 누리기 위함이다. 지금 이 순간의 행복을 위해 가장 먼저 해야 할 일은 무엇인가. 진정한 나를 찾고 진정한 나를 만나는 것이다. 모든 것은 내 안에 있다. 끊임없이 내면을 살펴야 한다. 상처받은 내면 아이를 용기 있게 바라볼 수 있어야 한다. 어둠 속에 웅크리고 앉아 불안에 떨고 있는 내면 아이를 보듬어주고 위로해주어야 한다. 상처받은 내면 아이를 치유하고 본래의 미소를 되찾아 주어야 한다.

하지만 많은 이들이 외부에서 행복을 찾고 있다. 이것이 문제다. 외적인 조건이나 환경에 따라 행복과 불행을 느낀다. 끝없는 욕심 때문에 외적 기준을 충족시키지 못하면 결코 행복할 수 없다고 생각한다. 이러한 기준으로는 진정한 행복을 누릴 수 없다. 물질적 풍요 속에서 '에고'의 욕망과 집착에 눈이 멀어 내면에 존재하는 본성을 보지 못하기 때문이다. 진정한 행복은 내 안에서 시작된다. 태어날 때 갖고 있던 순수한 본성을 회복하기만 하면 된다. 행복은 외부에서 가져오거나 새로 만들어야 하는 것이 아니다.

글쓰기와 맨발 걷기는 나를 들여다보는 시간이다. 진정한 나를 만나는 소중한 기회다. 매일 꾸준히 반복해야 한다. 하루를 여는 의식이자 일상이며 삶 자체가 되어야 한다. 나무의 나이테가 늘어나듯 반복할수록 삶의 결이 깊어진다. 결이 깊어지면 바로 지금 이 순간의 행복을 누릴 가능성이 커진다. 행복을 누리고 싶은가. 먼저 올바른 방법을 찾아라. 방법을 찾았다면 행동으로 옮기고 끝까지 밀고 나아가라. 그리고 명심하라. 실천하지 않으면 아무것도 이룰 수 없다는 사실을.

'진리는 단순하고 실력은 꾸준함에서 나온다.'

이것은 맨발학교 교훈에 있는 글귀다. 너무 단순해서 오히려 실천하기가 쉽지 않다. 단순한 진리를 따르고 꾸준히 반복하는 사람만이 꿈을 이루고 바로 지금 이 순간의 행복을 누릴 수 있다. 꾸준한 반복으로 삶의 결을 한 겹 한 겹 쌓아갈 때 삶은 깊어지고 행복감은 높아진다.

필자는 첫 번째 책 『인성 수업』에서 우리의 삶은 선택과 실천의 연속이며, 실천하지 않는 삶은 어떤 변화도 일어날 수 없다고 말한 바 있다. 먼저 진정한 나를 찾고 스스로 내 삶의 당당한 주인이 되어 더불어 행복한 세상을 만들어가는데 보탬이 되는 삶을 살아가야 한다는 메시지를 전했다. 이번 책은 필자가 말한 삶의 방식을 글쓰기와 걷기를 통해 직접 실천하면서 느끼고 깨달은 바를 전하고자 한다. 단순한 삶의 진리를 일상에서 직접 실천하여 삶의 결을 한 겹씩 더 쌓아 올리는 과정에서 얻은 산물이다.

　　복잡하고 어려운 것은 진리가 아니라고 한다. 먼저 자신을 찾고 자신을 알면 삶의 진리 또한 깨달을 수 있다. 가장 중요한 것은 몸소 깨달은 삶의 진리를 일상에서 실천하는 일이다. 자신이 직접 일상에서 적용하고 실천하지 않으면 변화와 성장은 절대로 일어나지 않는 다는 사실을 명심하고, 꾸준한 실천과 반복으로 삶의 깊이를 더하여 행복의 질을 높이길 바란다.

　　　　　　　　　　더불어 행복한 세상을 위하여……
　　　　　　　　　　　덕송골에서　김 창 운

01
행복한 삶을
만드는 최고의 비결

♣ 여는 시 ♣

삶, 그리고 행복

내가
숨 쉬고, 보고, 듣고, 느끼고,
그리고 말할 수 있다는 것

내가
보살펴 드려야 할
부모님이 아직 살아 계신다는 것

나를
챙겨주고 사랑해주는
배우자가 함께하고 있다는 것

나에게
기대고 투정 부리는
아이들이 곁에 있다는 것

나를
보러 멀리서 찾아와 주는
벗이 있다는 것

내가

아무리 힘들어도 미소 지으며 돌아볼

추억 하나쯤은 있다는 것

그 무엇보다 나와

함께하는 이 세상 모든 존재를 내가 먼저

아끼고 사랑해줄 수 있다는 것

01. 오늘 하루를 행복하게

   지금 시각 새벽 4시 12분! 오늘부터 두 번째 책 초고를 쓰기로 마음먹고 평소보다 일찍 일어났다. 요즘 나의 일과는 5시에 시작되고 있다. 오늘은 아침 독서와 맨발 걷기를 시작하기 전에 한 꼭지의 글을 써야 한다. 스스로 다짐한 일이다.

   먼저 목차를 세워둔 파일을 내려받기 위해 컴퓨터를 켰다. 인터넷에 접속하여 이 메일 계정에 로그인하자 받은 편지함에 2통의 메일이 보였다. 그중 1통의 메일 발신자란에서 익숙한 이름이 눈에 띄었다. 지난해 1학년 수업을 전담하였는데 그들 중 한 명이었다. 메일 제목이 '선생님의 책을 읽고 감명받은 학생입니다.'라고 되어 있었다. 반가운 마음에 바로 메일을 열고 읽어 내려갔다. 인터넷상에서 일반 독자나 졸업생이 올려준 서평은 읽어보았지만 내가 근무하고 있는 학교의 재학생이 책을 읽고 서평을 써준 것은 처음이다. 솔직히 말하면 읽어 내려가는 내내 가슴이 설렜다. 한 명의 이름으로 메일을 보냈으나 사실은 친한 친구 둘이 함께 써 보낸 모양이었다.

녀석들이 보낸 메일 전문을 실어본다.

선생님, 안녕하세요.

선생님이 운동장을 도실 때 항상 옆에서 아기 새처럼 종알대면서 선생님을 지키며 운동장을 도는 S와 H입니다.

다름이 아니라 이번에 우연히 도서관에서 책을 고르던 중 『인성수업』이라는 제목이 눈에 들어왔습니다. 선생님이 작년에 글을 쓴다고 하신 말씀이 떠올라 저자를 살펴보았더니 선생님의 성함이 적혀 있었습니다. 많이 놀랐고 궁금해서 읽어보았습니다. 이 책을 읽고 나서 보니 선생님이 수업시간에 늘 말씀하시던 내용이 담겨 있어 한편으로 반가웠습니다.

책 29쪽에 선생님의 가정사가 적혀있던 부분을 읽고서 굉장히 마음이 울적하고 슬펐습니다. 마치 떫은 감을 먹은 것처럼 마음이 씁쓸했습니다. 절대 장난이 아닙니다. 진심이에요. 책 53쪽에 선생님이 인도고무나무의 어린 잎새를 보고서 짧은 시 한 편을 쓴 것이 저희의 마음에 굉장히 와 닿았습니다. 짧은 시 구절에 어떻게 그런

섬세한 표현이 들어있는지에 대해 신기했고 마음이 따뜻해졌습니다. H는 97쪽에 선생님의 고등학교 시절, 기관지염 때문에 서럽고 아픈데 윤리 선생님과 수학 선생님께서 "요놈!" 하시며 선생님의 마음을 모르고 혼내는 부분을 굉장히 마음 아파했습니다. 저도 그런 경험이 있어 공감이 많이 갔습니다. H도 역시 선생님의 가정사를 보고 눈물을 훔쳤다고 합니다.

작년에 진로수업시간이 뭔가 궁금했는데 갑자기 선생님이 들어오셔서는 뇌 교육(인성교육)이라는 생소한 것을 가르치셨습니다. 처음에는 조금 낯설었습니다. 하지만 1학기 중반이 되면서부터는 선생님 수업시간이 되면 정말 뇌가 깨어나는 것 같고 심장이 두근거렸습니다. 챔피언 체조와 접시 돌리기 체조를 하면서 잠도 깨고 정말 뇌도 깨어 왠지 공부도 더 잘되는 느낌이었습니다. 최근에는 선생님과 운동장을 돌면서 선생님이 즐겨 읽으시는 시도 읽어보고 H가 선생님이 시를 외우는 걸 도와주기 위해 문제를 내고 했던 기억이 납니다. 얼마 안 되었지만, H가 '신선함'을 '갓 나온 우유'라고 표현한 거 기억나시나요? H는 진심으로 선생님께 냈던 것 같은데 솔직히 제가 생각하기에도 좀~ 농담인 거 아시죠?

마지막으로 선생님이 237쪽에 쓰셨던 지구인교사 5행시를 저희도 한번 해볼까 합니다. 가벼운 마음으로 봐주세요.

지구를 지키는 정의의 용사 김창운 선생님!

구해줘요. 김창운 선생님!

인정하세요. 당신이 정의의 용사라는 것을

교육의 새로운 첫걸음을 걸으실 선생님!

사랑합니다 ~♡♡♡

정말 장난치려고 메일을 쓰는 게 아니라 선생님의 책을 읽어보고 감명을 받았기 때문입니다. 그냥 지나가다 책을 읽은 학생이 선생님께 직접 메일로 말씀드리고 싶어 쓴 글이라 생각하시고 가볍게 보세요. 조금 부끄럽기는 하지만 저희의 흔적을 남겨봅니다.

몸 튼튼, 마음 튼튼, 뇌 튼튼, 야!

-학생이 보낸 이 메일 전문-

오늘은 두 번째 책 초고를 시작하기로 마음먹은 날이다. 학생으로부터 메일을 한 통 받았는데 필자의 첫 번째 책 『인성 수업』을 읽고 써 보낸 서평이었다. 이것을 우연의 일치라고 해야 할까. 다른 누구의 서평보다 제자의 서평이라 남다른 의미로 다가왔다. 그것도 바로 두 번째 책을 쓰기로 마음먹은 날 새벽에 읽게 되었다는 사실을 우연으로 돌리고 싶지는 않았다.

요즘 노자의 『도덕경』을 서양인의 관점에서 풀어쓴 『서양이 동양에게 삶을 묻다(웨인 다이어 지음)』라는 책을 읽으며 삶을 새롭게 바라보고 있다. 내가 아무리 원한다 하더라도, 내가 아무리 열심히 노력한다 하더라도 되지 않는 일이 있다는 걸 깨닫고 있다. 반대로 크게 노력하지 않아도 일이 술술 풀리는 때가 있다는 것도 알게 되었다. 이 세상이 돌아가는 이치를 다 알 수는 없지만 어떻게 살아야 하는지 조금은 알 것 같다. 평소보다 이른 시각에 하루를 시작하고 있는 오늘, 나에게 다가오는 일들이 결코 우연은 아니라고 생각한다. 새로운 계획을 세우고 그 계획을 실천해나가고자 하는 마음이 간절하다. 그 간절함이 제자에게 서평을 써 보내게 한 것은 아닐까.

사실 첫 꼭지의 글을 무엇으로 어떻게 풀어나가야 할지 고민되지 않을 수 없다. 첫 문장 쓰기는 결코 쉬운 일이 아니다. 잘 써야겠다는 욕심이 마음속에 자리 잡고 있으면 더욱 어려워진다. 그래서 메일 답장을 먼저 쓰기 시작했다. 답장을 쓰다 보니 지금 이 상황을 그대로 글로 쓰면 좋겠다는 생각이 떠올라 바로 한글프로그램을 열고 이렇게 첫 번째 꼭지를 쓰고 있다. 지금 내가 경험하고 있는 이 상황 자체가 바로 흐름에 따르는 것이다. 뭔가를 억지로 이루려고 애쓰는 것이 아니라 그저 그 순간의 흐름을 타고 온몸을 맡긴 채 흘러간다는 느낌, 말이다. 글을 짓는 것이 아니라 누군가가 불러주는 대로 열심히 받아 적고 있는 기분이다.

오늘 하루 내게 24시간이 주어졌다. 우리 모두에게 공평하게 주어진 시간이다. 누구나 오늘 하루를 행복하게 채워나가고 싶어 한다. 하루를 행복하게 채워나가는 특별한 방법이 있는가. 매일 아침 알람 소리를 듣고 무거운 몸을 겨우 일으켜 다람쥐 쳇바퀴 돌 듯 하루를 시작하고 있는가. 새벽이 당신을 깨우고 있는가 아니면 당신이 새벽을 깨우는가.

많은 사람은 행복을 위해 누구보다 열심히 살아간다. 다른 사람보다 더 잘하기 위해 미래를 준비하며 바쁘게 뛰어다니고 있다. 그 많은 사람에게 물어보면 행복하다고 대답하는 이는 드물다. 나도 물론 마찬가지였다. 미래의 행복을 위해 바로 지금 이 순간이 늘 힘겨웠다. 그 이유가 무엇일까. 그것은 바로 지금 이 순간을 살아가지 못하고 있기 때문이었다. 과거를 붙잡고 후회하거나 미래를 걱정하며 바로 지금 이 순간을 흘려보내고 있었다는 말이다. 스스로 삶의 패턴을 바꿔야 한다.

지금의 내 모습을 바라본다. 오늘 아침 두 번째 책 초고의 첫 꼭지를 쓰고 있다. 이른 새벽 하루를 열며 삶을 새롭게 만들어가고 있다. 거실 컴퓨터 앞에 앉아 자판을 두드리고 있는 지금 이 순간 심장

박동이 느껴진다. 자판을 두드리는 소리가 잠시 멈추면 창밖에서 직박구리의 힘찬 목청이 들려온다. 심장박동과 함께 공명을 이룬다. 하루를 여는 이 시간 나는 살아 숨 쉬고 있다. 설레는 가슴으로 두 번째 책을 시작하고 있다. 꿈이 있다는 사실이 나를 미소짓게 만든다. 새로운 도전을 시작한다는 사실이 가슴 뛰게 한다. 그 누구의 삶도 아닌 바로 내 삶이 아닌가. 스스로 삶을 만들어간다는 것은 능동적인 삶이요 내가 바로 내 삶의 당당한 주인이라는 말이다. 이런 마음으로 하루를 시작한다면 오늘 당신의 하루는 어떻겠는가.

　오늘 하루를 행복하게 살아간다면 내 뒤를 따라오고 있는 삶의 자취는 분명 행복한 길로 남게 될 것이다. 행복한 삶을 위한 다른 특별한 비결은 없다. 바로 지금 이 순간 행복의 씨앗을 뿌리고 행복의 열매를 거두며 자신의 삶을 온전히 누리면 된다. '과거와 미래의 창문을 닫아버리고 하루하루를 충실히 살아라.'라는 윌리엄 오슬러의 말을 떠올리며 오늘 하루를 행복하게 만들어 가리라.

02. 쓰면서 알게 된 것들

글쓰기는 글자를 깨우친 사람이면 누구나 할 수 있다. 하지만 일상에서 글 쓰는 삶을 살아가고 있는 사람은 드물다. 지금 내가 말하는 글쓰기는 회사업무나 학교과제로 쓰는 글을 말하는 것이 아니다. 자신의 일상을 글로 표현하거나 삶의 경험에서 우러나오는 이야기를 매일 글로 풀어나가는 것을 말한다.

글쓰기를 무척 싫어했다. 먼저 초등학교 시절로 돌아가 보자. 매일 숙제로 제출해야 했던 일기가 가장 먼저 떠오른다. 첫 문장은 늘 '나는 오늘'이었다. 일정한 분량을 채워야 한다는 강박 때문이기도 했으나 습관적으로 그렇게 썼다. 진정으로 하루를 돌아보며 반성하고 다음 날의 계획을 세우기 위한 글쓰기가 아니었다. 오로지 선생님께 숙제검사를 받기 위한 목적뿐이었다. 일기 쓰기가 재밌을 리 없었다. 글쓰기에 대한 동기부여는 더더욱 없었다.

긴 방학 동안 일기 쓰기는 어김없이 필수과제였다. 방학 때 쓰는 일기는 더욱 문제였다. 일기란 말 그대로 매일 쓰는 것이다. 어린 마음에 놀기 바쁜 나날을 보내다 보니 일기 쓰기는 늘 미루었다. 일주일 정도만 미뤄두어도 한꺼번에 쓰는 일은 보통 힘든 게 아니었다. 방학이 끝나갈 무렵에야 겨우 일기를 쓰기 시작했다. 심할 때는 개학 전날 몰아 쓰느라 울고불고 난리를 쳤던 기억도 있다. 일기장에는 날씨와 함께 하루하루 있었던 일도 적어야 했다. 하루 이틀도 아니고 몇 주나 되는 일기를 몰아 쓰는 일이란 고역이 아닐 수 없었다. 날씨는 물론이고 언제 어떤 일을 했는지 기억날 리가 없다. 대충 앞에 적었던 내용을 적당한 주기로 베껴 쓰거나 소설을 써야 하기도 했다.

독자 중에도 필자와 같은 경험을 해본 이들이 많지 않을까 싶다. 이러한 기억 때문에 사회생활을 하면서 글쓰기와는 점점 거리가 멀어지게 된다. 지금 생각해보면 학창시절 일기 쓰기만이라도 제대로 했더라면 글을 써야 하는 일상의 많은 상황에서 분명 큰 도움이 되었을 것이다. 물론 중고등학교와 대학을 다니면서 과제제출을 위해 글을 쓰기는 했지만 순수하게 원해서 글을 쓴 적이 과연 얼마나 있었던가.

비록 짧은 글이었지만 언제부터인가 스스로 글을 쓰기 시작했다.

기억을 더듬어보면 아마도 2000년대 초반 싸이월드 미니홈피가 유행하기 시작했을 무렵이다. 소형 디지털카메라를 사서 풍경 사진도 담고 집에서 기르는 화초도 찍어 올렸던 시절이 있다. 그 무렵부터 사진에 대한 간단한 설명이나 개인적인 단상을 올리곤 했다. 싸이월드에 사진을 올리고 단상을 적는 일에 빠져 있던 어느 날 인터넷에서 우연히 '좋은 생각'이라는 월간잡지 홈페이지를 발견했다. '필통'이라는 사이트였는데 여기에 글을 올리고 댓글로 서로 소통할 수 있는 기능이 있었다. 한동안 사진과 함께 단상을 쓰기도 하고 시랍시고 끼적여둔 글을 올리기도 했다. 매일 사진과 글을 올리고 다른 회원들의 글에 댓글을 남기는 과정에서 자연스럽게 글쓰기 연습을 하게 되었다.

한창 글쓰기에 익숙해져 갈 무렵 잡지사 사정으로 홈페이지를 폐쇄한다는 공지가 올라왔다. 글쓰기에 어느 정도 재미를 붙여가고 있던 터라 아쉬움이 많았지만 어쩔 수 없었다. 그 당시 필자가 쓴 졸시(拙詩)에 댓글로 격려해준, '툰드라'라는 닉네임을 가진 시인이 있었다. 그의 권유로 2013년 말 네이버 블로그를 시작하게 되었고 블로그를 운영하면서 계속 글을 썼다. 네이버 블로그에서 파도타기로 이웃 블로그를 구경하다 우연히 만나게 된 소중한 인연이 있다. 지금 현재 〈자이언트 북 컨설팅〉 대표로 글쓰기 책 쓰기 강의를 하며 홍익을 실천하고 있는 이은대 작가다. 이은대 작가의 블로그에 올라오는 글을 거의 매일 읽었다. 그러면서 글쓰기에 대해 좀 더 깊은 관심을 기울이게 되었다. 그래서 글쓰기와 책 쓰기 수업을 듣고 지난해에 필자의 첫 번째 책인『인성 수업』을 출간했다.

어린 시절 일기 쓰기 숙제도 싫어했던 아이가 글을 쓰고 책을 출간하기에 이르렀다. 어떻게 이런 일이 가능했을까. 아무런 상관이 없는 일이라고만 생각했던 글쓰기를 요즘은 매일 아침 실천하고 있다는 사실이 믿어지지 않는다. 지금 이 글을 읽고 있는 독자들은 과연 매일 글을 쓰고 있을까. 책을 읽고 글을 쓰는 일은 서로 밀접한 관련이 있다. 책을 읽는 사람들이 모두 글을 쓰지는 않겠지만 꾸준히 독서를 하는 독자라면 글을 쓸 가능성이 크다. 경험해본 사람들은 알 것이다. 왜 책을 읽고 글을 쓰게 되는지를.

본격적으로 책을 읽고 글을 쓰게 된 계기가 있다. 인터넷을 검색하다 우연히 만난 시 한 편(박성우 시인의 '삼학년')이 바로 독서와 글쓰기, 정확히 말해서 시 쓰기의 시작이었다. 이를 계기로 시집을 읽고 습작을 시작하기에 이르렀다. 습작은 다양한 방면의 책을 읽도록 이끌어주었고 시 쓰기와 글쓰기는 계속되었다.

글쓰기는 어렵고 아무나 할 수 있는 일이 아니라고 생각했다. 전문작가들만 글을 쓰고 책을 출간한다고 생각하며 살아왔다. 하지만 필자는 우연한 계기로 글을 쓰게 되었고 책을 출간해 보고 나니 잘못된 생각이었음을 알게 되었다. 시대가 바뀌고 세상이 달라졌다.

이제는 누구나 글을 쓰고 책을 출간할 수 있는 환경이 만들어지고 있다. 마음만 먹으면 누구든지 삶의 이야기를 글로 쓰고 자신의 이름으로 책을 출간하는 일이 가능하다. 글을 쓰고 책을 내면서 직접 경험해보았기에 주변 사람들에게 글쓰기와 책 쓰기를 권해보았다. 많은 사람은 능력이 없어서 글을 쓰지 못한다고 말한다. 너무나 평범한 삶을 살아왔기 때문에 책으로 쓸 만한 내용이 없다고 말한다.

사실은 필자도 처음엔 쓸 게 없다고 생각했다. 절대로 그렇지 않다. 글자를 깨우쳤다면 누구나 글을 쓸 수 있는 능력을 갖추고 있다. 지금까지 살아있다면 누구나 삶의 이야기는 있기 마련이다. 다른 사람의 삶은 뭔가 특별하거나 대단하다고 생각한다. 혼자만의 생각일 뿐이다. 우리는 모두 하루하루 자신만의 특별한 삶의 이야기를 만들어가는 영화감독이다. 자신의 삶을 있는 그대로 진솔하게 쓰기만 하면 된다.

글을 쓰면서 소중한 것들을 하나씩 알게 되었다. 글쓰기는 나를 변화시키고 삶을 새롭게 디자인하게 해준다. 글쓰기가 가져다준 소중한 선물을 하나씩 떠올려본다.

첫째로, 글쓰기는 일상에서 마주치는 대상을 유심히 관찰하게 만든다. 글을 쓴다는 것은 어떤 대상을 관심 있게 바라보는 것이다. 평범해 보이는 대상일지라도 자세히 들여다보면 평소 알지 못했던 면을 깨닫게 된다. 같은 사물이라도 오늘 저녁에 바라보는 것과 내일 아침에 바라보는 것이 다를 수 있다. 바라보는 시선이나 관점이 달라졌기 때문일 수도 있고 사물 자체가 변화했을 수도 있다. 일상에서 마주치는 무수한 대상을 자세히 살펴봄으로써 글의 소재를 무궁무진하게 발견해낼 수 있다. 바라볼 때마다 새로운 의미를 부여하게 될 수도 있다.

둘째로, 글쓰기는 내면을 들여다보고 진정한 나를 만나게 해준다. 우리는 대부분 자신을 잘 알고 있다고 생각한다. 연수나 모임에서 자신에 대한 질문을 하나씩 던져보면 사실은 제대로 알고 있는 경우는 드물다. 내가 나를 가장 잘 알고 있다고 생각하면서 살아가지만 실제로 자신에 대해서는 별로 관심도 없고 잘 알지도 못한다. 우리의 관심은 주로 밖을 향하고 있다. 자신의 외모나 다른 사람의 말과 행동에 지나치게 신경을 쓴다. 내면을 들여다보며 깊이 생각해보지 않는다는 말이다.

글쓰기를 하면 자연스럽게 내면을 들여다보게 된다. 지금 현재의 마음을 살피고 감정 상태를 바라보게 된다. 바로 지금 이 순간 관찰자의 입장에 서서 자신의 감정을 있는 그대로 바라보게 된다. 내 안에서 수시로 일어나고 있는 감정의 물결을 바라보며 나의 모습이 다양한 변신을 한다는 사실에 놀라기도 한다. 때로는 자신의 모습을 물끄러미 바라보며 위로하고 격려해주기도 한다. 이렇듯 글쓰기는 진정한 나를 만나는 경험을 통해 자신의 모습을 있는 그대로 바라볼 수 있는 용기를 갖게 해준다.

셋째로, 글쓰기는 진정한 감사의 마음을 갖게 해준다. 방금 말했듯이 글쓰기는 자신을 들여다보고 진정한 자신을 만나게 해준다. 진정한 자신을 만나고 알게 되면 자신을 인정하고 사랑할 수 있게 된다. 자신을 사랑할 수 있다는 말은 자신을 존중할 줄 안다는 말이다. 자신을 존중한다는 말은 긍정의 마음을 가진다는 의미다. 마음속에 긍정 에너지가 가득하면 감사하는 마음을 가질 수 있다. 감사하는 마음은 시선을 외부가 아니라 내면으로 돌릴 때 생긴다. 다른 사람과 끊임없이 비교하는 태도에서는 절대로 감사하는 마음이 생기지 않는다. 내가 가진 것에 만족하기보다 다른 사람에게는 있는데 내게는 없는 것에 초점을 맞춘다. 그러다 보니 감사하는 마음과는 점점 더 거리가 멀어진다. 글쓰기는 시선을 내면으로 향하게 해주기 때문에 감사하는 마음을 가질 수 있게 된다.

마지막으로, 글쓰기는 자신을 치유해주는 힘이 있다. 우리는 일상에서 많은 상처를 마음속에 품고 살아간다. 특히 어린 시절 겪은 상처를 마음속에 꾹꾹 눌러 담은 채 살아가는 사람들이 있다. 계속 쌓아두면 곪아 터지게 될 수도 있다. 글을 쓰는 시간을 통해 이러한 해묵은 마음의 상처를 완전히 쏟아낼 기회를 가질 수 있다. 마음속 깊이 감추고 있던 깊은 상처의 뿌리를 완전히 도려내야 건강한 삶을 살아갈 수 있다. 글쓰기는 이러한 뿌리 깊은 상처까지도 치유해주는 힘을 가지고 있다. 어린 시절 모친 상실을 경험한 마음의 상처를 지난해 책 쓰기 과정에서 치유 받을 수 있었다. 이처럼 글쓰기는 내면의 상처를 치유해주는 보이지 않는 힘이 있다.

03. 걸으면서 깨닫게 된 것들

깜깜한 새벽 창밖엔 빗방울이 또닥또닥 떨어진다. 새벽녘에 일어나 잠이 조금 부족하지만 더는 잘 수가 없다는 생각이 든다. 글을 써야겠다는 마음 때문일까. 무엇이든 억지로 하지는 말아야겠다고 생각하고 있는 요즘이다. 지금 내가 쓰고 있는 이 글이 숙제로 쓰는 일기처럼 내키지 않는 일이라면 그런 마음이 글 속에 공명이 되어 독자에게 전달될 수도 있다. 그렇다면 어떤 마음으로 글을 써야 하는가. 마음속 깊은 곳에서 우러나오는 진정성 있는 글을 써야 한다. 인기에 영합하는 글이 아니라 무의식 속에 잠자고 있던 오래전 기억을 다시 불러내야 한다. 자판을 두드리고 있으면 나도 모르게 실타래를 잡아당기듯 술술 풀려나오는 이야기라야 한다. 손가락이 자판 위를 자연스럽게 뛰어다녀야 한다. 그렇게 쓴 글이라야 공감할 수 있고 공명이 될 수 있다.

오늘도 새벽에 일어나 글을 쓰고 있다. 컴퓨터 앞에 앉아 부지런히 자판을 두드리고 있다. 내가 글을 쓰는 것이 아니라 글이 스스로 이끌고 나아가길 기대하면서 말이다. 써야 할 분량은 정해져 있고 글을 쓸 수 있는 시간도 한정되어 있다. 바쁜 일과 중에 글을 쓸 수는 없는 노릇이다. 저녁 시간보다는 이른 새벽이 글쓰기에 편하다. 저녁이나 새벽이나 창밖이 깜깜한 것은 마찬가지지만 느낌은 사뭇 다르다. 새벽이 주는 느낌은 새롭다. 하루를 시작하는 시간이라 생각하기 때문이다. 더구나 오늘은 빗방울 떨어지는 소리가 리듬감 있게 들려온다. 자판 두드리는 소리와 빗방울 떨어지는 소리가 서로 주고받으며 화음을 이루고 있는 듯하다. 새벽은 뭔가 설렘과 기대감을 더해준다. 물론 이는 단순히 개인적인 생각일 뿐이다. 새로운 시작은 늘 기대와 불안이 동시에 찾아온다. 요즘은 긍정 에너지가 많아서인지 기대감이 더 크게 느껴진다. 좋은 일이다.

오늘 새벽에는 해야 할 일들이 많다. 지금 쓰고 있는 글을 먼저 마무리해야 한다. 그다음은 아침 독서를 하고 주요 내용을 필사하기로 되어있다. 책 읽기와 필사를 마치고 나면 아침 맨발 걷기를 나가야 한다. 이 모두는 반드시 해야 할 일은 아니다. 스스로 하겠다고 마음먹은 일이다. 삶의 일부이며 하루의 일상으로 만들어가고 있는 하나의 사명이다. 무엇 때문에 이러한 일을 매일 반복하려 하는가. 삶이기 때문이다. 다른 누구의 삶도 아닌 바로 내 삶이기 때문이다.

주어진 하루 24시간을 뭔가 의미 있게 시작하기 위함이다. 누가 시켜서 하는 일이 절대로 아니다. 스스로 의미를 부여하고 삶의 변화를 이루어 성장하기 위함이다.

사람은 태어나 빠르면 첫돌을 지나면서 걷기 시작한다. 걷기 시작한다는 것은 상당한 의미가 있다. 스스로 원하는 곳으로 이동할 수 있다는 말이다. 이동할 수 있다는 것은 여러 가지 이점이 있다. 풀이나 나무는 한 번 뿌리 내리면 평생 그 자리에서 살아야 한다. 이와 비교해볼 때 우리 인간은 얼마나 좋은가. 지금 서 있는 이곳이 마음에 들지 않는다면 다른 곳으로 떠나면 된다. 스스로 선택하고 결정하여 실행하면 된다. 모든 결정은 바로 지금 이 순간 내가 내리면 된다. 하지만 스스로 결정을 내리고 스스로 내린 결정을 실행에 옮기는 이는 드물다. 내 발로 걸을 수 있는 능력이 있음에도 불구하고 스스로 걷는 이가 많지 않은 이유는 무엇일까. 미래에 대한 두려움 때문이다. 자신의 능력에 대한 믿음이 없기 때문이다. 자기 자신을 믿지 못한다는 말이다. 안타까운 일이다.

나도 마찬가지였다. 스스로 걸을 수 있음에도 선뜻 발을 떼지 못한 채 살아왔다. 나를 믿지 못하고 나를 사랑하지 못했기 때문이다. 자존감이 부족하고 자신감이 없었기 때문이다. 미래에 대한 불안감만 가득 채운 채 하루하루 무의미한 삶을 살아왔다. 남의 눈치만 보면서 자신의 능력을 믿지 못한 것이다.

지금 거주하고 있는 아파트로 이사 온 후의 일이다. 어느 날부터인가 가까운 산으로 산책하러 나가기 시작했다. 주말이나 쉬는 날이면 거의 매일 산속 오솔길을 걸었다. 글쓰기를 시작하면서 마주치는 대상을 유심히 관찰하는 습관이 생겼다. 산길을 걸으면서 마주치는 풀꽃과 나무 그리고 새를 비롯한 모든 대상을 관심 있게 바라보기 시작했다.

특히 이른 아침 산길을 걷다 보면 이슬을 머금고 있는 풀꽃을 만난다. 풀잎에 매달려 있는 영롱한 이슬방울은 비록 작지만 온 세상을 품고 있다. 혼탁한 세상도 이슬방울이 품고 있으면 맑고 깨끗해 보인다. 이렇게 세상을 품고 있는 맑은 이슬방울을 바라보고 있으면 마음이 밝아지고 영혼까지도 맑아진다. 이른 새벽 숲에서 들려오는 아침 새소리는 또 어떤가. 분주하게 나뭇가지 사이를 오르내리며 먹이활동을 하는 산 박새의 여린 목청 또한 맑고 투명하다. 아침 이슬방울이 보여주는 영롱한 미소 못지않게 산 박새의 목청도 세상의 소음으로 더러워진 귀를 깨끗하게 씻어준다.

조갑문 의
작은 이야기들

출처 : http://m.blog.naver.com/mygs1234/221336217715

자연이 주는 맑고 고운 선물을 받고 싶다면 산속 오솔길을 천천히 걸으면 된다. 마음이 맞는 사람과 함께 걸어도 좋고 때로는 혼자 걸어도 좋다. 함께 걸으면 마음이 불편해지고 혼자 걸으면 외로움을 느껴서는 안 된다. 둘이서 함께 걷는 길은 자연이 전해주는 맑은 에너지를 받기 때문에 서로의 마음을 열 수 있는 절호의 기회다. 넉넉한 자연의 품속에서 여유로운 마음이 생겨 자연스럽게 마음을 열 수 있다. 터놓고 말하기 힘든 일이 있다면 산속 오솔길을 걸으며 대화를 나눠보라. 원하는 결과를 얻을 수 있을 것이다.

혼자 걷는 길은 진정한 자신의 내면을 들여다보며 자신을 만나고 자신과 대화를 나누는 시간을 가질 수 있다. 아무도 없는 숲길을 걸으며 자연의 한 부분이 되어 물아일체(物我一體)의 느낌을 받을 수 있다. 평소 바쁜 일을 처리하느라 스트레스를 받고 답답했던 마음을 활짝 열어주는 기회가 된다. 길섶에서 바람에 흔들리는 풀꽃을 바라보고 솔바람 소리와 산새들의 지저귐을 들으며 걷고 있는 모습을 상상해보라. 상상만으로도 마음이 편안해지고 답답하던 가슴이 후련해지지 않는가. 하물며 직접 산속 오솔길을 걸으며 오감으로 느껴본다면 더없이 평온해질 수 있다. 직접 경험해보지 않은 사람들은 자연이 주는 소중한 선물을 깨닫지 못한다.

걷는다는 것은 곧 내 삶이다. 아무도 대신 살아줄 수 없다. 내 삶의 주인은 바로 나이기 때문이다. 그런데도 오늘날 내 삶의 당당한 주인으로 살아가는 사람들은 그리 많지 않다. 과학기술의 발달과 문명의 이기로 물질적인 풍요를 마음껏 누리며 살고 있지만 정작 자신의 삶은 없다. 진정한 나를 찾지 못하고 있기 때문이다. 내가 없는 삶을 살아간다면 무슨 의미가 있겠는가. 얼마 전까지만 해도 내 삶에도 역시 내가 없었다. 내 삶인데도 불구하고 내가 없는 삶이었다. 나를 사랑하지 못하고 나를 믿지 못했다. 나를 바라볼 용기가 없었다. 진짜 내 모습을 보기가 두려웠고 마음에 들지 않았다. 뭔가 부족하고 당당하지 못하다는 생각뿐이었다. 남들은 나보다 특별하고 멋지다는 생각이 늘 내 마음을 지배하고 있었다. 자존감이 바닥을 쳤다. 더 내려갈 곳이 없는 지경에 이르렀다.

산길을 걸으며 나를 들여다보는 시간이 늘어나고 내 안의•어두운 방구석에서 혼자 웅크리고 앉아있는 내면 아이를 만나게 되었다. 늘 불안해하는 눈빛과 두려움에 떨고 있는 아이 말이다. 얼마나 오랫동안 이렇게 홀로 내버려 두었을까. 그동안 얼마나 마음이 아팠을까. 누구에게도 말을 못 한 채 어두운 방 안에서 웅크리고 앉아 얼마나 많이 울었을까. 스스로 일어서서 밖으로 나오면 될 텐데 용기가 부족했다. 아무도 손을 내밀어 주지 않았기 때문이다. 자신감과 용기가 있는 아이였다면 스스로 먼저 손을 내밀어 도움을 요청했을 텐데 그렇지 못했다.

이제는 자연이 주는 소중한 선물을 양손에 받아들고 밝게 미소 지으며 당당하게 걸을 수 있다. 바람결에 번져 나오는 은은한 풀꽃 향기를 마음껏 들이마시고 산새들의 고운 합창을 즐기며 걷는다. 진정한 나를 발견하고 내면 아이와 만나고 싶다면 산속 오솔길을 걸어보라. 해묵은 상처와 아픔을 말끔히 씻어내고 마음의 평화를 얻을 수 있다. 내 삶의 당당한 주인이 되어 더불어 행복한 세상을 만들어가는 데 보탬이 되는 지구 시민이 될 수 있다.

마지막으로 그동안 걷기를 계속하면서 걷기와 관련하여 지은 자작시 한 편을 읽고 음미해보며 이번 꼭지를 마무리할까 한다.

걷는다는 것은....

걷는다는 것은
살아내는 것이라네

한 올 한 올
삶의 순간들을
찰방찰방 엮어가는 것이라네

저기 저 나무들 좀 봐
저들도 걷고 있는 것이라네
봄여름가을겨울

한 자리에 서 있다고
늘 제자리걸음일 뿐이라고
말하지는 마시게

저 하늘 높이
뻗어서 올라간 만큼 이 땅속 깊이
걸어서 내려간 것이라네

걷는다는 것은
그대 영혼이 깃든 삶이라네

04. '나'를 만나는 기쁨

깜깜하고 고요한 새벽 아무것도 보이지 않고 아무 소리도 들리지 않는다. 손가락이 자판 위를 뛰어다니는 소리뿐 혼자만의 시간인 바로 지금 이 순간이 좋다. 나를 만나는 시간이다. 이런 새벽 시간에는 책을 읽어도 좋고 글을 써도 좋다. 반드시 특별한 주제를 정해놓고 써야 하는 것도 아니다. 그냥 쓴다. 지금도 그냥 컴퓨터를 켜고 손가락이 자유롭게 자판 위를 이리저리 옮겨 다니고 있을 뿐이다. 참으로 신기하지 않은가. 손가락만 움직이면 이렇게 하얀 백지 위에 까만 글자들이 줄지어 뛰어나오는 장면을 보면 말이다. 도대체 이 아이들은 어디에서 뛰쳐나오는 걸까. 내 머릿속에 차곡차곡 채워져 있었던 걸까. 아니면 깜깜한 저 우주에서 순간이동을 하여 컴퓨터 화면으로 날아온 걸까. 어쨌든 지금 이 순간은 다시는 오지 않을 소중한 시간이다. 이 소중한 순간을 혼자서 마음껏 누리고 있다.

그러면 이제부터 나를 찾아 한번 떠나볼까. 나는 도대체 어디에 있을까. 지금 손가락으로 자판을 열심히 두드리고 있는 나는 누구이며 어디에 있다는 말인가. 지금 글을 쓰고 있는 이 순간 가장 중요한 것은 무엇일까. 이리저리 분주하게 뛰어다니는 두 손이란 말인가. 두 개의 손이 없다면, 그중에서도 손가락이 없다면 글을 쓸 수가 없다. 손만 있다고 글을 쓸 수 있는 게 아니다. 손가락을 움직여서 뭐라도 쓰게 하는 그 뭔가가 있어야 하지 않겠는가. 그것의 정체는 과연 무엇인가.

조금 전 나를 찾고 나를 만나는 기쁨을 누리기 위한 여정을 시작했다. 목표만 정했지 어디서 어떻게 찾아야 할지는 모른 채 떠났다. 얼마나 멀리 가야 할지 어디로 가야 할지도 모른다. 깜깜한 새벽에 아무것도 보이지 않는 길을 나서서 어디로 가겠다는 말인가. 나를 만나러 가는 길이다. 그렇다면 지도도 있어야 하고 나에 대한 정보를 알고 떠나야 하지 않겠는가. 아무런 정보도 없이 무작정 떠난다고 해결될 문제가 아니지 않은가. 도대체 왜 그렇게도 무모한 도전을 하려 하는가. 나를 찾고 나를 만나는 기쁨을 누리고 싶은 그 마음은 알겠지만 모든 일에는 순서가 있다고 하지 않았는가.

길을 잃기 전에 다시 돌아가자. 시작이 반이라는 말도 있지만 어디로 가야 할지 전혀 모르는 상황에서 시작한다는 것은 아무래도 아닌 것 같다. 다시 돌아가서 가만히 눈을 감고 차분하게 생각해보자.

나를 찾기 위해 어떻게 해야 하는지 먼저 생각해보자.

뭔가를 찾으러 가기 위해 우리는 보통 밖으로 나가려고만 한다. 가까이에 있어도 일단은 어디론가 멀리 떠나려고만 한다. 시선을 자신의 내면으로 돌리지 않고 외부로만 향하려 한다. 나를 들여다볼 생각은 좀처럼 하지 않는다. 어떤 문제가 생기면 그 문제의 원인을 밖에서 또는 타인에게서 찾으려고 한다. 이는 잘못된 태도다.

지금 이 순간 글을 쓰고 있다. 진정한 나를 찾아 떠나는 여행을 시작한 것이다. 나는 어디 멀리 있지 않다. 바로 지금 이 순간 여기에 머물고 있다. 진정한 나는 바로 내 안에 있다. 글쓰기를 하면서 내면을 들여다보아야 한다. 진정한 나를 찾는 글쓰기를 위해 의도적으로 생각 줄기를 뻗으려 하면 안 된다. 힘을 빼고 가만히 마음을 열어두어야 한다. 힘이 들어가는 순간 엉킨 실타래가 더욱 옥죄어지듯 생각 줄기는 오그라들 뿐 뻗어 나가지 않는다. 가만히 놓아둔 채 지켜보고 있으면 어느 순간 스스로 싹을 틔우고 햇빛을 향해 뻗어 나가기 시작한다.

나를 찾고 나를 만나는 기쁨을 누리기 위해서는 내면으로의 여행을 떠나야 한다. 한 번도 가보지 않은 여행일 수도 있다. 얼마나 먼 여행이 될지도 알 수 없다. 아직 끝까지 가보지 못한 우주보다도 더 깊고 넓은 곳일지도 모른다. 여행을 떠날 준비를 하면 보통은 가슴이 설레기 시작한다. 글쓰기를 통해 나를 찾고 나를 만나러 가는 여행 중인 지금 마음이 어떤가. 설레는 마음도 있지만 뭔가 답답함이 느껴지고 있다. 답답함이 느껴지는 이유는 무엇일까. 생각했던 대로 일이 잘 풀리지 않으면 답답해지는 경우가 많다. 무엇이 뜻대로 되지 않고 있다는 말인가.

자꾸만 욕심이 앞서고 있다. 어서 빨리 나를 찾고 나를 만나 편안한 마음으로 의미 있는 시간을 보내고 싶어 한다. 마음만 앞선다고 될 일이 아닌데도 차분하게 기다리지 못하고 있다. 이런 마음가짐으로는 절대로 나를 찾지도 만나지도 못한다. 진정한 나를 만나고자한다면 마음을 차분하게 가라앉혀야 한다. 지나치게 들뜨거나 조바심을 가지면 상황판단을 제대로 할 수 없다. 침착한 태도로 바로 지금 이 순간 깨어있어야 한다.

진정한 나를 만나러 가려고 하면 늘 방해꾼이 있기 마련이다. 그것은 바로 욕심으로 가득 찬 '에고'다. 에고의 지배에서 벗어나지 못하면 진정한 나를 만나기는 어렵다. 잠시도 가만두지 않고 가는 길마다 막아서서 시험에 들게 한다. 뭔가를 반드시 해야겠다는 지나친 의무감이나 개인적인 욕심이 느껴진다면 에고의 지배를 받고 있음이 틀림없다. 일이 잘 풀리지 않거나 어려움에 직면하면 일단 한발 물러나 관찰자의 입장에 서서 전체상황을 바라보는 시간을 가질 필요가 있다.

풀리지 않은 일이나 문제 상황에 바로 뛰어들어 해결하려고 애쓰다 보면 오히려 일은 더욱 꼬이게 되고 상황은 더욱 나빠질 수 있다. 한발 물러서서 잠시 호흡을 하고 가만히 바라보기만 하라. 서서히 안개가 걷히듯 실체가 드러나기 시작할 것이다. 문제의 실체를 확인하고 나면 해결책은 이미 거기에 있다. 내가 해야 할 일은 오직 에고의 욕심과 욕망에 휘둘리지 않는 것이다. 에고의 지배에서 벗어나는 길만이 진정한 나를 만날 수 있는 유일한 방법이다.

어떻게 하면 에고의 지배에서 벗어날 수 있는가. 마음을 비우고 내려놓으면 된다. 말은 쉬우나 절대로 쉬운 일이 아니다. 비우고 내려놓으려는 마음을 먹는 순간 마음속에서는 어디선가 에고가 깨어나 시험하기 시작한다. 관찰자의 입장에 서서 나를 바라볼 수 있어야 한다. 어떤 일에 완전히 몰입하면 된다. 무엇이든 한 가지 일에 몰입하는 순간 에고가 끼어들 자리는 없어진다. 마음을 비우고 내려놓거나 몰입하는 일은 일상에서 연습이 필요하다. 하루아침에 이루어질 수 없는 일이다. 매일 이른 새벽에 일어나 책 읽기와 글쓰기를 하는 것도 좋은 방법이다.

누구의 방해도 받지 않는 고요한 새벽 책을 읽으면 오롯이 책 속으로 빠져들 수 있다. 책장을 넘기는 소리와 창밖에서 간간이 들려오는 풀벌레 소리뿐이다. 책을 읽기 시작하면 시간과 공간을 초월하게 된다. 수시로 시공간을 넘나들며 어디로든 마음대로 여행을 할 수 있다. 아무도 날 방해하지 않는다. 오롯이 혼자만의 시간이다. 스트레스받을 일도 없다. 신경 쓸 일이 아무것도 없다. 마음은 바람 한 점 없는, 자욱한 안개가 덮여 있는 잔잔한 호수 같다. 그 누구도 인위적으로는 이러한 마음 상태를 만들어줄 수 없다. 이러한 순간이 바로 모든 걸 비우고 내려놓은 상태다. 그 무엇도 걸림이 없다. 모든 것은 흐름에 따라 자연스럽게 이어진다. 억지로 끌어당기거나 밀치는 방해꾼도 없다. 이와 같은 마음 상태에서 우리는 진정한 자아를 만날 수 있다.

글쓰기는 또 어떤가. 일기처럼 의무감으로 쓰는 글이 아니라 받아쓰기하듯 쓰는 글은 힘이 들어가지 않는다. 물 흐르듯 편안하고 자연스럽게 흘러간다. 머리를 쥐어짜며 애쓰지 않고도 글을 쓸 수 있으면 이보다 더 행복한 순간은 없다. 한겨울 소복이 쌓인 눈밭에서 눈덩이를 굴릴 때 어느 순간 불어나는 눈덩이처럼 자연스럽게 글을 쓸 수 있다면 마음은 날아갈 듯 홀가분해진다. 이렇게 홀가분한 마음이 내려앉을 때 진정한 자아를 마주할 수 있다.

주말이나 휴일 새벽 가까운 산으로 산책하러 나간 적이 있다. 이른 새벽에는 산 박새, 직박구리, 참새, 어치, 비둘기, 까치, 쇠딱따구리 등 온갖 산새들이 분주하게 아침을 연다. 저마다 개성 있는 음색으로 합주를 한다. 귓가엔 새들의 합창이 들려온다. 눈앞에는 나무와 꽃의 싱그러움이 펼쳐진다. 달싹한 꽃향기와 풀 내음이 코끝을 감싸고돈다. 오감으로 느껴지는 자연의 평온함이 몸과 마음을 편안하게 어루만져준다. 이렇게 혼자 산속 오솔길을 걷는 시간은 나를 들여다보게 하고 오롯이 나를 마주하게 한다. 분주한 마음도, 더 많이 가지고자 하는 욕심도 모두 내려놓고 자연을 닮아간다. 자연의 순수함과 너그러운 마음이 나의 영혼을 맑게 닦아준다. 진정한 나를 만나는 기쁨을 누릴 수 있는 순간이다.

05. 하나 되는 삶

　금요일이다. 오늘 하루가 지나면 벌써 주말! 일주일이 후다닥 지나간다. 삶이란 무엇인지 바쁘기만 하다. 새벽에 일어나 컴퓨터를 켜고 백지를 마주하듯 환한 화면 앞에 앉아 글쓰기를 시작하려 한다. 삶이 무엇인지 진지하게 고민하는 나이에 이르러서야 책을 조금씩 읽기 시작했다. 책을 읽다 보니 글쓰기에도 관심이 생겼다. 오늘도 새벽에 일어나 이렇게 글을 쓰고 있다. 특별한 주제도 없이 매일 새벽 글을 써왔다. 지금은 주제가 정해져 있다. 주제가 정해져 있으니까 쓰기가 더욱 어렵다. 글쓰기 실력이 부족해서일까. 아니면 지금까지 살아온 삶이 풍성하지 못한 탓일까. 삶의 자취는 많지만 지금 이 순간 떠오르지 않기 때문일까. 강물이 소리 없이 흘러가듯 자연스럽게 글이 나오면 좋겠다. 애쓰지 않고 까만 글자들이 하얀 화면에 줄지어 따라 나오면 그보다 더 행복한 일은 없을 것 같다.

글쓰기를 하다가 잠시 거실을 둘러본다. 거실 창가에 놓여 있는 여러 개의 화분이 눈에 들어온다. 산세베리아부터 시작해서 고무나무, 꽃기린, 제라늄, 장미 허브, 남천, 행복수 등. 그중에서도 지금 이 순간 가장 눈에 띄는 녀석은 붉은 제라늄이다. 토분에 터 잡은 제라늄이 붉은 열정을 뿜어 올린 채 창밖을 가만히 응시하고 있다. 목을 길게 빼고 서 있는 모습이 마치 '모가지가 길어서 슬픈 짐승' 같다. 많은 화분 중에서 붉은 제라늄이 가장 먼저 눈에 들어오는 이유는 뭘까. 다른 화분들은 모두 녹색을 띠고 있다. 거실 창가에서 유일하게 붉은 꽃을 피우고 있기 때문일까. 주변의 존재와는 다른 면을 갖고 있기 때문일까. 뭔가 특별히 다른 점 때문에 눈에 띌 수는 있다. 그 존재만의 독특한 개성이 있으면 더욱 눈에 띌 가능성이 크다.

하나의 대상에 특별히 눈길이 가는 또 다른 이유는 그 존재 자체보다 보는 이의 관점 때문일 수도 있다. 그렇다면 지금 제라늄이 눈길을 끌고 있는 이유는 나의 관점에 따른 결과다. 나는 지금 어떤 마음으로 제라늄을 바라보고 있는가. 지금 이 순간 마음속에서 가장 중요하게 여기고 있는 것이 무엇이기에 붉은 제라늄이 도드라져 보이는 걸까. 붉은색은 보통 열정을 상징하기도 한다. 제라늄의 붉은색 꽃이 뿜어내고 있는 열정이 눈길을 끌고 있다. 내 마음속에도 열정이 가득하기 때문이다. 열정은 나이와 상관없다. 나이가 많다고 해서 열정이 식는 것은 아니다. 그것은 우리의 생각일 뿐이다.

나이가 들어가면서 삶에 대해 고민하며 의미 있는 삶을 살아가려 노력하고 있다. 그러한 고민이 책을 읽게 하고 글을 쓰게 만들었다. 읽고 쓰다 보니 새로운 꿈이 생기고 꿈이 생기니 열정이 끓어오르기 시작했다. 열정은 긍정 에너지를 끌어당기고 희망과 용기를 갖게 했다. 가슴이 뛰기 시작하고 무엇이든 한번 해보자는 마음이 하루하루를 뜨겁게 하고 있다.

글쓰기를 멈추고 고개를 돌려 잠시 거실을 둘러보다 시선이 머물게 된 붉은 제라늄은 마음속에 자리 잡고 있던 열정 때문이었다. 열정이 되살아나고 있기에 아무도 일어나지 않은 지금 이 시각 홀로 앉아 글을 쓰고 있다. 내게도 아직 열정이 식지 않고 다시 끓어오르고 있다는 사실이 새삼 놀랍기도 하고 감사하다. 나이가 들면서 무기력해지기 쉽고 이 나이에 뭘 해야 하나 생각하는 사람들도 많은데 말이다. 긴 목을 빼 올리고 서 있는 붉은 제라늄의 당당한 모습을 보며 열정의 불씨를 되살리고 있는 나를 격려하고 칭찬해주고 싶다. 나이가 들어갈수록 무기력해지고 초라해지는 게 아니라 그 어느 때보다 당당하게 내 삶의 주인으로 살아가고자 노력하는 모습이 아름답다.

다시 한번 고개를 돌려 붉은 제라늄을 바라본다. 당당한 자태를 보여주고 있으나 다른 화초들에게 자신을 과시하지 않는다. 다른 존재들을 지배하려는 마음도 느껴지지 않는다. 순수한 빛깔과 선한 마음이 토분의 이미지와 조화를 이루고 있다. 자신만의 독특한 개성을 마음껏 드러내고 있지만 다른 존재들에게 해를 끼치지는 않는다. 모두가 자신만의 빛깔을 보여주고 있지만 서로 보완해주는 자연스러운 풍경을 만들어내고 있다.

나의 존재를 생각해본다. 시골에서 태어나고 자랐다. 부모님으로부터 물려받은 유전인자 탓도 있었겠지만 어릴 적부터 친구들이 '깜상' 혹은 '깜디'라고 불렀다. 남들보다 피부가 무척 검은 편이었기 때문이다. 어린 시절에는 피부색이 까맣다는 이유로 친구들이 놀리면 화가 많이 나기도 했다. 까만 피부색 때문에 자신감도 많이 부족했다. 피부가 하얀 친구들을 보면 괜히 마음이 심란해져 시기와 질투를 하기도 했다. 그땐 내가 왜 그랬을까 생각하면 피식 웃음이 나온다. 한편으로는 어린 마음에 얼마나 상처가 컸을까 싶기도 하다. 가끔은 이런 생각도 해본다. 만약 내가 멋진 배우처럼 피부색이 하얬다면 어땠을까. 피부색 때문에 남들 앞에서 주눅 들지도 않고 자신감을 가지고 당당하게 살아갈 수 있지 않았을까. 지나간 시간을 되돌릴 수가 없으니 어떤 결과가 나왔을지는 알 수 없다. 그저 마음속으로 생각만 해볼 뿐이다.

겉모습이 다가 아니다. 겉모습은 말 그대로 겉모습일 뿐이다. 겉모습이 그 사람의 모든 걸 말해주지는 않는다. 겉으로 드러나는 '첫인상'이 중요하긴 하지만 '끝 인상'이라는 말도 있지 않은가. 어떤 사람을 처음 만났을 때 첫인상이 아무리 좋아도 꾸준한 만남이 이어지면 첫인상뿐인 사람도 있다. 첫인상은 외모가, 끝 인상은 내면이 더욱 중요하게 작용한다. 마음속에서 우러나오는 태도가 끝 인상이라 할 수 있다. 내면에 무엇을 담고 있느냐가 끝 인상을 좌우하게 된다는 말이다.

첫인상이 모든 만남에서 상당히 큰 비중을 차지하고 관계 형성에도 중요하다. 까만 피부색 때문에 외모에 대한 일종의 콤플렉스를 갖고 자란 나는 자신감도 부족하여 첫인상은 좋지 않았을 수도 있다. 하지만 타고난 유전자에 의해 만들어진 첫인상은 어찌할 수 없는 부분이다. 내가 어찌할 수 없는 부분에 신경 쓰느라 많은 시간과 노력을 낭비할 필요는 없다. 첫인상이 좋지 못하더라도 충분히 만회할 기회가 있다. 물론 첫인상이 좋은 사람보다 더 많은 시간과 노력을 기울여야 하는 것은 사실이다. 어차피 삶이란 공정한 게임이 아니다. 같은 출발선에서 시작할 수가 없다. 이러한 사실을 알고 불평과 불만을 늘어놓는 사람도 있다. 일단은 인정하고 받아들여야 한다. 불만을 가지는 순간 자신만 손해다. 우리가 초점을 맞추어야 하는 것은 내가 어찌할 수 있는 부분이다. 스스로 나아가고자 하는 방향에 초점을 맞추어야 한다.

이 세상에서 나의 존재는 무엇인가. 나 혼자일까. 스스로 몸을 움직일 수 있는 하나의 독립된 개체일까. 눈에 보이는 현상만을 놓고 생각하면 나는 혼자다. 주변에 다양한 존재들이 있지만 나와 아무런 연관이 없는 것일까. 나 혼자만 잘 먹고 잘살면 그뿐일까. 내가 하는 말이나 행동은 분명히 다른 존재들에게 영향을 줄 것이다. 눈에 보이지 않는 에너지가 서로에게 작용하고 있기 때문이다. 지금까지 살아온 내 삶은 과연 어떠했을까. 내 생각과 말 그리고 행동은 가장 먼저 나에게 영향을 주었을 것이 분명하다. 내 안에 자리 잡고 있던 생각이 말이나 행동으로 나올 때 그에 따른 에너지도 함께 밖으로 분출되었을 것이다. 내 안에서 만들어진 생각이 먼저 나를 변화시켜왔고 변화된 나라는 존재는 보잘것없으나 이 세상에 영향을 끼쳐왔다.

우리는 모두 보이지 않는 띠로 연결되어 있다. 존재 그 자체만으로도 이미 서로에게 영향을 주고받고 있다. 우리는 함께 손잡고 나아가야 하는 존재다. 나의 생존이 가장 중요한 것은 사실이다. 내가 없는데 이 세상이 무슨 의미가 있겠는가. 가장 중요한 존재는 자신이다. 내가 가장 중요한 존재이기 때문에 다른 존재들도 소중하다. 이 사실을 알아야 한다. 나를 가장 사랑한다면 다른 존재들도 마찬가지로 사랑할 수 있어야 한다.

붉은 제라늄의 열정이 나의 열정을 불러일으킨 것은 제라늄과 나의 존재가 결국은 하나임을 증명해주는 것이다. 우리는 서로 연결되어 있다는 말이다. 나의 존재가 나 이외의 다른 존재를 해쳐서는 안 된다. 결국은 자기 자신을 해치는 행위가 되기 때문이다. 제라늄의 붉은 열정이 자신만의 개성을 보여주면서도 다른 화초들과 조화를 이루듯 나의 열정도 다른 사람들의 삶에 선한 영향력을 주었으면 좋겠다. 모두가 자신의 삶에 충실할 때 서로 완벽한 조화를 이루는 멋진 세상이 되고 하나 되는 삶을 만들어 갈 수 있지 않을까.

02

글을 쓰다,
삶을 찾다

♣ 여는 시 ♣

삶이란

순수에서 피어나
순수로 지는
한 떨기
꽃!

시詩는

해와
바람이
눈짓과 율동으로 말해주는,

나무와
풀꽃들이
손짓과 향기로 전해주는

설법說法

01. 책 한 권을 쓰면서

알람시계를 맞춰놓고 잠자리에 든다. 이는 하나의 보험용일 뿐이다. 요즘엔 새벽녘이면 알람이 울리기도 전에 누군가가 와서 깨워준다. 집사람이 깨우는 건 분명 아니다. 도대체 누가 깨워주는 걸까. 신기한 일이다.

매일 새벽에 일어나, 제일 먼저 한 꼭지씩 초고를 쓴다. 다음으로 아침 독서를 하며 주요 내용을 필사하고 맨발 걷기를 나간다. 이러한 새벽 일과가 어느 정도 자리를 잡아가고 있다.

지난해 첫 번째 책을 쓸 때도 주로 새벽 시간을 활용했다. 아무도 없는 이른 새벽에 일어나 글감을 가져다주기를 기다리곤 했다. 억지로 머리를 쥐어짜며 글짓기를 하지 않고 주위를 둘러보며 가장 먼저 눈에 띄는 대상에서부터 글을 풀어나갔다. 자연스럽게 글이 흘러가기도 하고 말도 안 되는 느낌이 들기도 했다. 스스로 생각해보면 말이 안 되는 것처럼 여겨졌지만 얼마간의 시간이 지나고 다시 읽어보면 그런대로 괜찮다는 생각이 들 때도 있었다. 글이 글을 밀고 나아간다는 말을 들은 적이 있다. 그렇듯이 머리로 글을 쓰는 것이 아니라 글이 글을 써나가기도 하는 게 맞는 모양이다.

먼저 목차를 완성하고 매일 하나의 소주제를 생각하며 한 꼭지씩 글을 써나간다. 총 서른다섯 꼭지를 생각하지 않고 오로지 그날 쓸 분량인 한 꼭지에만 집중한다. 무엇을 써야 할지 크게 고민하지 않고 가장 먼저 떠오르는 한 문장을 쓴다. 한 문장을 쓰고 나면 그다음은 그 첫 문장이 알아서 생각 줄기를 이끌어가도록 내버려 둔다.

글은 이어진다. 무엇을 쓰던 꼬리에 꼬리를 물고 이어진다. 쉬지 않고 손가락이 자판 위를 내달리기도 하고 때로는 잠시 멈추었다가 다시 뛰어다니기를 반복한다. 이러한 단순한 동작들이 반복되면 컴퓨터 화면에는 까만 글자들이 줄지어 늘어서기 시작한다.

어디선가 잠자고 있던 한 줌의 기억이 눈을 비비고 일어나 두리번거리며 한 걸음씩 앞으로 나아간다. 천천히 걸어가기도 하고 가끔은 가볍게 뛰기도 한다. 천천히 걸어가면서 주변을 살핀다. 마음에 드는 풀꽃이 있으면 멈추어 선다. 향기도 맡아보고 싱그러운 잎을 만져보기도 한다. 풀꽃을 바라보며 자신의 삶을 돌아보기도 한다.

책 쓰기는 내 삶의 이야기다. 다른 사람의 삶이 아니라 바로 내 삶을 풀어내는 이야기다. 지금까지 살아온 삶을 돌아보고 수많은 기억 중에서 떠오르는 기억을 글로 표현하는 것이다. 특별한 이야기가 있어야만 글을 쓰고 책을 쓰는 것이 아니다. 이 세상에 살아있다면 누구나 자신만의 삶의 이야기는 있기 마련이다. 특별한 이야기가 없는 것처럼 느껴진다. 필자도 그랬다. 얼마나 많은 경험을 해야 책을 쓸 수 있을지 막막했다. 책이 될 만한 이야기는 없다고 생각했다. 이런 걸 써서 어떻게 책이 될 수 있겠느냐는 의심뿐이었다.

매일 새벽 일어나 약 3주간 자판을 두드렸다. 힘들지 않았다고 말하면 거짓일 것이다. 쉬운 작업은 결코 아니었지만 그렇다고 불가능한 일도 아니었다. 가장 중요한 것은 매일 새벽에 일어나 첫 문장을 쓰는 것이었다. 잘 써야겠다는 생각을 내려놓고 일단 한 문장이라도 쓰는 것이 책 쓰기의 시작이었다.

그렇게 매일 한 문장을 쓰는 것으로 시작한 초고는 목표로 잡았던 기간보다 짧은 시간 안에 완성되었다. 초고를 완성했던 날이 아마도 작년 4월 27일이었다. 지금 생각해봐도 초고를 완성했던 당시의 설렘과 뿌듯함이 생생하게 다가온다. 100쪽이 넘는 분량을 채웠다는 사실이 믿어지지 않았다. 오직 초고를 완성해야겠다는 일념으로 하루하루를 시작했다. 간절함이 있었다. 바로 그 간절함이 나를 지탱해주는 힘이었다.

오늘 새벽에도 이렇게 글을 쓰고 있다. 두 번째 책 초고를 쓰고 있다. 알람 소리가 울리기도 전에 나를 깨워주는 이는 바로 초고를 완성해야겠다는 간절함이다. 뜻한 바를 이루어야겠다는 간절한 마음이 이른 새벽이면 귓가를 맴돌며 속삭인다.

"새벽이야, 지금 일어나야 해. 어서 일어나서 글쓰기를 해야지. 뭘 써야 할지 걱정하지 말고 그냥 쓰면 돼. 두려워하지 마. 널 믿고 그냥 계속 써나가는 거야."

초고를 쓰기 시작 한지 오늘로 5일째다. 여섯 번째 꼭지를 쓰고 있다. 딱 한 번 출간을 해보았으나 경험이 얼마나 중요한지 실감하고 있다. 첫 번째 도전에서 바로 꿈을 이루었기에 자신감이라는 확실한 응원군을 얻었다. 이번에도 틀림없이 해낼 수 있다는 믿음이 생겼다. 힘들 때마다 마음속 깊이 자리하고 있는 자신감과 믿음이 나를 계속 이끌어준다.

지난해 책 쓰기의 전 과정을 가만히 되짚어본다. 아무런 경험이 없었기 때문에 모든 게 생소했다. 새벽에 일어나 컴퓨터 앞에 앉았으나 글을 잘 쓸 수 없을 때마다 '과연 내가 책을 쓸 수 있을까'라는 불안과 걱정이 마음속에서 떠나지 않았다. 그때마다 이은대 작가의 조언을 믿고 오늘 쓰고 있는 한 꼭지만을 생각했다. 글이 술술 잘 써지는 날은 날아갈 듯 기뻤다. 한 줄도 쓰지 못한 채 하얀 화면 위에 깜빡이고 있는 커서를 물끄러미 바라보고 앉아 답답한 마음을 달래야만 할 때도 있었다. 초고를 완성했을 때의 느낌이 어떨지 상상하며 힘들 땐 스스로 다독이고 격려해주면서 열심히 자판을 두드린 결과 초고를 완성할 수 있었다.

초고를 완성하기만 하면 모든 게 끝나는 줄 알았다. 초고를 완성하는 일은 그저 책 쓰기의 첫 관문일 뿐이다. 뿌듯함과 행복감도 잠시, 크고 작은 산들이 앞을 가로막고 있었다. 책 쓰는 과정도 결국은 삶 그 자체였다. 하나의 고개를 넘고 나면 또 다른 고개가 기다리고 있었다. 투고준비를 해야 한다. 들어가는 말과 맺음말을 비롯해 출간기획서도 작성해야 한다. 직접 서점을 돌며 쓰고자 하는 책과 유사한 분야의 책을 출간한 출판사의 이메일을 수집해야 한다. 이 모든 과정을 처음 경험하기에 기대감과 신선함도 있지만 쉬운 작업은 아니었다.

모든 준비가 완료되면 이제 투고를 해야 한다. 모든 출판사에 한꺼번에 메일을 보내는 것이 아니라 출판사마다 개별적으로 이메일을 발송해야 한다. 메일을 보내려면 미리 작성해둔 메일 본문 내용을 복사하여 붙여넣기를 하고 출간기획서와 초고 내용 일부를 담은 파일을 첨부해야 한다. 한 통의 메일을 보내기 위해 손가락으로 마우스를 수십 번씩 클릭해야 한다. 100여 개의 출판사에 모두 메일을 발송하고 나면 생각보다 오랜 시간이 걸리고 피곤하다. 손가락을 비롯해 온몸이 결리고 뻐근해질 정도다. 세상에 쉬운 일은 결코 없다는 사실을 새삼 깨닫기도 한다.

기대 반 걱정 반으로 투고를 마치고 나면 '과연 내가 쓴 글을 출판 사에서 읽어보기나 할까'라는 의구심이 들기 시작한다. '출판사로부 터 아무런 연락도 오지 않으면 어떻게 하지'라며 불안하고 초조한 시 간을 보내기도 한다. 여러 가지 감정들이 교차하면서 시간은 흐르고 단 한 곳에서라도 연락이 왔으면 좋겠다는 간절한 마음으로 기다리 기도 한다. 생각보다 여러 출판사로부터 답장이 오기 시작한다. 긍 정적으로 검토해보겠다는 메일도 있고 거절하는 메일도 있다. 메일 을 받을 때마다 기분이 오르내리기를 반복한다. 나중에는 거절하는 메일도 감사한 마음이 들었다. 메일을 열어보지도 않은 채 묵묵부답 인 출판사도 있기 때문이다. 정중하게 거절하는 메일을 보내주는 출 판사는 그래도 초보 작가를 존중해준다는 느낌이 든다.

우여곡절 끝에 계약이 성사되었을 때의 기분을 어찌 말로 표현할 수 있을까. 태어나서 처음 느껴보는 그 기분은 직접 경험해보지 않 으면 모를 것이다. 계약이 이루어지면 온갖 상상을 하게 된다. 금방 자신의 이름 석 자를 달고 책이 나올 것이라는 기대감도 있으나 행 복한 마음도 잠시뿐이다. 출판사 사정에 따라 출간이 계속 미루어지 는 경우도 많기 때문이다.

퇴고와 탈고를 하고 책표지 디자인이 결정되면 인쇄에 들어가고 마침내 출간된다. 인터넷서점에 올라와 있는 책을 검색해보고도 실감하지 못한다. 계약이 성사되었을 때의 기쁨이나 설렘과는 또 다른 느낌이다. 자신의 이름으로 책이 세상에 태어나고 나면 출간의 기쁨 또한 오래가지 못한다. 이번에는 '책이 팔리지 않으면 어떻게 하지'라는 걱정이 올라오기 시작한다.

이렇게 처음 경험하는 출간과정에서 끊임없이 이어지는 감정변화를 겪게 된다. 기대와 설렘으로 행복했다가 불안과 걱정으로 우울해지기를 반복하는 마음의 널뛰기를 수없이 경험한다. 이러한 감정의 변화는 책을 출간하는 과정에서만 경험하는 것이 아니다. 삶 전체를 놓고 보면 늘 반복되고 있는 현상임을 알 수 있다. 오르막이 있으면 내리막이 있는 삶과 마찬가지다.

책을 한 권 출간하는 과정을 돌아보며 생각해본다. 초고를 쓰면서 지나온 삶을 돌아보고 내면을 들여다보는 기회를 가질 수 있었다. 내 안에 깊이 뿌리내리고 있던 내면의 상처와 아픔을 글을 쓰면서 토해낼 수 있었다. 책을 쓰는 과정은 결국 스스로 치유하는 과정이었다. 관찰자가 되어 삶을 새로운 관점으로 바라보며 어떻게 살아가는 것이 바람직한 삶인지 생각해보게 되었다. 책을 출간하는 과정에서 겪은 다양한 감정의 변화를 바라보며 마음을 비우고 욕심을 내려놓는 것이 결국 행복에 이르는 비결임을 깨달을 수 있었다. 개인적인 이익이나 욕심을 앞세우면 결코 행복해질 수 없다는 사실을 경험으로 터득하는 좋은 기회였다.

글을 쓰고 책을 써서 소위 베스트셀러 작가가 되어 돈도 많이 벌고 편안하게 살아야겠다는 생각을 버려야 한다. 글쓰기와 책 쓰기의 목적은, 이은대 작가가 책 쓰기 수업에서 늘 강조하는 것처럼, 내가 쓴 글을 읽고 단 한 사람의 독자라도 자신의 삶에 꿈과 희망을, 힘과 용기를 얻도록 선한 영향력을 주는 것이어야 함을 되새겨본다. 글쓰기와 책 쓰기는 그 무엇과도 바꿀 수 없는 가슴 설레는 경험이다. 스스로 선택하고 매일 쓰기만 한다면 누구나 이룰 수 있다. 자신의 삶을 돌아보고 치유 받고 싶은가. 다른 사람의 치유를 돕는 '홍익하는 삶'을 살고 싶은가. 내 삶의 진정한 변화와 성장을 꿈꾸는가. 이 모든 꿈을 이루고 싶다면 글쓰기와 책 쓰기보다 더 나은 비결이 있는가.

02. 잊고 살았던 내 삶의 가치

어제 아침 출근하기도 전에 집사람은 2박 3일간의 남도 여행을 떠났다. 이른 아침 출발하느라 많이 바빴을 텐데 미리 일어나 아침 준비까지 다 해놓았다. 늘 가족을 먼저 생각하는 그 마음이 고맙다. 아이들이 아직 어렸을 때에는 집사람이 엄마이자 가정주부 역할을 마다하고 주중에 집을 떠난다는 건 엄두도 내지 못할 일이었다. 물론 이제는 아이들이 많이 자랐기 때문에 가능한 일이기도 하다. 아이들이 자랐다 해도 스스로 선택하고 결정하지 않으면 여행을 떠날 수 없다. 집사람의 생각에도 변화가 있었기에 실행 가능한 일이다. 멋진 선택을 한 집사람에게 응원의 박수를 보낸다.

가족들을 위해 늘 얽매인 생활로 자신의 삶을 희생하는 것은 바람직하지 않다. 늘 가족을 먼저 생각하다 보면 내 삶이 없다. 집사람에게 지금까지의 삶은 '내'가 없는 삶이었다. 과거 엄마들의 삶도 대부분 이와 같지 않았을까 싶다.

　든 자리는 몰라도 난 자리는 안다고 했던가. 어젯밤 초과근무를 마치고 집에 돌아와 보니 식탁 위가 어수선했다. 체육대회를 마치고 돌아온 아들은 아무도 없는 집에서 저녁도 먹지 않고 잠들었나 보다. 대학교 새내기로 기숙사 생활을 하는 딸은 주말이라 모처럼 집에 왔는데도 엄마가 차려주는 따뜻한 밥을 먹지 못하고 손수 비빔면을 끓여 먹었단다. 동생은 나중에 일어나 치킨을 시켜 먹은 모양이다. 어질러진 식탁 위에 치킨이 몇 조각 남아 있는 것이 보였다. 학교에서 초과근무를 시작하면서부터 오른쪽 뒷머리가 욱신거리고 뻐근했는데 식탁을 보는 순간 목덜미와 양쪽 어깨까지 뻐근해지기 시작했다. 예전 같았으면 바로 고함을 지르며 아이들을 다그치고 나무랐을 것이다. 잠시 멈춰 서서 말없이 마음을 들여다보았다. 감정의 물결이 일렁이고 있는 게 보였다. 한동안 그저 바라만 보았다.

　내면을 들여다보고 있던 어느 순간 집사람의 얼굴이 떠올랐다. 이와 비슷한 상황에서 힘들다며 가끔 짜증이나 화를 내던 집사람을 생각해보았다. 짜증이나 화를 내는 게 당연했다. 일을 마치고 지친 몸으로 집에 돌아왔는데 해야 할 일이 산더미처럼 쌓여있으니 얼마나 힘들었을까. 어쩌다 한 번 있는 일인데도 이렇게 짜증이 나는데 집사람은 오죽했을까. 직접 겪어보니 집사람에게 미안하기도 하고 고마운 마음이 들기도 했다. 그동안 집사람이 묵묵히 자신의 자리를 지키며 아이들을 돌보고 집안일을 감당해온 덕분에 나는 직장에 다니며 하고 싶은 일을 할 수 있었다. 내가 직장에 나가 돈을 벌어오는 것처럼 집사람이 아이들 뒷바라지와 집안일을 하는 것이 당연한 게 아니었다. 내가 뭐든 열심히 해오고 있었기 때문에 지금까지 별다른 문제없이 잘 돌아가고 있다고 생각했다.

나도 가장으로서 해야 할 일이 있어 바쁘고 힘든 시간도 있었으나 집사람이 더욱 힘들었을 거라는 생각이 든다. 집안일이란 게 아무리 해도 끝이 없다. 돌아서면 금방 또 다른 일이 생긴다. 열심히 해도 별로 달라지지 않지만 하지 않으면 용케도 티가 난다. 우리가 살아있는 한은 끝이 없는 일이 아닐까 싶다.

어젯밤은 고등학생인 아들이 밤 10시에 집 밖에서 과외가 있는 날이었다. 평소 같으면 걸어가도 되지만 지난 3월 무릎을 다쳐 수술한 후 아직도 목발에 의지하고 있어 차로 태워줘야 했다. 마치는 시각인 11시 30분에 다시 데려와야 하는데 평소보다 15분 늦게 마쳤다. 아들을 다시 집으로 데려오고 정리를 마친 후 잠자리에 든 시각이 12시 30분경이었다. 피곤함이 온몸으로 몰려왔다. 일찍 잠자리에 들어야 새벽 시간을 활용할 수가 있는데 어쩔 수 없는 상황이었다.

주말 새벽 나도 모르게 눈이 떠졌다. 거실로 나와 불을 켜보니 시계는 새벽 3시 10분을 가리키고 있었다. 피곤함이 가시지 않아 다시 잠을 잘까 잠시 망설였다. 다시 침대로 돌아가면 영영 일어나지 못할지도 모른다는 생각이 들었다. 물을 한 잔 마시고 거실 컴퓨터 앞에 자리를 잡고 앉아 컴퓨터를 켰다. 글을 쓰기 시작했다. 생각보다 오랜 시간이 걸렸지만 한 꼭지의 글을 마무리했다. 해냈다는 뿌듯함과 성취감 덕분에 그리 피곤하게 느껴지지는 않았다. 아침 독서와 주요 내용 필사를 끝내고 평소보다 조금 늦게 맨발 걷기를 위해 집을 나섰다. 맨발 걷기를 하면서 휴대폰 메모장으로 아침 글쓰기를 마치고 돌아왔다.

집사람이 집을 비우고 없는 날이다. 집사람이 하던 일을 혼자 감당해야 한다. 그나마 주말이라 이른 아침 시간 나만의 일상으로 자리 잡은 일들을 평소와 다름없이 실천할 수 있어 감사하다. 가장 먼저 아들을 데리고 병원에 다녀와야 한다. 다친 무릎의 재활을 위해 물리치료를 받아야 되기 때문이다. 점심을 먹고 오후에는 영어 과외가 있어 태워주고 다시 데려와야 한다. 쉬는 날이지만 새벽 시간 외에는 활용할 시간이 거의 없다. 세끼 식사준비를 해야 하는데 반찬이 별로 없다. 아이들은 고기를 좋아해 집사람이 돈까스를 만들어놓고 갔으나 매끼 마다 돈까스만 먹을 수는 없다. 모처럼 쇠고기국을 끓일 요량으로 아들을 태워주고 잠시 마트에 들러 국거리를 사 왔다. 쇠고기국을 끓일 준비를 하다 보니 어느새 아들을 데리러 가야 할 시간이다.

지난 3월 아들이 무릎을 다친 후 등하교를 비롯한 거의 모든 뒷바라지를 집사람이 해오고 있다. 시간이 맞으면 내가 하는 경우는 가끔 있었을 뿐이다. 시간은 한정되어 있고 몸은 하나뿐인데 그동안 집사람이 아들 뒷바라지하느라 얼마나 힘들고 바빴을지 짐작이 가고도 남는다. 어제와 오늘 집사람의 고마움이 벼 논에 물이 고이듯 마음 가득 차오르고 있다.

아들을 다시 데려오고 나서 쇠고기국을 끓였다. 냉장고에 대파가 있는 것 같아 사오지 않았는데 대파의 상태가 좋지 않았다. 싱싱한 대파를 넣고 마무리해야 국물이 시원하게 우러날 텐데 말이다. 주말에 집사람이 힘들어할 때 가끔 쇠고기국을 끓이곤 한다. 한 번 끓여놓으면 하루 정도는 반찬 걱정이 없다. 아이들도 내가 끓여준 쇠고기국을 늘 맛있게 먹어줘서 고맙다. 대파의 상태가 좋지 않아 마무리가 아쉬웠으나 오늘도 역시 맛있단다. 고마운 녀석들이다. 저녁을 먹고 나니 아이들에게 과일도 챙겨줘야 하고 설거지도 해야 한다. 딸이 설거지를 해줬으면 하는 바람도 있지만 모처럼 집에 온 딸에게 설거지를 맡기는 것도 마음이 좋지 않다. 더구나 아빠의 예전 모습을 닮았는지 체력이 약해 오늘도 잠을 많이 잔 딸이다. 몸은 조금 피곤해도 마음 편한 게 좋은 법이다. 저녁식사가 늦은 탓에 설거지와 아침밥 준비까지 마무리하고 나니 9시가 넘었다.

우리는 평소 각자의 자리에서 자신의 역할을 다하며 살아간다. 가정에서 부모는 부모대로 자식은 자식대로 각자의 역할이 있다. 오늘 집사람이 자리를 비운 하루를 오롯이 경험하고 있다. 빈자리가 이렇게 크게 느껴질 줄 몰랐다. 가끔 내가 집사람을 도와주기도 하지만 당연히 집사람이 하거나 해야 하는 일이라고만 생각했다. 가끔 도와주면서도 집사람에게 크게 베푸는 일이라고 생각했다.

우리는 저마다 자신의 삶을 가치 있게 살아가길 원한다. 따라서 가족이나 소중한 다른 누군가를 위해 무조건 자신을 희생하는 것은 바람직하지 않다. 누구에게나 자신의 삶은 소중하다. 내 삶이 가장 먼저다. 이는 이기적이 되라는 의미가 절대로 아니다. 먼저 진정으로 나를 소중하게 여기고 내 삶을 가치 있게 여겨야 한다는 말이다.

그래야만 다른 사람도 소중하게 여기고 다른 사람의 삶도 가치가 있음을 알게 된다는 의미다. 우리 사회의 전반적인 인식 자체도 그렇다. 자신의 삶을 먼저 생각하기보다 남을 먼저 배려하고 봉사와 희생을 강요하는 경향이 있다. 그러다 보니 자신을 먼저 보살피고 돌보는 일에 서투르다. 자신을 먼저 챙기는 것을 미안하게 생각한다. 내 삶의 가치는 잊고 살아가게 된다. 자식을 위해 혹은 남을 배려하면서 열심히 살다 보니 어느 날 자신의 초라한 모습을 발견한다. 내 삶이지만 어디에도 내가 없음을 깨닫고 허무함과 우울함에 빠지게 된다.

다시 한번 진지하게 생각해보자. 우리는 왜 사는가. 우리는 무엇을 추구하는가. 우리는 행복을 추구한다. 어떻게 해야 행복해질 수 있는가. 자신을 가치 있는 존재라고 여길 때 행복을 느낀다. 내 삶에 내가 없는데 행복을 느낄 수 있겠는가. 내가 먼저 행복해야 상대방도 행복하고 모두가 행복할 수 있다. 우리는 잊고 살았던 내 삶의 가치를 찾아야 한다. 내 삶의 가치를 찾기 위해서는 먼저 나를 찾아야 한다. 내가 내 삶의 중심이 되어야 한다. 내가 나를 찾고 바로 세울 때 내 삶의 가치를 찾게 되고 다른 사람들도 내 삶의 가치를 인정해주게 된다. 이렇게 될 때 우리는 모두 유일한 자신만의 가치 있는 삶을 살아갈 수 있게 된다.

지금쯤 집사람은 어떤 시간을 보내고 있을까. 늘 내가 해야 한다는 의무감에서 벗어났으면 좋겠다. 자유로운 영혼이 되어 삶의 가치를 진정으로 느낄 수 있으면 좋겠다. 자신의 존재를 깨닫고 내 삶의 당당한 주인이 되어 진정한 자유와 행복이 무엇인지 깨달을 수 있기를 바란다. 오늘 하루 집사람의 빈자리를 채우느라 몸은 비록 힘들고 피곤했으나 마음은 그 어느 때보다 평온하고 행복하다. 더불어 잊고 살았던 내 삶의 가치를 되새겨보며 감사한 마음을 가져본다.

03. 타인이란 존재

오늘 써야 할 한 꼭지의 주제는 보시다시피 '타인이란 존재'다. 어젯밤 잠자리에 누워 마음속으로 이렇게 외쳤다. '내일 새벽에 써야 할 타인이란 존재에 대한 글감을 주십시오. 꼭 주실 거라 믿습니다. 감사합니다.'

밖에서 딸그락거리는 소리가 얼핏 들려왔다. 눈을 떠보니 새벽이었다. 아들 녀석이 배가 고팠는지 또 라면을 끓여 먹는 소리였다. 시계를 보니 새벽 3시 45분이다. 어제도 평소보다 제법 늦게 잠자리에 들긴 했으나 이 정도면 적절한 시각에 일어났다는 생각이 든다. 물을 한 모금 마시고 컴퓨터 앞에 앉았다. 파일을 열고 오늘 써야 할 꼭지의 주제를 화면으로 바라본다. 무엇을 써야 할지 아무 생각이 떠오르지 않는다. 몇 분 동안 앉아 있었으나 손가락이 전혀 움직이지 않고 있다. 손가락이 움직여야 글이 써진다는 걸 알면서도 꼼짝도 하지 못하고 있다.

요즘에는 무엇이든 억지로 하려는 생각을 철저히 내려놓는 연습을 하고 있다. 그때그때 상황의 흐름을 따르려고 노력한다. 일단 글쓰기를 멈추고 일어서서 거실에 놓여 있는 탁자 앞에 가 앉았다. 요즘 읽으며 필사하고 있는 책이 눈앞에 펼쳐져 있다. '타인의 내면에서 자신을 발견하고 이를 통해 하나됨을 끌어안으라.'라는 글귀가 눈에 들어온다. 그중에서도 '타인'이라는 단어가 눈길을 끌었다. 오늘 써야 할 한 꼭지의 글을 쓰지 못해 자리를 옮겼더니 오늘의 소주제와 관련된 단어와 마주치게 된 것은 우연일까. 순간 글을 계속 쓸 수 있도록 누군가가 도와주고 있다는 생각이 퍼뜩 들었다. 써지지 않는 글을 쓰려고 계속 컴퓨터 앞에 앉아 머리를 쥐어짜고 있었다면 어떤 결과가 나왔을까. 한 줄도 쓰지 못하고 마음만 바빠지지 않았을까. 마음을 비우고 흐름을 탄다는 말이 어떤 의미인지를 조금은 느껴볼 수 있는 순간이다.

먼저 이 세상이 있고, 이 세상에는 수많은 존재가 있다. 그 수많은 존재 속에 바로 내가 있다. 흔히들 말하기를 내가 없다면 이 세상은 아무 의미가 없다고 한다. 맞는 말이다. 이 세상이 아무리 아름답고 살기 좋은 곳이라 해도 나의 존재 자체가 없다면 무슨 의미가 있겠는가. 방금 말했듯이 나의 존재가 가장 중요한 것은 사실이다. 그렇다면 나 이외의 다른 모든 존재는 중요하지 않고 존재할 필요도 없다는 말인가. 이 넓은 세상에 나 혼자만 존재한다면 다툼이나 경쟁도 필요 없고 하고 싶은 대로 하며 살 수 있으니 얼마나 행복하겠는가. 그야말로 천국이라 할 수 있지 않겠는가. 아리스토텔레스가 말한 것처럼 인간은 사회적 동물이다. 다시 말해서 우리 인간은 혼자서는 살아갈 수 없는 존재다. 모든 것을 혼자 소유하고 마음대로 할 수 있어 편안하고 행복할 거라 여길지 모르지만 잘못된 생각이다.

나를 비롯한 다양한 존재들의 입장으로 보면 우리는 모두 하나의 '나'로 존재한다. 개인의 입장으로 보면 모두가 똑같은 존재다. 누구나 자신의 존재를 가장 중요하게 생각하는 것은 당연하다. 각자 자신의 중요성만 생각하며 이기적인 태도에 집착한다면 어떤 일이 벌어질까. 개인적인 소유에 집착하게 되고 타인의 존재 자체를 인정하지 않으려 하게 된다. 세상의 중심은 '나'라는 생각에 사로잡혀 자기중심적으로 세상을 바라보게 된다. 자신의 존재가 가장 중요하다는 사실을 제대로 인식하고 깨달아야 한다. 이 말은 나의 존재가 소중하다면 타인의 존재 또한 소중함을 알아야 한다는 의미다. 자신의 존재가치를 진정으로 깨닫고 있는 사람은 절대로 자신을 앞세우지 않는다. 상대방의 존재가치를 인정하기 때문이다. 이 세상은 나 혼자만이 존재하는 나의 소유물이 아니라는 것을 알기 때문이다. 이 세상은 우리 모두의 것이다. 더불어 살아가는 데 필요한 공동의 자산이다.

앞장에서도 말했듯이 우리는 눈에 보이지는 않지만 서로 연결되어 있다. 우리가 살아가고 있는 이 세상에는 다양한 에너지들이 교류하고 있다. 우리는 이러한 에너지들을 서로 주고받으며 살아간다. 단 한 순간도 홀로 떨어져 있을 때는 없다. 주변에 아무도 없어서 외롭다고 말하지만 멀리 떨어져 있어도 우리는 서로 연결되어 있다. 어떤 방식으로든 영향을 주고받는다.

'타인'이라는 존재가 없다면 과연 '나'의 존재는 무슨 의미가 있을까. 우리 인간은 관계 속에서 의미를 찾으며 살아가는 존재다. '관계'는 혼자서는 이루어질 수 없다. 반드시 둘 이상의 존재가 있을 때 서로 관계를 맺을 수 있다.

우리는 관계가 원만하면 행복하고 원만하지 못하면 불행하다고 느낀다. 나와 주파수가 잘 맞으면 원만한 관계를 유지할 수 있지만 그렇지 않으면 멀리하게 된다. 좋은 사람과 나쁜 사람으로 분별하려는 마음 때문에 관계가 단절되기도 한다. 이 세상에는 다양한 사람들이 존재한다. 모든 사람이 성격을 비롯한 여러 가지 면에서 나와 잘 맞지 않을 수도 있다. 잘 맞는 사람은 잘 맞는 사람대로 그렇지 못한 사람은 그렇지 못한 대로 인정하면서 관계를 유지해야 한다. 끼리끼리 어울리게 되면 결국 파벌이 생긴다. 서로를 믿지 못해

사사건건 비방하고 적대관계를 만든다. 이런 관계에서는 상대의 존재가치를 인정하고 존중해줄 수 없다. 모두가 파멸의 길로 들어서는 어리석은 결과를 가져오게 된다.

나를 비롯한 이 세상 모든 존재는 저마다 존재가치가 있다. 어떤 방식으로든 필요하니까 바로 지금 이 순간 존재하고 있는 것이다. '나'라는 개인적인 관점에서 필요한 존재만 인정하고 필요하지 않은 존재는 없어져야 한다고 생각하는 것은 커다란 모순이다. 이러한 생각은 스스로의 존재가치를 인정하지 않고 있다는 의미이기도 하다. 내가 가치 있는 존재라는 말은 상대방도 가치 있는 존재임을 말하는 것이다. 상대방을 가치 없는 존재라고 여기는 것은 자신도 가치 없는 존재임을 인정하는 것이다.

한 마을에 여러 가구가 함께 살아가고 있는 상황을 가정해보자. 그 마을에 사는 사람들은 모두 하루 세 끼 먹는 것도 힘들 정도로 가난하다. 이와는 반대로 나는 남부러울 것 없이 풍족한 삶을 살아가고 있다. 이러한 상황에서 나는 과연 행복한 삶을 살아갈 수 있겠는가. 가난한 이웃 사람들이 아무리 선하고 착한 사람들이라 할지라도 혼자서 배불리 먹고 호화로운 생활을 하는 나를 고운 시선으로 보지는 않을 것이다. 가난한 이웃에게 전혀 베풀지도 않고 자신의 이익만 챙긴다면 마음속으로 분노와 적개심을 갖게 될 가능성이 크다. 서로 원만한 관계를 유지하는 것은 기대하기 어렵다. 이웃에게 베풀기 싫어하는 사람은 혼자 살아가기 또한 어렵다. 어차피 우리는 타인과 함께 살아가야 하는 존재다. 그렇다면 어떻게 해야 하는가. 타인의 존재를 있는 그대로 받아들여야 한다. 타인의 존재가 나에게 이익이 된다거나 손해가 될 것이라는 분별을 하지 말아야 한다.

어디 먼 나라 이야기를 할 것이 아니라 바로 자신의 일상을 한 번 돌아보자. 가정이나 직장에서 우리는 많은 사람과 함께 어울려 살아가고 있다. 매일 마주치며 서로 원만한 관계를 유지하기도 하지만 때로는 사소한 일로 다투거나 마음이 상하기도 한다. 한 번 관계가 틀어지면 서로를 비난하며 상대방의 존재를 인정하고 싶지 않다. 가족이라 하더라도 서로 의견이 맞지 않아 다투고 나면 순간적으로 제발 좀 내 앞에서 사라졌으면 하고 생각하는 때도 있다. 직장에서도 마찬가지다. 모두 각자의 역할을 충실히 잘 이행하고 있는데 극소수의 그렇지 못한 사람이 늘 있기 마련이다. 이러한 타인의 존재는 대체로 인정해주기 싫어진다.

이 세상은 음양의 조화로 이루어져 있다고 한다. 모든 존재에는 음과 양이 있다. 음과 양이 하나로 합쳐져야 완전한 조화를 이룰 수 있고 이 우주가 운행을 할 수 있다. 상반되는 개념이 존재하고 나와는 다른 사람들이 있기 마련이다. 이때 '나'라는 개인적인 입장에서 바라보지 말고 전체라는 하나의 입장에서 바라볼 필요가 있다. '나'라는 지극히 좁은 관점에서 벗어나 너와 나 그리고 우리 모두를 하나의 확장된 '나'의 관점으로 보게 되면 우리는 결국 하나다. 내 안에 네가 있고 너 안에 내가 있는 것이다.

타인이라는 존재의 필요성을 인정하고 세상을 한 번 바라보자. 너와 나 그리고 우리 모두 하나로 연결된 세상을 그려보자. 내 것이 네 것이고 너의 것이 내 것이 되는 분별없는 세상에는 다툼도, 경쟁도 있을 수 없다. 타인의 존재를 인정하는 순간 '나'를 버리고 '우리'를 선택할 수 있다. 이렇게 함께 만들어가는 세상은 각자의 자리에서 자신의 역할을 다하며 더불어 꿈꾸는 행복한 세상이 될 것이다.

04. 어떻게 살아야 하는가

인간은 누구나 자신의 의지와 관계없이 이 세상에 태어난다. 가정과 부모를 스스로 선택할 수가 없다. 여기까지는 그야말로 운명이다. 운명은 말 그대로 태어날 때 그냥 주어지는 것이다. 마음에 들지 않는다고 왈가왈부할 일이 아니다. 그냥 주어지는 대로 받아들여야 한다. 저항한다고 해서 바뀔 수 있는 문제는 더더욱 아니다.

요즘 금수저, 흙수저라는 말이 있다. 부모를 잘 만나 부잣집에 태어나면 금수저라 부른다. 사람들은 대개 금수저로 살아가기를 원한다. 물질적으로 풍요롭고 경제적으로 넉넉한 삶이 편안하고 행복할 것으로 생각하기 때문이다. 흙수저로 태어난 사람들은 어떤 마음일까. 부모를 잘못 만나 자신의 삶이 꼬였다고 생각하는 사람이 있다. 자신의 의지에 따른 결과가 아니기에 부모를 원망하거나 불평과 불만을 터트리며 신세를 한탄한다.

이른바 금수저로 태어난 사람이 반드시 행복한 것도 아니며, 흙수저로 태어난 사람이 늘 불행한 것만도 아니다. 부모로부터 많은 재산을 물려받은 금수저가 허영심으로 재산을 모두 탕진하여 밑바닥 인생을 경험하는 이도 있다. 가난을 대물림받은 흙수저라 하더라도 마음을 다잡고 노력하여 자수성가한 사람도 있다. 물려받은 재산을 잘 관리하여 재산을 더욱 늘리는 금수저도 있다. 물려받은 재산이 없다고 세상을 비관하여 자신의 삶을 벼랑 끝으로 몰아가는 흙수저도 있다.

본질이 무엇인지 제대로 알 필요가 있다. 자신에게 주어진 조건이나 환경을 어떻게 바라볼 것인지가 근본적인 문제다. 금수저인지 흙수저인지는 단지 겉으로 드러난 현상일 뿐이다. 문제는 내면에 있다. 인간은 누구나 양면성을 가지고 있다. 상황에 따라 어느 한쪽이 강하게 나타날 뿐이다. 어느 쪽을 선택하느냐에 따라 결과도 사뭇 다르게 나타난다.

어떻게 살아야 하는가. 누구나 성공 인생을 살고 싶어 한다. 성공 인생이란 무엇인가. 성공에 대한 정의는 사람마다 다르다. 가족이 모두 건강하고 별 탈 없이 행복하게 살아가는 것도 성공 인생이다. 자신이 하고 싶은 일을 마음껏 즐기면서 평생을 살아가는 것도 성공 인생이라 할 수 있다. 학창시절 공부를 열심히 하여 소위 일류대학을 졸업하고 대기업에 취직하여 높은 연봉을 받으며 넓은 평수의 아파트에서 살아가는 것을 성공 인생이라 여기는 사람도 있을 것이다. 이렇듯 성공 인생에 대한 정의는 어떤 가치관을 가지고 삶을 바라보느냐에 따라 달라질 수 있다.

〈잡 코리아〉에서 조사한 성공 인생의 조건(복수응답)을 살펴보면, 행복한 가정을 꾸리는 것(77.3%), 사명감과 정신적 소명을 가지고 일하는 것(30.0%), 돈을 많이 갖는 것(14.7%), 사회적으로 인정받는 것(11.9%) 그리고 기타(3.7%) 순이었다.

하지만 개인적인 차원이 아닌, 모두가 더불어 행복한 세상을 만들어가고자 하는 전체적인 차원에서 볼 때 성공 인생의 정의는 달라져야 하지 않을까.

『미라클 꿈알』의 저자인 노병천 박사는 책에서 성공 인생을 다음과 같이 정리하고 있다.

내가 행복하고,
다른 사람의 행복도 돕고,
존경받으며,
세상을 이롭게 하는 인생

우리는 누구나 성공 인생을 위해서 가장 먼저 자신이 행복해야한다. 스스로 행복한 삶을 살아야 한다는 말이다. 먼저 내 삶이 행복해야만 다른 사람의 행복을 도와줄 수 있다. 내 삶이 의미 있고 행복해질 때 다른 사람의 삶에 보탬이 되는 일을 할 수 있다. 다른 사람의 성장과 발전에 도움이 되는 삶을 살아가면 존경받을 수 있다. 나의 행복에서 출발한 이 모든 과정이 제대로 이루어지면 결국 세상을 이롭게 하는 삶이 된다. 나의 행복은 이기적인 마음에서 출발해서는 불가능하다. 나 혼자만 잘 먹고 잘살겠다는 마음으로는 의미 있는 삶도, 행복한 삶도 이룰 수 없다. 나의 행복은 결국 모두가 더불어 행복한 세상을 만들어가기 위한 출발점임을 깨닫는 데서 시작되어야 한다.

성공 인생은 한마디로 말해서 '홍익'하는 삶이다. 개인적인 이익이나 발전만을 추구하는 삶이 아니라 자신의 성장과 발전이 우리 모두에게 보탬이 되는 그런 삶이어야 한다는 말이다. 홍익하는 삶을 위해 우리는 가장 먼저 무엇을 해야 하는가. 꿈을 찾아야 한다. 필자의 경우를 살펴보자. 무기력한 삶을 살아오다 인생 후반전을 시작하면서 꿈을 찾았다. 꿈도 희망도 없이 무기력한 삶을 살아가는 이들에게 꿈의 씨앗을 심어주고 희망의 싹을 틔워주는 동기부여 강연을 하고 싶다는 꿈이 생겼다. 아직은 꿈일 뿐이다. 앞으로 꿈을 이루기 위해 꾸준한 노력과 준비를 해야 한다. 여러 가지 장애물을 뛰어넘기 위한 의지와 끈기도 필요하다.

꿈을 이루기 위해서는 든든한 양 날개가 있어야 한다. 바로 긍정과 감사다. 긍정적인 마음과 감사하는 마음은 세상을 살아가기 위해 없어서는 안 될 필수요소라 할 수 있다. 이 두 가지 마음은 서로 연관성이 있으며, 노력하고 연습하지 않으면 습관화하기 어렵다. 특히 우리 뇌의 특성상 긍정이 부정을 지배하기보다는 부정이 긍정을 지배하기가 더 쉽기 때문이다.

첫 번째 날개는 긍정이다.

모든 것은 나에게서 시작되듯 긍정도 나에 대한 긍정이 가장 먼저다. 자신을 긍정하는 마음이 있어야 한다. 자신을 긍정하는 마음이란 바로 자기 자신을 진정으로 사랑하고 소중하게 여기는 마음이다. 내가 나를 소중하게 여기고 존중할 때 긍정의 마음이 자리 잡을 수 있다.

다음은 타인에 대한 긍정이다. 이것은 바로 상대방을 이해하고 존중하는 마음이다. 우리는 타고난 유전자가 다르고 후천적 환경이 다르다. 생각이나 가치관이 서로 다를 수밖에 없으나 역지사지(易地思之)하는 마음을 가지라는 말이다. 내 생각은 맞고 상대방의 생각은 틀린 것이 아니라 서로 다를 뿐임을 깨닫는 것이다. 상대방을 있는 그대로 인정해주고 이해해줄 때 긍정의 마음이 더욱 깊어지고 조화와 협력을 이룰 수 있게 된다.

마지막으로 태도에 대한 긍정인데 이는 어떤 상황에서도 긍정을 선택하는 마음이다. 똑같은 상황에서도 사람에 따라, 같은 사람이라도 상황에 따라 긍정을 선택하기도 하고 부정을 선택하기도 한다. 우리 마음속에는 늘 긍정과 부정의 늑대가 서로 세력다툼을 하고 있다고 한다. 어느 편이 이길지는 바로 우리 자신의 선택에 달렸다. 일상에서 선택의 순간마다 긍정의 늑대에게 먹이를 주는 연습을 해야 한다.

두 번째 날개는 감사다.

몸과 마음이 서로 밀접한 관련이 있듯 긍정과 감사도 서로 연결되어 있다. 긍정적인 사람이 부정적인 사람보다는 아무래도 감사를 더 잘하게 된다. 일상에서 감사하는 마음을 생활화하는 사람이 더욱 긍정적인 태도를 보이는 것도 당연하다.

먼저 작은 일에도 감사할 줄 아는 확대 감사가 있다. 일반적으로 사람들은 모든 걸 당연하게 여긴다. 당연하게 여기면 감사하는 마음이 생기기 어렵다. 아무리 사소한 일이라도 감사하는 마음을 가지는 연습을 해야 한다. 예를 들면, 엘리베이터를 타기 위해 허겁지겁 달려갔는데 버튼을 누르고 기다려준 사람에게 진심으로 감사하는 마음을 가져야 한다.

다음은 나쁜 일이 일어났을 때도 감사하는 마음을 갖는 다행 감사다. 비록 지금 나에게 나쁜 일이 일어나더라도 그 상황을 다행이라 여기며 감사하는 마음이다. 예를 들면, 왼쪽 다리를 다쳤을 때 양쪽 다리를 모두 다치지 않아서 다행이라며 감사할 수 있어야 한다는 말이다.

마지막으로 무조건 감사가 있다. 성경에 나오는 '범사에 감사하라!'라는 구절처럼 좋은 일과 나쁜 일 모두에 감사하는 것이다. 좋은 일에는 대체로 감사하는 마음을 내기는 쉽지만 좋지 않은 일에도 감사하는 마음을 내기는 쉽지 않다. 하지만 성공 인생을 위해서는 무조건 감사하는 마음을 가져야 한다.

꿈을 찾고 긍정과 감사를 실천하는 삶을 살아가기 위해 노력하고 있다. 일상에서 수시로 마주치는 여러 가지 상황에서 긍정을 선택하고 감사하는 마음을 갖는 연습을 하고 있다. 화가 나거나 짜증이 나면 잠시 멈춰 서서 일어나고 있는 내 안의 감정을 들여다보며 긍정을 선택한다. 평정심을 잃지 않고 잘 이겨낸 자신을 칭찬해주고 마음공부를 할 수 있는 기회를 제공해준 상대방에게 오히려 감사한 마음을 갖는다. 처음부터 쉽게 되지는 않지만, 상황이 일어날 때마다 침착하게 연습을 하다 보니 점점 익숙해지고 있다.

어떻게 살아야 하는가. 누구나 성공 인생을, 행복한 삶을 원한다. 나를 찾는 것이 먼저다. 나를 찾고 꿈을 찾자. 꿈을 이루기 위해 긍정과 감사의 양 날개를 활짝 펼치고 삶의 균형을 이루는 연습을 하자. 그렇게 할 때 우리는 성공 인생을 만들어갈 수 있고 더불어 행복한 세상을 만들어가게 될 것이다. 성공 인생과 더불어 행복한 세상을 만들어가기 위해 가장 먼저 해야 할 일은 내가 먼저 행복해야 한다는 사실을 잊지 말자. 내가 진정으로 행복할 때 모두가 행복한 세상이 될 수 있다는 사실을 명심하자.

05. 글쓰기, 나를 치유하다

　새벽에 눈을 뜨는 시간이 점점 빨라지고 있다. 어제 강의를 마치고 이은대 작가가 한 말처럼 나이가 들어서 그런 것인가. 아직은 나이 때문은 아닌 것 같고 두 번째 책을 쓰기 시작하면서부터다. 잠자리에 들면서 내일 새벽 한 꼭지의 글을 써야 한다는 주문 아닌 주문을 걸고 있다. 글을 써야겠다는 절실한 마음과 글쓰기에 대한 열정이 만들어낸 합작품일 수도 있다. 그만큼 간절하다는 의미이기도 하다. 다른 식구들은 아무도 일어나 있지 않은 이 시간에 왜 컴퓨터 앞에 앉아 글을 쓰고 있는가. 주위를 둘러봐도 모두가 잠든 깜깜한 이 새벽부터 왜 자판을 두드리고 있는가. 무엇이 나를 이렇게 이끌어주고 있는가. 눈에 보이지 않는 힘에 이끌려 새벽을 깨우고 있는 내 모습이 믿어지지 않는다.

　요즘 출근 전 가장 먼저 하는 새로운 일과는 새벽에 일어나 책을 쓰는 것이다. 한 꼭지의 글을 마무리하고 나면 아침 독서와 필사를 하고 맨발 걷기를 나선다. 새벽 시간에 해야 할 일이 예전보다 훨씬 늘어났다. 계획한 일을 모두 마무리하기 위해서는 더 일찍 일어나는 수밖에 없다. 실행하지 않으면 안 되는 일은 아니지만 스스로 해야 겠다고 다짐한 일이기 때문이다.

의무는 아니더라도 의무감보다 더 큰 힘을 발휘하는 것이 바로 내적 동기유발이다. 누가 시켜서 하는 게 아니라 스스로 하는 일은 자연스럽다. 내면에서 열정이 끓어오르기 때문에 뜨겁다. 없던 힘이 솟는다. 어깨춤이 덩실덩실 나온다. 표정이 밝다. 저절로 신이 난다. 포기할 줄 모른다. 긍정적이고 추진력이 있다. 꿈이 생기고 꿈이 영 글어간다. 아무리 어려운 상황이 닥치더라도 꿋꿋하게 이겨낸다. 누 가 뭐래도 자신의 길을 개척해 나아간다. 용기가 샘솟는다. 희망의 빛이 보인다.

외부의 힘이 두려워 어쩔 수 없이 하는 일은 재미와 감동이 없다. 억지로 해야 하니 몸이 무겁고 의욕이 없다. 눈치를 살피고 해야 할 일이 얼마나 남아 있는지만 계속 확인한다. 빨리 끝나기만을 기다리 니 지겹기만 하다. 스스로 하고자 하는 마음이 없으니 만사가 귀찮 다. 누군가 대신해줬으면 하는 마음이 스멀스멀 올라온다. 마음은 자꾸만 콩밭에 있다. 능률이 오르지 않는다. 주인의식이 없다. 오로 지 시키는 일만 한다. 쉽게 스트레스를 받는다. 일을 마무리해도 성취감이 없다.

이른 새벽에 어둠을 깨우고 앉아 자판을 두드리고 있는 모습을 바라본다. 지금 이 순간 자판을 두드리고 있는 이가 누구인가. 그대는 왜 자판을 두드리고 있는가. 내면을 들여다보기 위함이다. 내면을 들여다보려면 그냥 앉아서 눈을 감고 마음속으로 들여다보면 될 것 아닌가. 그냥 들여다본다고 자신의 내면이 보이는가. 내 안에 들어있는 모든 기억을 더듬어 깨워야 한다. 잠자고 있는 기억들을 하나씩 깨워야 한다.

깊은 잠에 빠진 아들을 깨워본 적이 있는가. 늦은 시각까지 게임을 하거나 축구경기를 보고 잠자리에 든 아들을 깨우기는 쉽지 않다. 어떻게 깨울 것인가. 가장 좋은 방법은 스스로 일어나게 하는 것이다. 스스로 일어나게 하려면 뭔가 보상이 있어야 한다. 외적 보상은 한계가 있다. 외적 보상은 점점 더 그 크기와 양을 늘려나가야 한다. 내적 동기부여가 가장 확실한 방법이다. 내적 동기부여만 되면 무엇이든 포기하지 않고 꾸준히 나아갈 수 있다.

내 안에 잠들어 있는 수많은 기억을 스스로 깨어나게 하는 방법은 무엇인가. 아침마다 아이를 깨운 기억을 더듬어보자. 일어나야 할 시간보다 몇 분 일찍부터 깨우기 시작한다. 처음에는 말로 깨워본다. 이름을 몇 차례 불러본다. 아무리 이름을 불러도 일어날 기미가 보이지 않는다. 방문을 열고 들어가 아이를 물끄러미 내려다본다. 깊이 잠들어 있는 아이의 얼굴이 편안하다. 도저히 깨울 수가 없다. 애처로운 마음이 들기도 한다. 마음이 아파 다시 돌아서서 방을 나온다.

시간은 자꾸만 흘러간다. 더는 지체할 시간이 없는 시점이 다가온다. 어쩔 수 없이 깨워야만 한다. 다시 방으로 들어가 이번에는 아들의 발을 주무른다. 이름을 부르면서 이제는 시간이 없다고 말한다. 더 꾸물거리면 지각이라고 말한다. 아이는 서서히 몸을 움직인다. 몇 차례 몸을 뒤척이다 짜증스러운 말을 내뱉는다. 아직도 잠이 덜 깬 것이다. 아들은 짜증을 내고 있다는 사실조차도 잘 모른다. 가끔은 짜증을 내는 아들이 무례하다는 생각이 들기도 한다. 잠이 덜 깬 상태이기 때문임을 알고 나면 잘못된 생각이었음을 인정한다.

지금 이 순간 내면에서 잠자고 있는 기억을 깨우려 하고 있다. 아침마다 아들을 깨우던 기억을 돌이켜보며 태어나서 지금까지 켜켜이 쌓여있는 기억들을 하나씩 깨우고 있다. 아들처럼 쉽게 깨어나지 않는다. 스스로 일어나주면 얼마나 좋을까. 간절함과 절박함이 있다면 스스로 일어날 수 있겠지만 쉽지 않은 일이다. 스스로 필요성을 느껴야 하는 일이다. 갑자기 알람이 울린다. 알람 소리가 울릴 때 특별히 피곤하지 않으면 스스로 일어나게 된다. 요즘 알람이 울리지 않아도 훨씬 일찍 눈을 뜨고 있다. 내면에서 깊은 잠에 빠져 있는 기억들도 지금의 나처럼 스스로 일어나주기를 간절히 바라고 있다. 간절히 바라면 이루어질까. 일단은 깨우려는 노력을 멈춰서는 안 된다. 한 번 깨워서 안 되면 두 번 세 번 계속 깨워야 한다. 짜증을 내더라도 포기해서는 안 된다.

아침마다 아들을 깨우는 데는 이유가 있다. 등교 시간에 맞춰 학교에 가야 한다. 새벽에 일어나 자판을 두드리면서 기억을 깨우려는 이유는 과연 무엇인가. 지금까지 살아오면서 내가 겪었던 모든 일이 기억 속에 들어있기 때문이다. 기억을 깨워야만 그 기억 속에 웅크리고 앉아있는 기쁨, 슬픔, 아픔, 고통을 꺼내볼 수 있기 때문이다.

오늘날 삶의 속도는 그 어느 때보다 빠르다. 분주한 일상 속에서 어떻게 하루를 보냈는지 모를 때가 많다. 어떻게 살아왔는지 지난 삶을 돌아볼 여유도 없다. 오직 앞만 보고 달려가기 바쁘다. 무엇을 위해 그렇게 빠르게 달려가기만 하는지 자신도 알지 못한다. 남들이 달려가고 있으니 덩달아 마음만 바쁘게 움직이고 있다. 잠시 멈춰 서서 자신을 돌아볼 시간이 필요하다. 어디로 가야 할지 모를 때에는 특히 멈춰서야 한다. 일단 멈춰야 내가 어디에 있는지 알 수 있다. 내가 서 있는 곳이 어디인지 알게 되면 나를 바라볼 수 있게 된다.

나를 바라보고 있으니 어떤 기분이 드는가. 자신의 모습이 마음에 드는가. 초라한 모습인가. 남들에게 잘 보이기 위해 겉모습만 꾸미고 있지는 않은가. 겉모습이 아무리 화려하고 멋지게 보이더라도 스스로 당당할 수 있는가. 남을 의식하면서 남의 기준에 맞추려 애쓰고 있는 자신이 보이지 않는가. 왜 그렇게 눈에 보이는 기준에 자신을 맞춰야만 하는가. 기준을 충족시킨다고 해서 마음이 편안해지는가. 외적 기준을 충족시켜갈수록 내 안에 쌓여가는 아픔이 느껴지지 않는가. 지금까지 차곡차곡 쌓여온 그대의 아픔들이 보이지 않는가.

우리는 수많은 이들과 서로 관계를 맺으며 세상을 살아간다. 그러한 관계 속에서 상대방에게 맞춰주려 애쓰느라 많은 아픔을 감춘다. 싫으면 싫다고 말하면 그만인데 용기 있게 싫다고 말하지 못한다. 아닌 것은 아니라고 당당하게 말하면 되는데 그렇지 못하는 경우가 많다. 그때마다 상처들이 마음속에 하나씩 쌓여간다. 수많은 상처가 덕지덕지 들러붙어 응어리가 된다. 이러한 응어리들은 기억 속에 꾹꾹 눌러 담겨있다. 아무리 깨워도 깨어나지 못하게 들러붙어 있다.

어린 시절부터 어른이 된 지금까지 기억 속에 켜켜이 쌓여 응어리진 상처들을 깨워 불러내야 한다. 하나씩 천천히 깨우고 불러내어 다독여줘야 한다. 어떤 이유로 상처가 되어 기억 속으로 꼭꼭 숨어버리게 되었는지 수많은 사연을 들어줘야 한다. 욕심을 내어 한꺼번에 모두 다 깨우려 해서는 안 된다. 시간을 두고 천천히 하나씩 깨우고 불러내어 그들의 말에 귀 기울여줘야 한다. 단 한마디도 놓치지 말고 성심성의껏 들어줘야 한다.

자신의 내면에 깊이 잠들어 있는 기억을 깨우고 그 기억 속에 들러붙어 있는 상처를 불러내는 가장 좋은 방법 하나가 바로 글쓰기다. 아무도 깨어있지 않은 이른 새벽에 홀로 앉아 자판을 두드리다 보면 까만 글자들이 줄지어 이어달리기한다. 글자들이 이어 달리고 있는 장면을 가만히 바라보고 있으면 기억들이 하나씩 깨어난다. 깨어난 기억 속에는 어린 시절의 아픔과 두려움이 상처로 덕지덕지 붙어있다. 이 상처들을 정면으로 마주해야 한다. 처음엔 도저히 용기를 내지 못한다. 계속 자판을 두드리는 가운데 용기를 얻게 된다. 아무도 없는 공간에서 그 상처를 마주 보며 보듬어주어야 한다. 아픔과 두려움의 상처가 어리광을 부리며 내뱉는 이야기를 공감하며 들어줘야 한다.

오래 묵은 마음의 상처는 한 번으로 회복되지 않는다. 매일 새벽 글쓰기를 하면서 기억을 깨우고 상처를 불러내어 관계를 회복하고 따뜻하게 위로해줘야 한다. 아무도 없는 고요한 새벽 단둘이서 서로를 마주 보며 신뢰를 회복해야 한다. 글쓰기는 진정한 나를 만나고 잠든 기억 속에 들러붙어 있는 아픔과 두려움의 상처를 보듬어주는 최고의 치유제다.

06. 인연

옷깃만 스쳐도 인연이다. 많이 들어본 속담이다. 그만큼 인연을 소중히 여기는 말이라고 할 수 있다. '인연(因緣)'이란 무엇인가. 먼저 네이버 국어사전을 검색해보면 이렇게 세 가지로 정의를 내려놓고 있다.

1. 사람들 사이에 맺어지는 관계

2. 어떤 사물과 관계되는 연줄

3. 일의 내력 또는 이유

나이가 들기 전에는 사람과 만남을 인연이라 생각했다. 중년을 넘어서면서 사람뿐만 아니라 이 세상에 존재하는 모든 대상과 만남을 인연이라 여긴다. 바로 지금 이 순간에도 수많은 인연이 스쳐 지나간다. 의식하지 못하고 있을 뿐이다. 스스로 깨달아 알고 있거나 기억하고 있는 것만 인연이라 생각하기 쉽다. 무의식 속에는 기억하지 못하고 있는 수많은 인연이 마음과 마음을 이어주고 있다. 인연이란 그런 것이다.

하루를 시작하고 있는 지금 이 순간 나에게는 어떤 인연들이 다가와 머물고 있을까. 혜성처럼 한순간 나타났다가 흔적도 없이 사라지는 인연이 있는가 하면, 천천히 주위를 살피며 어슬렁어슬렁 왔다가 한참을 머물다가는 인연도 있을 것이다.

사람들은 흔히 이익을 가져다주는 인연도 있고, 손해를 끼치는 인연도 있다고 말한다. 여기서 이익과 손해는 어떤 기준에서 결정되는 걸까. 지극히 개인적인 입장에서 하는 말이다. 개인 중에서도 참자아가 아닌 '에고'의 관점에서 바라본 결과다. 인연은 단지 인연일 뿐이다. 좋은 인연과 나쁜 인연은 없다. 오로지 삶에서 그 순간 꼭 필요해서 오는 것일 뿐이다. 시절 인연이란 말처럼 모든 일에는 때가 있다는 말이다.

오늘 새벽 바로 지금 이 순간 누구와 인연을 맺고 있는가. 오늘 새벽 마주친, 눈에 보이지 않는 수많은 인연이 있지만 지금 나는 컴퓨터 앞에 앉아 자판을 두드리며 글을 쓰고 있다. 이것 또한 인연이다. 사람과의 관계만 인연이 아니라 마주치는 모든 대상이 인연이다. 글을 쓰면서 떠올리고 있는 내 머릿속의 생각도 인연이다. 많은 생각이 떠올랐다가 사라지겠지만 그중에서 바로 지금 이 순간 손가락의 움직임에 따라 하얀 백지 위에 줄지어 뛰어나오고 있는 글자들도 서로 인연을 맺고 있는 것이고 나와도 인연을 맺고 있어 같은 공간에 머무는 것이다.

깜깜한 창밖에서 직박구리가 요란하게 목청을 드높이고 있다. 이것 또한 인연이다. 직박구리가 내게 이른 새벽부터 목청을 들려주는 이유는 무엇인가. 어떤 인연으로 다른 때도 아닌 바로 지금 이 순간 내 귓가에 맑은 목소리를 전해주는 것일까. 직접적인 이유는 알 수 없다. 조물주가 하는 일이니 내가 관여할 바도 아니다. 다가오는 인연들을 내치지 말고 그대로 받아들이면 된다. 좋은 인연과 나쁜 인연으로 분별하지 않아도 된다. 어떤 인연이든 바로 그 순간에 쓰임이 있어서 다가올 뿐이며, 때가 되면 스스로 떠나갈 뿐이다. 머무르는 시간의 길이도 때에 따라 상황에 따라 다르며, 알아서 왔다가 알아서 간다. 애써 붙잡으려 하지도 말고 마음에 들지 않는다고 내쫓을 필요도 없다. 그저 오면 오는 대로 가면 가는 대로 흘러가게 놓아두는 것이다.

글쓰기가 어느 날 내게 다가왔다. 언제 어디에서 왔는지는 정확히 알지 못한다. 세상을 살아가면서 글쓰기를 하지 않을 수는 없다. 학교에서도, 가정에서도, 직장에서도 우리는 늘 글을 써야 하는 경우가 생긴다. 지금 내가 이야기하는 글쓰기는 의무적으로 써야 하는 것을 말하는 게 아니다. 취미로 쓰거나 운명처럼 쓰는 글을 말한다. 어찌 보면 글쓰기는 운명처럼 다가왔다는 말이 맞지 않을까.

많은 사람처럼 나도 글쓰기가 정말 싫었다. 어떻게 써야 할지도 몰랐고 무엇보다 쓸 내용이 없었다. 뭐라도 쓰려고 종이를 펼쳐놓고 연필을 쥐고 앉아있으면 머리가 하얘지기만 했다. 어린 시절 방학 숙제로 썼던 일기도 그랬다. 매일 써야 하는 일기를 늘 미루다 보니 그날 무슨 일을 했는지 잘 기억나지 않았다. 글쓰기가 재미있어야 하는데 재미라고는 없었다. 자꾸만 멀리하고 싶은, 다시는 만나고 싶지 않은 친구 같았다.

시절 인연이란 말이 있듯이 나에게도 필요했는지 어느 날 글쓰기는 나와 인연이 되었다. 디지털카메라가 보급되어 누구나 쉽게 사진을 찍을 수 있게 되면서 가까운 산이나 들에서 풍경 사진을 즐겨 찍었다. 사진을 찍고 나면 그 사진에 대한 단상을 느낌으로 적어보기 시작했다. 아마 글쓰기와 인연이 닿은 것은 이때가 아닐까 싶다. 이렇게 인연이 닿은 글쓰기는 내 삶에 많은 영향을 끼치고 있다. 글쓰기가 시를 만나게 하고 시집을 읽도록 만들었다. 시집 읽기는 시 쓰기로 이어졌고 다양한 책 읽기와 글쓰기가 선순환을 이루게 했다.

좀 더 본격적으로 시를 쓰고 글을 쓰게 된 계기는 월간잡지 좋은생각 홈페이지를 만났을 때다. '필통'이라는 사이트에 매일 사진 단상과 자작시를 올리고 회원들과 댓글로 소통하며 온라인상에서 새로운 인연들을 만났다. 글쓰기를 좋아하는 많은 사람이 인터넷이라는 공간에서 자신들의 생각과 삶을 글로 남기고 서로의 마음을 읽으며 소통하고 함께 성장해가는 멋진 공간이었다. 다음으로는 네이버 블로그에서 글쓰기로 많은 새로운 인연들을 만나게 되었다. 네이버 블로그에는 다양한 관심을 가진 이웃들이 많이 있다. 일상을 주제로 각자의 관심 분야를 글과 사진으로 남기고 있어 서로의 삶에 유익한 내용이 많았다.

지금 이 순간에도 글을 쓰고 있으나 지금처럼 이렇게 매일 글을 쓰게 된 결정적인 인연이 있다. '글장이'라는 닉네임으로 네이버 블로그를 운영하는 이은대 작가와의 만남이다. 이은대 작가와 인연이 닿기까지 수많은 인연이 스쳐 지나갔다. 글쓰기로 맺어진 지나간 인연들이 없었다면 지금의 인연은 없었을 것이다. 이런 의미에서 우리에게 어떤 인연도 소중하지 않은 인연은 없다.

이은대 작가와의 인연으로 삶에 대해 다시 생각해보고 진정한 글쓰기란 어떤 것인지도 알게 되었다. 어떻게 살아가는 것이 바람직한 삶인지 다시 새겨보았다. 글쓰기의 진정한 목적이 무엇이어야 하는지도 깨닫게 되었다. 글쓰기가 삶에 얼마나 중요한지도, 왜 글을 써야만 하는지도 알 수 있었다.

인연은 또 다른 인연을 불러온다. 글쓰기로 맺어진 인연으로 여러 작가를 만나게 되었다. 글쓰기는 자연스럽게 스피치로 이어지고 스피치를 배우면서 삶을 또 다른 시각으로 바라볼 수 있게 되었다. 삶을 새롭게 바라보면서 새로운 인연들을 만나게 되고 수많은 인연 속에서 삶의 결은 한 겹씩 두터워지고 다양한 질감을 갖게 되는 것 같다. 글쓰기가 아니었다면 만나지 못했을 소중한 인연들을 떠올려 본다.

글쓰기는 가장 먼저 나 자신을 만날 수 있게 해주었다. 진정한 나가 누구인지 조금씩 알게 되면서 다른 인연들이 줄을 이어 내 앞에 나타나고 있었다. 나를 제대로 아는 것이 무엇보다 중요하다. 글쓰기로 자신을 찾는 것이 먼저다. 나를 찾고 나면 그다음은 나를 있게 해준 다른 존재들에게 시선을 돌릴 수 있다. 나를 알고 나를 사랑하는 만큼 또 다른 인연들을 만나 그들을 진정으로 사랑하고 서로 하나의 마음으로 연결될 수 있다.

글쓰기는 사람과 사람을 이어준다. 가장 먼저 자신을 찾게 해주고 이 세상 모든 대상을 하나로 연결해주는 소중한 인연이다. 글쓰기와 인연을 맺지 못했다면 지금 난 무엇을 하고 있을까. 진정한 자신을 찾지도 못한 채 어두운 골방에서 혼자 웅크리고 앉아 부정적인 생각에 사로잡혀 무의미한 하루를 보내고 있을지도 모른다. 글쓰기는 나를 세상 밖으로 인도해주었고 세상 사람들과 만나게 해주었다. 글쓰기는 나와 연결되는 모든 사람을 사랑하게 하고 모두 하나 되는 세상을 만들어가게 해준다. 매일 글을 쓴다는 것은 매일 새로운 인연을 만들어가는 것이다. 새로운 생각들을 만나고 그러한 생각들이 말과 행동으로 세상에 나아가면 또 다른 인연으로 이어지게 된다.

인연은 나에게서 시작된다. 내가 만들어가는 것이다. 어떤 인연을 만들어갈 것인가. 글쓰기를 통해 우리는 소중한 인연을 만들고 이어갈 수 있다. 그 첫걸음은 나에게서 시작된다. 글쓰기는 우리 모두를 하나로 이어주는 소중한 인연의 출발이다.

장맛비가 내리고 난 어느 해 여름날, 아파트에서 가까운 신제지 연못으로 갔다. 물 위에 떠 있는 연잎 두 장이 맞닿아 있는 모습을 보면서 시 한 편을 지었다. 그 시를 소개하며 이번 꼭지를 마무리한다.

인연

눈에 보이는 관계보다
눈에 보이지 않는
인연들이 더 소중합니다.

모든 관계 속에는
감출 수 없는 가식과 욕심이
숨어있습니다

어떤 인연 속에도
보이지 않는 진실과 순수함이
배어납니다.

그러므로
인연 따라 왔다가
인연 따라 가는 것이 진정
아름다운 삶입니다.

07. 삶을 새롭게 디자인하다

이른 새벽 깜깜한 창밖을 바라보며 과거의 나를 돌이켜본다. 칠흑 같은 어둠 속에서 불안과 두려움에 떨며 웅크리고 앉아있는 모습이 보인다. 진정 나의 모습이었던가. 마주할 용기가 생기지 않는다. 왜, 무엇 때문에 홀로 어둠 속에 앉아있는가. 누가 그렇게 하라고 했는가. 아무도 그렇게 하라고 명령하거나 권고한 적도 없다.

새벽 4시를 알리는 알람이 울린다. 곧바로 중지 버튼을 누른다. 알람은 이내 소리를 멈추고 자신의 역할을 다했다는 듯 휴대폰 화면에서 사라진다. 지금 나는 오래전의 모습을 떠올려보려 하고 있다. 불안과 두려움에 떨며 웅크린 채 앉아있는 모습에서 알람이 울려 잠시 멈췄다.

다시 기억을 되살려본다. 이 세상에 태어날 때부터 '나'라는 존재는 과연 불안과 두려움에 휩싸여있었을까. 엄마 뱃속에서 나와 세상을 처음 구경했을 때 내 모습은 기억나지 않는다. 사람은 얼마나 어렸을 때부터 기억할 수 있을까. 스스로 노력한다면 태어나던 순간의 기억도 가능할까. 태어나던 순간의 기억이 가능하다면 어떤 기억으로 남아 있을까. 실제로 기억하고 있지 못하더라도 무의식을 비롯해 온몸에 남아 있는 게 아닐까 싶다.

사람마다 정도의 차이는 있겠지만 엄마가 아이를 낳을 때 산고를 심하게 겪는다. 아이도 마찬가지지 않을까. 아이가 태어나면서 웃지 않고 울음을 터트리는 것도 고통 때문이라는 생각이 든다. 태초에 하느님이 인류를 창조했을 때 누구에게나 고통을 내렸다고 봐야 할까. 고통은 삶의 영원한 동반자인가. 고통을 느꼈다는 것은 불안과 두려움이 있었다는 의미로 해석할 수 있다. 내면에 자리하고 있는 고통, 불안, 두려움은 살아있는 사람이라면 누구나 가지고 있는 원초적인 감정이다. 원초적인 감정 때문에 바로 지금 이 순간을 고통스러워하고 불안과 두려움에 떨며 살아갈 수는 없지 않은가. 태초에 이러한 감정들을 내린 것은 분명 이유가 있지 않을까. 그 이유를 스스로 깨달아야 한다.

엄마가 산고를 겪듯이 아이도 고통을 겪었다고 해서 행복, 안정, 기쁨이 없다는 말은 아닐 것이다. 내면에는 근원적인 행복감이 있다고 한다. 칭찬을 듣거나 성적을 잘 받았다거나 뭔가 좋은 일이 생겨

서 행복한 것이 아니라 바로 지금 이 순간 있는 그대로의 내 모습에서 행복감이 샘솟아 나는 걸 느낄 수 있다고 한다. 누구에게나 있는 소중한 자산이지만 바쁜 일상에 지쳐 스스로 느끼지 못하고 있을 뿐이라는 말이다.

과거의 나를 돌이켜보는 과정이 순탄하지 않다. 쉽게 기억이 돌아오지 않는다. 과거의 기억을 떠올려보려는 노력을 자주 해보지 않은 탓이리라. 다시 한번 집중력을 발휘하여 어린 시절로 돌아 가보자.

여름철이었다. 몇 살이었는지는 정확히 기억나지 않는다. 태풍이 몰아쳐 큰 홍수가 났다. 과수원 바로 옆에 있던 강둑이 무너져 우리 집은 섬처럼 고립되었다. 흙탕물이 미쳐 날뛰는 망아지처럼 우리 집 뒤로 끊임없이 밀려드는 모습이 생생하게 기억난다. 그때도 상당한 불안과 두려움이 나를 감싸고 있었다.

또 다른 한여름이었다. 가족들 모두 포항에 있는 송도해수욕장에 갔다고 한다. 아침 일찍 경운기를 타고 포항까지 갔다고 들었다. 기억을 더듬어보면 엄마와 나는 함께 가지 못했다. 그날 아침 집에서 기르던 개에게 손등을 물렸기 때문이다. 엄마 품에 안겨 울고불고 난리를 쳤다. 손등이 아픈 것도 있었지만 해수욕장에 함께 가지 못한 이유가 더 컸다. 개에게 어떻게 물렸는지 기억은 없으나 마음속으로는 얼마나 불안하고 두려웠을지 짐작이 간다.

심리적으로 가장 큰 고통과 불안을 느꼈던 것은 초등학교 6학년 때 갑자기 엄마가 돌아가셨을 때다. 막내로 태어나 엄마 곁에서만 맴돌았던 내성적인 아이였으니 얼마나 마음의 상처가 컸겠는가. 나를 지켜주던 가장 든든한 버팀목이 한순간 무너져 내렸으니 어떤 마음이었을까. 기댈 곳이 하루아침에 사라졌으니 심리적 고통과 불안함이란 이루 말할 수 없었을 것이다. 그때의 내 모습을 마주할 용기가 생기지 않는다. 당당하게 마주 보며 위로하고 격려해줄 용기가 없다. 그렇게 세월이 흐르면서 고통, 불안, 두려움은 서서히 마음속 깊은 곳으로 숨어들었다. 절대로 꺼내보면 안 되는 판도라의 상자가 되었다.

엄마와의 사별에서 시작된 심리적 불안과 두려움은 세상을 바라보는 관점을 소극적이고 부정적으로 만들었다. 생모를 포함해 모두 네 명의 엄마를 두었다. 숫자로만 보면 엄마 복이 참 많다고 할 수 있다. 어린 나이에 새엄마에게 적응하려고 애쓰던 모습이 그려진다. 생존을 위한 몸부림이지 않았을까 싶다. 눈치를 보지 않을 수 없었다. 당당하게 자신의 주장을 펼치지 못하고 늘 남의 의견을 따라가는 성향이 생겼다. 불안한 마음이 늘 자리 잡고 있었다. 두려웠다. 자신에 대한 믿음이 없었다. 자존감도 바닥이었다. 내 삶인데도 '나'를 찾아볼 수 없는 삶이 계속되었다.

지금 현재의 모습은 태어나면서부터 지금까지 겪어온 모든 경험이 만들어낸 결과물이다. 자존감이 낮고 자신을 믿지 못하는 불안한 마음으로 살아온 날들이 후회스러웠다. 불혹의 나이를 넘기고도 몇 년이 지나서야 자신의 모습을 진지하게 바라보게 되었다. 언제까지 '나'가 없는 삶을 살아갈 것인가. 더는 용납할 수 없다는 마음이 들었다. 과거의 아픈 기억들을 계속 붙잡고 살아가기에는 현재의 삶이 고통스러웠다. 돌파구를 찾아야만 했다. 스스로 변화를 선택하지 않을 수 없었다.

자연을 가까이하며 내면을 들여다보는 시간이 늘어났다. 산책하며 나무와 풀꽃을 유심히 바라보았다. 새소리 바람 소리에도 귀를 기울이며 나를 돌아보는 시간을 가졌다. 나를 알아야겠다는 생각이 커지기 시작했다. 인터넷에서 박성우 시인의 「삼학년」이라는 시를 우연히 만나면서 시에 관심을 기울이게 되었다. 한 편의 시가 책과의 인연을 만들어주었고 책 읽기는 글쓰기를 만나게 했다. '일상의 떠오르는 느낌들'이라는 주제로 블로그를 만들어 글을 올리기 시작했다. 글을 쓰면서 일상에서 만나는 모든 대상을 자세히 관찰하고 자신을 들여다보는 시간을 가졌다. 집에 있는 화초를 바라보면서 감정이입을 하기도 했다. 출퇴근길에 만나는 작은 풀꽃들과도 대화를 나누었다. 살아있는 생명체든 생명이 없는 대상이든 모두 친구가 되고 말벗이 되었다.

글쓰기를 하면서 과거의 기억이 하나둘씩 떠오르기 시작했다. 나를 들여다보는 시간이 늘어나면서 일어나는 현상이었다. 일상생활에서는 과거의 아픈 기억을 일부러 떠올리기는 쉽지 않다. 글쓰기에 몰입하다 보면 자연스럽게 내 안의 나를 만나게 된다. 과거에는 두려움 때문에 마주할 용기가 생기지 않던 아픔과 상처도 글쓰기에 몰입하면 자연스럽게 마주할 수 있게 된다. 마음속 깊이 뿌리내리고 있던 상처들이 하나씩 마음의 문을 열고 스스로 걸어 나오기 시작한다. 꼬리에 꼬리를 물고 밖으로 나온 해묵은 상처들이 떠나가고 나면 마음은 한결 가볍고 편안해진다. 글쓰기가 나를 치유해준 것이다.

글쓰기로 치유 받은 마음은 다시 자신을 마주한다. 자존감을 되찾게 되고 진정한 자신을 마주 보게 된다. 불안과 두려움에 떨며 웅크리고 앉아있던 모습은 찾아볼 수 없다. 편안한 얼굴로 빙그레 미소 짓고 있는 아이가 보인다. 글을 쓰고 있는 바로 지금 이 순간 내 마음도 평온해진다. 남의 눈치만 보고 늘 불안해하며 웅크리고 앉아있던 아이는 사라졌다. 구석진 곳과 어두운 곳만 찾던 아이는 이제 어디에도 없다. 자신을 믿고 당당하게 세상에 맞서서 미소 짓는 아이가 밝은 빛을 향해 서 있다.

과거의 아픈 상처를 치유 받고 내면 아이가 밝은 본래의 모습을 되찾으면서 소극적이고 부정적이던 관점이 적극적이고 긍정적으로 바뀌었다. 자신과 세상을 바라보는 시선이 달라진 것이다. 긍정적으로 세상을 바라보게 되자 잊고 있었던 꿈의 씨앗이 싹을 틔우기 시작한다. 꿈의 씨앗을 뿌려놓았는지도 모르고 살아왔다. 꿈의 새싹이 돋아 서서히 자라기 시작한다.

글쓰기는 나를 새롭게 바라보며 새로운 꿈을 꾸게 한다. 새로운 꿈은 삶의 방향을 바꿔준다. 삶을 새롭게 디자인하게 한다. 어떻게 살아갈 것인지 진지하게 되묻게 한다. 어떤 삶이 진정 나를 위하고 너를 위하며 우리 모두를 위한 삶인지 생각하게 만든다. 내 꿈을 펼치는 것이 곧 너의 꿈을 도와주고, 나아가 우리 모두의 꿈이 세상을 밝히는 아름다운 꽃으로 피어나게 하는 그런 삶을 만들어가게 한다. 고통, 불안, 두려움을 완전히 떨쳐버리고 행복, 안정, 기쁨이 가득한 삶을 만들어갈 수 있게 한다. 글쓰기는 마법처럼 나를 치유하고 너와 나 그리고 우리 모두 더불어 행복한 세상을 만드는, 새로운 삶을 디자인해 주는 삶의 디자이너다.

08. 글쓰기로 더불어 행복한 삶

며칠 전 아침 출근길에 있었던 일이 떠오른다. 아마도 월요일이었다. 한 주를 시작하는 첫날 아침 출근길은 늘 분주하다. 교통량도 다른 요일보다 조금 많은 편이다. 그날도 예외는 아니었다.

집을 나와 2단지 아파트 정문 앞에 이르자 출근 차량이 꼬리를 물고 늘어서 있었다. 게다가 아파트 정문 앞 소방도로에는 불법주차 차량이 차로 하나를 점령한 채 통행을 방해하고 있었다. 큰 도로에 신호대기 차량이 많아서인지 움직일 기미가 없었다. 바로 그 순간 뒤에서 경적이 크게 울렸다. 마음속으로 '도대체 누가 경적을 울리는 거야'라고 생각하며 차들이 움직이길 기다리고 있었다. 잠시 후 또다시 경적이 울렸다. 고개를 돌려보니 노란색 통근 차량이었다. 학생들을 등교시켜야 해서 마음이 어지간히 바쁜 모양이었다. 최근에 새로 설치된 신호등은 아직 작동되지 않고 있었다. 비교적 좁은 교차로에서 대기 중이던 나로서는 어쩔 도리가 없었다. 꼬리 물기를 하며 교차로 가운데로 진입할 수도 없는 상황이었다. 문제가 되는 것은 직진 차로 하나를 점령하고 있는 주차 차량뿐이었다.

급기야 뒤에 있던 차량 운전자가 차에서 내려 걸어오는 모습이 사이드미러에 보였다. 연세가 지긋해 보이는 어르신이었다. 그 운전자가 차창을 두드렸다. 창문을 내렸더니 짜증스럽게 말했다.

"조금만 앞으로 당겨주면 되겠구먼."

"여기 당길 데가 어디 있는교?"

"많이 있는데 뭘 그라노."

"거기에 공간이 어디 있냐고요?"

"저기 있잖아."

"……"

아무리 보아도 차를 당겨 세울 공간은 없었다. 지나가던 사람 누가 봐도 나와 같은 생각이었을 것이다. 등교 시간은 정해져 있고 차가 밀려 나아갈 수 없으니 마음이 무척 바빴던 모양이다. 그 심정은 충분히 이해가 간다. 나도 역시 마음이 바빴으니까. 그러는 사이 큰 도로에 있는 신호가 바뀌었는지 차들이 서서히 움직이기 시작했다. 그 운전자는 불만과 짜증이 섞인 표정으로 돌아갔다. 운전자가 돌아가고 차를 몰며 나를 가만히 들여다보았다. 뭔가 마음이 답답하고 억울하다는 감정이 치밀어 올라오고 있었다. 연신 혼잣말로 투덜거리기 시작했다.

"도대체 내가 뭘 잘못했다는 거야."

"아이 정말 아침부터 진짜 짜증 나네!"

"지킬 것 다 지켰을 뿐인데 내가 뭘 어쩌라고!"

"불법주차만 하지 못하게 했으면 될 일이야."

"월요일 아침부터 뭐야 이게!"

나도 모르게 짜증이 올라와 불평을 늘어놓으며 차를 몰았다. 아침부터 평정심을 상당히 잃었는지 출근하고 나서도 온종일 마음이 편치 않았다. 평소 같으면 그냥 넘어갈 사소한 일인데도 마음속에서 불쾌한 감정이 올라오는 것이 보였다.

바로 그다음 날인 화요일 아침이었다. 전날과 거의 비슷한 상황이 또 벌어졌다. 이번에도 교차로에서 앞차들이 움직이기를 기다리고 있었다. 좌회전을 하려고 1차로에서 대기하고 있었고 직진 차선에 불법주차 차량은 없었다. 바로 뒤편에 스타렉스 차량이 보였다. 바로 그 차량이 이번에는 직진 차로를 대각선으로 가로막고 서 있었다. 잠시 후 아파트 경비원이 다가와 차창을 두드렸다. 창문을 내리자 경비원이 말했다.

"차가 막혀서 그런데 앞으로 조금만 당겨주세요."

"보시다시피 당길 곳이 어디에 있어요?"

"저기로 좀 당기면 되겠네."

"......"

차량이 움직이기 시작하자 경비원은 다시 돌아가고 나도 차를 움직이기 시작했다. 전날과 다름없는 상황이었다. 아파트 경비원이 내게 차를 당겨달라고 말할 것이 아니라 뒤에 있던 차량 운전자에게 차로를 가로막고 있지 못하도록 해야 했다. 바로 하루 전에 비슷한 일이 일어나 기분이 상했던 터라 또다시 짜증이 올라오기 시작했다. 이틀 연속 평정심을 잃어버렸다.

책 읽기와 꾸준한 글쓰기를 하고 있다. 글쓰기를 하지 않고 있었다면 앞에서 언급한 상황에서 과연 어떤 반응을 보였을지 상상해본다. 첫날부터 상대방 운전자에게 고함을 지르며 이성을 완전히 잃어버렸을 것이다. 이틀 연거푸 비슷한 일을 겪었기 때문에 둘째 날에는 더욱 격한 반응을 보이지 않았을까 싶다.

책을 읽고 글을 쓰기 전에는 마음이 상하는 일이 있고 나면 좋지 않은 감정이 마음속에 오래도록 남아 있곤 했다. 결과적으로 자신을 많이 괴롭혔다. 훌훌 털어버리면 되는 감정을 마음속 깊이 꾹꾹 눌러 담아두곤 했다.

요즘은 가끔 일상에서 일어난 상황을 메모해두고 글을 쓰면서 상황을 돌이켜본다. 그 당시 상황을 다시 한번 되짚어본다. 마음속에서 일어났던 감정들이 어떤 것이었는지도 떠올려본다. 비디오 클립을 되돌려보듯 상황을 천천히 떠올려보면 나의 마음을 자세히 볼 수 있다. 굳이 그러지 않아도 되었는데 짜증을 내거나 화를 낸 자신을 반성해보게 된다. 자책하는 것이 아니라 그 당시의 마음을 그대로 읽어주고 이해해주는 것이다. 이 모든 상황을 글로 쓰면서 마음속에 담아두었던 묵은 감정을 풀어내고 나면 자연스럽게 치유가 된다.

월요일 아침 출근길 나에게 짜증을 내며 차를 앞으로 당겨달라고 했던 운전자의 입장을 떠올려본다. 나도 마음이 바빴지만 그도 얼마나 마음이 바빴을까. 급한 마음에 경적을 울리고 급기야 직접 다가와서 차를 당겨 달라는 말을 하지 않았을까. 지나고 나서 다시 조용히 생각해보니 상대방의 마음이 조금은 이해가 된다. 만약 내가 뒤에서 기다리고 있었다면 어떤 반응을 보였을지 생각해본다. 아니 평소 출근길에 신호대기를 하면서 어떤 행동을 취했는지 돌이켜본다. 나도 별반 다를 바가 없었다. 직접 내려서 상대방에게 말을 하지 않았을 뿐 혼자서 욕을 하거나 투덜대기 일쑤였다. 한번 마음이 급해지면 습관이 되어 비슷한 상황이 일어날 때 자주 평정심을 잃게 된다.

그동안 책 읽기와 글쓰기를 하면서 자신의 마음을 들여다보며 마음공부를 많이 했다고 생각했다. 마음공부는 끝이 없는 모양이다. 어떠한 상황에서도 평정심을 잃지 않으려면 얼마나 오랫동안 꾸준히 실천해야만 하는 걸까. 보통사람이 어떤 상황에서도 평정심을 잃지 않을 수 있을까. 쉬운 일이 아닐 것이다. 이것은 평정심을 잃는 것 자체의 문제가 아니다. 평정심을 잃었을 때 이를 바로 알아차리고 자신의 감정을 바라보며 수습할 수 있느냐 하는 문제이다. 살아있는 사람이라면 상황에 따라 감정이 일어나지 않을 수는 없기 때문이다.

일상에서 마주치는 여러 가지 상황 속에서 우리는 어떻게 대처해야 하는가. 어떤 일이 발생했을 때 문제의 원인을 상대방에게서 찾는 경우가 많다. 문제의 원인은 바로 내 안에 있는데도 말이다. 그러므로 시선을 외부가 아니라 내 안으로 돌리는 연습을 해야 한다. 이를 위한 가장 좋은 방법은 책 읽기와 글쓰기다. 경험해본 바로는 책 읽기만으로도 긍정적인 효과가 있다. 그러나 책 읽기에 글쓰기를 더한다면 훨씬 더 도움이 된다. 책을 읽고 글을 쓰기 이전과 이후의 마음을 살펴보면 분명한 차이가 있다. 물론 아직도 가끔은 감정을 제어하지 못하기도 하지만 과거에 비하면 자신의 감정을 바라보며 알아차리는 경우가 훨씬 더 많아졌다.

모두가 책 읽기와 글쓰기를 하는 세상이 왔으면 좋겠다. 상대방에게 먼저 하라고 지시하거나 명령할 것이 아니라 나부터 읽고 쓰는 삶을 시작해보면 어떨까. 아침 출근길에 교통체증이 있더라도 상대방의 마음을 이해해주며 평정심을 잃지 않고 행복하게 하루를 시작할 수 있지 않을까. 글쓰기는 마음을 들여다보며 자신을 더욱 깊이 이해할 수 있게 해준다. 자신에 대한 이해가 깊을수록 상대방의 마음도 살피고 더 잘 이해할 수 있게 된다. 자신의 마음을 알고 상대방의 마음을 제대로 읽을 수 있다면 이 세상은 분명 더불어 행복한 세상이 될 것이다. 글쓰기를 통해 더불어 행복한 세상을 만드는 일에 동참하고 싶지 않은가.

03

맨발로 걷다

♣ 여는 시 ♣

맨발 걷기
    - 나를 찾아 떠나는 여행 -

동녘 하늘
발그레한
여명을 등에 업고

근린공원 언 땅 위를
맨발로 걷노라면

별처럼 찬란한 고독 깨어나는 내 영혼

비둘기
울음소리
묵직한 산자락을

끼고 도는 오솔길에
진아眞我 찾는 중생이여

멀리서 찾지 마시게 그대 안에 있나니

01. 이른 아침, 땅을 만나다

유월 첫날 이른 새벽 알람 소리에 깜짝 놀라 깨어 보니 창밖은 어둠이 쌓인 채 고요하다. 조금 열려있는 거실 창문 틈으로 지나가는 자동차 소리만 새벽을 가른다. 새벽공기가 제법 써늘하다. 이제야 정신이 조금씩 돌아온다.

글을 쓰면서 철저하게 흐름을 따르려 노력하고 있다. 오늘 써야 할 한 꼭지 글의 소주제가 정해져 있으나 아직도 그 주제와 관련된 글이 전혀 나오지 않고 있다. 이것도 하나의 흐름으로 받아들여야 하는가. 하나의 주제로 집약된 글을 쓰지도 못하면서 글쓰기와 책 쓰기를 하고 있는가. 모순이라 생각하지 않는가. 독자들에게 무엇을 전달해야 할지도 모르면서 어떻게 책을 쓰고 있다는 말인가. 오늘 내가 써야 할 소주제는 맨발 걷기와 관련된 것이다. 맨발 걷기를 하면서 느끼고 깨달았던 내용을 써야 한다는 말이다. 왜 자꾸만 변죽을 울리고 있는가. 자신을 믿고 그냥 쓰면 되지 않는가. 충분히 글을 쓰고 책을 쓸 능력을 갖추고 있다고 믿어라. 이런 내용을 써서 어떻게 독자들에게 감동을 줄 수 있을지 의심하지 마라.

이 글을 마무리해야 오늘 아침 맨발 걷기를 나갈 수가 있다. 맨발 걷기를 하고 싶으면 빨리 이 글부터 마무리해야 한다. 맨발 걷기를 해야 한다는 생각이 먼저 떠오른다는 것은 글쓰기에 집중하지 못하고 있다는 증거다. 마음이 지금 현재에 머무르지 못하고 미래로 달려가고 있다는 말이다. 바로 지금 이 순간에 머물지 못하면 글쓰기는 더욱 힘들다. 여기에 집중해야 한다.

조바심이 나는가. 글을 잘 쓰고 싶은가. 조바심을 버려라. 잘 쓰려는 마음을 버려라. 마음을 완전히 비워라. 자신을 믿고 기다려라. 억지로 쓰려고 하지 마라. 그냥 손가락이 움직이는 대로 자판 위를 뛰어다니기만 하라. 다른 생각은 하지 마라. 생각하려 하지 말고 생각 자체를 내려놓아라. 누군가가 불러주는 말을 받아 적는 기분을 느껴라. 받아 적으면서 내용이 마음에 들지 않는다고 분별하지 마라. 일단은 그냥 적기만 하라. 저절로 내용이 이어지게 된다. 글을 쓰면서 의식적으로 내용이 맞는지 확인하게 되면 글이 딱딱해지고 자연스럽지 못하게 된다. 그냥 써나가야 한다. 글이 글을 밀고 나가야 한다고 하지 않던가. 스스로 밀고 나아가도록 흐름에 맡겨라.

요즘 맨발 걷기가 많은 사람에게 전해지고 있다. 이른 아침 맨발로 땅을 밟아 본 적이 있는가. 맨발로 땅 위를 걷는다고 하면 사람들은 대개 여러 가지 걱정을 한다. 근린공원에서 맨발로 걷고 있으면 관심을 보이며 물어본다.

"발바닥 안 아파요?"
"가시나 못에 발바닥이 찔려 파상풍이라도 걸리면 어떻게 해요?"
"개도 다니고 그러던데 안 더러워요?"
"한겨울인데 동상은 안 걸려요?"

하나같이 염려와 걱정이 앞선 질문이다. 직접 해보지도 않고 지레 겁을 먹는다. 실제로 해보면 생각보다 괜찮다. 처음 시작하면 발바닥이 왜 아프지 않겠는가. 직접 맨발로 걸어보면 생각보다 아프지 않다. 조금만 지나면 적응이 되어 오히려 발바닥이 시원하고 편안하다. 물론 가시나 못에 찔릴 수도 있을 것이다. 확률은 높지 않다. 걱정할 필요가 없다. 혹시라도 가시나 못에 찔리면 병원에 가서 치료를 받으면 된다. 개나 다른 동물이 다니던 길이라 더럽다고 생각한다면 자신의 발은 과연 깨끗한지를 먼저 생각해봐야 한다. 행여나 오물을 밟으면 씻으면 그만이다. 한겨울에 영하의 기온이라면 동상에 걸릴 수도 있다. 사실은 필자도 지난겨울 양쪽 검지에 가벼운 동상을 입어 약간 아린 느낌이 들었다. 시간이 지나자 외피가 허물 벗듯 한 꺼풀 벗겨지고 새살이 말끔하게 돋아났다. 그러니 이 역시 크게 걱정할 일이 아니다.

인간은 땅과 밀접한 관련을 맺고 살아간다. 요즘은 고층아파트에서 생활하는 사람들이 많고 도심에서는 대체로 아스팔트나 시멘트로 덮여 있어 땅을 밟을 일이 별로 없다. 밟는다 하더라도 신발을 신고 밟는다. 맨발바닥과 맨땅이 서로 만나는 경우는 거의 없다. 땅에서 태어나 한평생을 살다가 다시 땅으로 돌아가는 것이 우리의 삶이요 운명이다. 문명이 발달하면서 땅과의 거리는 점점 멀어지고 땅을 접할 기회는 더욱 줄어들고 있는 현실이다. 땅을 가까이해야 한다. 인간의 본성을 되찾고 건강을 유지하기 위해서는 땅과 친해져야 하고 자주 만나야 한다. 요즘 맨발 걷기가 널리 퍼져나가고 있는 이유가 바로 여기에 있지 않을까.

맨발 걷기를 시작하고 처음 얼마간은 발바닥에 신경을 많이 썼던 기억이 난다. 아직 익숙하지 않다 보니 통증도 제법 느껴지고 다칠까 봐 걱정도 되었기 때문이다. 이제는 발바닥에 굳은살도 생기고 적응이 되어 웬만한 자극은 대수롭지 않게 여긴다. 요즘은 눈앞에 펼쳐지는 풍경을 바라보기도 하고, 마음속에 떠오르는 느낌에 집중하거나 휴대폰 메모장에 메모하느라 발바닥에는 별로 관심을 기울이지 않는다. 맨발 걷기를 할 때나 평소 걸어 다닐 때 가장 고생하고 있는 발바닥에 집중하며 천천히 걸어본다. 처음 맨발 걷기를 시작했을 때 느꼈던 다양한 자극을 떠올리며 다시 집중한다. 자잘한 흙 알갱이가 아삭아삭 소리 내며 발바닥을 간질인다. 초기에는 지금 이 느낌도 통증으로 전해졌을 것이다. 이제는 그저 무덤덤할 뿐이다.

이번에는 부드러운 흙이 덮여 있는 곳을 지나고 있다. 뭐랄까. 고운 밀가루를 손으로 만지는 느낌 같기도 하고, 이월 쑥떡을 감싸고 있는 노르스름한 콩고물이 입안에서 사르르 녹는 느낌이다. 발바닥에 미각은 없지만 달짝지근한 콩고물 맛이 느껴진다. 흙의 빛깔을 생각하면 하얀 밀가루보다는 콩고물이 더 적절한 비유다.

지금은 유례없는 폭염이 기승을 부리고 있는 한여름이다. 최강한파가 몰아쳤던 지난겨울 맨발 걷기의 기억을 더듬어본다. 체감온도가 영하 18℃를 기록한 새벽에도 맨발 걷기를 한 적이 있다. 두꺼운 외투를 걸쳐도 추위를 견디기 힘들어하는 상황에서 맨발로 언 땅을 밟는다는 것은 상상할 수 없는 일이다. 한겨울에는 지금보다 통증이 훨씬 강하게 느껴진다. 차가운 기운이 발바닥과 양쪽 모두 열개의 발가락으로 스며들면 참을 수 없는 고통이 엄습한다. 도저히 견딜 수 없을 것만 같은 첫 고비를 넘기고 나면 신기한 일이 벌어진다. 발바닥이 뜨끈해지고 발바닥은 땅에 닿아 있지 않고 떠 있는 것 같은 기분이다. 자석에서 느껴지는 자기장이 발 전체를 감싸는 느낌이 든다. 어느 순간 다시 발가락이 끊어질 것 같은 시림과 고통이 다가왔다 사라지는 현상이 몇 차례 주기적으로 반복된다. 고통을 이겨낸 뒤에 찾아오는 희열을 잊을 수가 없다. 고통의 순간을 넘어야만 느낄 수 있는 귀한 선물이다.

이른 아침 맨발로 땅을 만나보라. 맨발로 땅을 디디는 순간 교신이 시작된다. 지구별 맨살이 신호를 보내오기 시작하고 발바닥은 이를 감지하여 온몸으로 전달해준다. 작은 흙 알갱이를 밟는 느낌은 다양하다. 계절에 따라 다르고 장소와 시간대에 따라 다르다. 부드럽고 폭닥한 느낌을 주기도 하고 딱딱하고 까칠한 느낌을 전해줄 때도 있다. 몸의 기운이나 상태에 따라 발바닥으로 전해오는 자극이 다른 느낌으로 다가오기도 한다.

이른 아침 어둠이 채 가시기도 전에 대지를 밟으면 신성한 기운이 느껴진다. 말로 표현할 수 없는 이 특별한 기운은 맨발로 직접 흙을 밟아보지 않으면 절대로 느껴볼 수 없다. 필자는 주로 새벽에 근린공원에서 맨발 걷기를 하고 있다. 공원 바로 옆에 나지막한 산자락이 이어지고 있어 이른 새벽이면 참새, 박새, 까치, 직박구리 등 다양한 새들이 저마다의 목소리로 합창을 한다. 풀숲에서는 귀뚜라미와 쓰르라미, 찌르레기 등 풀벌레들이 잔잔한 연주곡을 들려준다. 이러한 자연의 소리를 배경음악으로 들으며 맨발로 걷고 있노라면 마음이 고요해진다. 발바닥에 온 마음을 집중한 채로 천천히 흙길을 걸으면 진정한 나를 만날 수 있다. 새벽의 신성한 기운을 느끼며 맨발로 어머니의 땅을 만나는 시간은 나를 찾고 나를 바로 세우는 소중한 기회다.

02. 그 차가운 감촉

주말 새벽 눈을 떴다. 건강검진이 예약되어 있어 마음이 조금은 바쁘다. 어젯밤 10시 이후부터 금식이라 물 한 모금도 마실 수 없다. 갈증이 느껴진다. 물을 마시면 안 된다고 생각하니 갈증이 더욱 심해진다. 사람의 심리란 알다가도 모를 일이다.

새벽에 일어나 편안한 마음으로 글을 써야 하는데 마음이 그리 편하지 않다. 잘 써야겠다는 마음이 앞선다. 천천히 여유 있게 따라오라고 아무리 말해도 도무지 말을 듣지 않는다. 그렇게도 앞서서 가고 싶을까. 잘 쓰고 싶은 마음보다 진심을 담은 이야기가 앞장서야 한다. 마음을 진지하게 들여다보고, 있는 그대로의 나를 믿고 사랑하는 마음이 앞서야 한다. 자신을 바로 세우고 중심을 잡아야 한다. 지금도 마음 한구석이 뭔가 불안하다. 불안한 마음이 화면에 줄줄이 튀어나오고 있는 글자 속에 그대로 묻어나면 안 된다. 생각을 바꿔라. 마음을 바꿔라. 지금 스스로 느끼고 있는 그 마음이 글 속에 녹아 들어 간다고 하지 않았던가. 그냥 써라. 생각하지 말고 그냥 자판 위를 원하는 대로 뛰어다녀라. 결과에 대해 미리 걱정하지 마라. 아무도 뭐라 하지 않는다. 잘 썼다는 칭찬을 받고 싶은가. 글도 아닌 글을 책으로 엮었다고 비판받을까 두려운가. 칭찬이 반드시 좋은 것도 아니고 비판이 반드시 나쁜 것도 아니다. 칭찬이나 비판은 결국 같은 것이다.

글쓰기가 원하는 방향으로 흘러가지 않고 있다. 어젯밤에도 오늘 주제를 어떻게 풀어나갈 것인지 고민하고 걱정했나 보다. 지금 기억 해보니 무엇을 했는지는 모르겠지만 무척 바빴다. 그게 꿈이었나보다. 맨발 걷기가 어느 정도 익숙해지면서부터 자고 일어나면 아무런 기억도 떠오르지 않고 푹 잘 잤다는 느낌이 들었는데 오늘 새벽에는 아니다. 잠은 비교적 잘 잤으나 꿈속에서 바쁘게 뭔가를 계속했던 기억이 난다. 글쓰기에 대한 부담이 마음속에 남아 있었기 때문에 꿈속에서도 마음이 바빴나 보다.

마음공부는 언제까지 해야 할까. 언제쯤 끝이 날까. 어떤 상황에서도 평정심을 잃지 않는 성인(聖人)들은 얼마나 오랜 세월을 보냈을까. 숨을 길게 내쉬어본다. 다시 마음을 가다듬고 자판을 두드린다. 조바심내지 말고 그냥 천천히 나아간다고 생각하자. 속도가 중요한 것이 아니라 방향이 중요하다고 하지 않았던가. 마음의 방향을 바로잡기만 하면 된다. 이쪽저쪽 기웃거리지 말고 가야 할 길을 찾아 천천히 나아가면 된다. 지금 내가 나아가야 할 방향은 주제를 따라가는 것이다. 아직도 주제가 어느 방향을 가리키고 있는지 이해하지 못하고 있다. 주제가 가리키는 방향을 찾아라. 바람이 불어온다고 바람에 흔들리지 마라. 중심을 바로 세우고 나아가야 할 길을 찾아라. 마음을 가라앉히고 불안한 마음을 떨쳐버려라. 아무도 날 방해하지 않는다. 자신을 믿고 진정으로 사랑한다면 그 누구도 방해하지 못한다. 주제를 따라 천천히 걸어가 본다.

어린 시절로 나를 이끈다. 시골에서 4남매 중 막내로 태어났다. 얼마나 약골이었는지 감기를 달고 살았다. 음식을 먹고 나면 배탈도 자주 났다. 설사를 자주 하고 변비도 잘 걸렸다. 무슨 탈이 그렇게도 많았을까. 왜 이렇게 부실하게 낳아주었냐며 억울함을 호소하고 싶기도 했다. 다른 아이들처럼 건강하게 태어나서 마음대로 뛰어놀고 먹고 싶은 것도 실컷 먹고 싶었다. 늘 마음이 불안하고 걱정이 앞섰다. 그렇다고 큰 병이 있는 것은 아니었다. 자질구레한 병치레를 많이 했을 뿐이었다. 어린 마음에 차라리 심각한 병이라도 걸렸으면 좋겠다는 생각을 하기도 했다. 어리석은 생각이었다. 철없는 아이였다. 오로지 남들처럼 신나게 뛰어놀며 먹고 싶은 것은 다 먹어보고 싶다는 생각뿐이었다.

지금 왜 어린 시절 병약했던 모습이 떠오르는 걸까. 자신감에 차 있는 당당한 모습을 찾아볼 수 없었던 어린 시절이 글 속에 등장하는 이유는 무엇 때문일까. 지금 나에게 일어나는 모든 일은 다 이유가 있다고 했다. 떠오르는 대로 그냥 계속 써보자. 이야기 속에 등장했으니 스스로 이야기를 풀어나갈 것이라 믿고 계속 써보자.

어릴 적부터 달고 살았던 병치레는 나이가 들어서도 계속되었다. 타고난 병약함도 있었으나 나이가 들어서도 자주 아픈 것은 마음의 문제 때문이 아니었을까. 몸과 마음은 떼려야 뗄 수 없는 밀접한 관계가 있다. 몸이 약하니 마음도 약해질 수밖에 없지 않았을까. 몸이 건강해도 마음이 약해지는 사람이 있는데 몸도 약하니 더욱 심약해질 수밖에 없었을 것이다.

잦은 병치레로 고생했던 과거를 떠올리며 지금 몸과 마음의 상태를 살펴본다. 오십 평생 살아오면서 지금보다 더 건강했던 기억은 없다. 글쓰기가 잘되지 않으면 마음이 불안해지기도 했으나 요즘만큼 여유롭고 편한 적은 없었다. 꾸준하게 자기 관리를 해온 덕분이다. 몸과 마음의 근육을 기르기 위해 그동안 기울여온 노력이 서서히 결실을 거두고 있다는 증거다.

더위보다는 추위를 많이 타는 편이다. 한여름 숨 막히는 열대야도 견디기가 쉽지 않지만 추위보다는 낫다. 더위 때문에 땀이 나면 그냥 땀에 젖으면 된다. 온몸이 땀으로 범벅이 되어도 짜증 내지 않고 흐르는 땀을 즐기는 마음을 가질 수 있다.

추위는 받아들이기 힘들다. 아무리 여러 겹의 옷을 입어도 추위가 가시질 않는다. 옷을 많이 입으면 움직임도 둔해지고 불편하다. 날씨가 추우면 바깥 활동도 귀찮아진다. 몸도 자꾸만 움츠러든다. 마음도 적극적이지 못하고 밖에 나가는 것 자체가 싫어진다.

맨발 걷기를 시작하고 겨울을 보낸 경험이 있다. 한겨울 최강한파 속에서도 맨발 걷기를 했다. 추위를 극복했다. 예전엔 날씨가 추우면 맨발이 아니라 그냥 걷는 것도 하고 싶지 않았다. 한겨울 추위를 맨발 걷기로 이겨낸 경험이 나를 변화시켰다. 이젠 어떤 추위도 두렵지 않다. 추위에 대한 자신감이 하늘을 찌른다. 체감온도 영하 18℃에서도 맨발 걷기를 해보았기 때문이다. 한계를 넘어서는 경험이 사고의 틀을 깨트린 것이다.

지난겨울 맨발 걷기의 기억을 더듬어본다. 깜깜한 새벽 추위를 이겨내기 위해 완전무장을 하고 근린공원으로 나갔다. 아무리 많은 옷을 껴입어도 발가락과 손끝은 시렸다. 더구나 발은 맨발이고 휴대폰 메모장에 글을 썼던 오른손은 맨손이었다. 손발이 얼마나 시렸겠는가. 지금 생각해보아도 혹독한 추위를 어떻게 이겨냈는지 믿어지지 않는다. 신발을 신고 있어도 발가락이 시려오는 날씨에 맨발로 언 땅을 밟는다고 하면 사람들은 제정신이 아니라고 생각할지도 모른다. 많은 사람은 동상에 걸릴 수도 있다고 생각한다. 나도 처음엔 동상에 걸릴까 봐 두려운 마음이 전혀 없었던 건 아니다. 직접 해보지 않으면 알 수 없는 일이다. 대체로 사람들은 직접 해보지도 않고 단정하는 경우가 많다. 특히 맨발 걷기에 대해서는 걱정하는 마음이 더욱 앞서는 것 같다.

맨발로 차가운 대지를 밟았던 느낌을 떠올려본다. 솔직한 느낌을 말하면 첫발을 내디디면 자잘한 흙 알갱이가 발바닥을 찌른다. 따갑고 얼얼하다. 도저히 계속 걸을 수 없다는 생각이 마구 솟아오른다. 당장 그만두고 집으로 달려가자는 내면의 목소리가 울려 퍼진다. 진정으로 변화와 성장을 원한다면 고통이 시작될 때 견딜 수 있어야 한다. 고통이 시작되고 그 고통을 이겨내는 만큼 변화와 성장을 이룰 수 있다.

영하의 기온과 세찬 겨울바람이 온몸을 움츠러들게 만들고 인내심을 시험하기 시작한다. 발바닥으로 전해지는 통증은 점점 심해진다. 일정한 간격을 두고 고비가 찾아온다. 여기서 더는 안 되겠다는 마음의 소리가 들려온다. 첫 고비를 넘기고 나면 완전히 얼어붙어 마비될 것 같았던 발이 후끈 달아오른다.

얼마간 편안한 마음으로 계속 맨발 걷기를 한다. 또다시 발가락이 시리고 얼얼해지기 시작한다. 두 번째 고비가 찾아온 것이다. 내면을 들여다본다. 여기서 멈추어야 하는 걸까. 계속 맨발로 걸어야 하는 걸까.

내면에서는 '에고'와 '참나'의 싸움이 시작된다. 에고가 먼저 '너 이러다가 틀림없이 동상에 걸려. 지금 당장 포기해!'라고 말한다. 이번에는 '참나'가 '지금까지 잘 견뎌왔는데 여기서 포기할 수는 없어. 조금만 더 힘내! 힘을 내라고!'라며 의지를 불태운다. 내면에서 격전이 벌어지고 있는 가운데 발바닥은 정전기가 흐르는 것처럼 짜릿한 기운과 함께 다시 뜨끈해진다. 이러한 과정이 주기적으로 반복되어 찾아온다. 그때마다 내면에서 '에고'와 '참나'의 치열한 기싸움이 계속된다. '에고'와 '참나' 중에서 어느 쪽이 이기느냐에 따라 맨발 걷기를 계속할 수도 중도에 멈추게 될 수도 있다.

겨울 맨발 걷기를 처음 경험했을 때 맨땅이 전해주었던 그 차가운 감촉이 생생하다. 처음엔 도저히 견딜 수 없을 거라 여겼던 차가움이 시간이 지나면서 후끈 달아올라 따뜻함으로 느껴진다는 게 믿어지지 않는다. 어떤 원리로 영하의 날씨 속에서도 따뜻함이 느껴지게 되는 걸까. 과학적인 원리는 알 수 없으나 마음의 작용이 크지 않을까 싶다. 발을 감싸고도는 시림과 따뜻함이 반복되는 과정에서 '참나'를 마주할 수 있게 된다. 참을 수 없는 고통의 순간을 이겨내고 나면 진정한 나를 만날 수 있다. 평소 스스로 정해놓은 한계를 넘어서야만 가능하다.

차가움과 따뜻함이 번갈아 느껴졌지만 실제로는 차가움만 있었던 건 아닐까. 따뜻함은 어쩌면 나의 절박한 바람이었지 않을까. 이겨내고자 하는 절박한 심정이 만들어낸 의지의 표현이 아니었을까. 맨발 걷기를 하면서 처음 느꼈던 그 차가운 감촉이 진정한 나를 만나게 해주었고 나를 돌아보는 소중한 시간을 만들어주었다. 발바닥으로 전해온 그 차가움이 나를 깨워주었다. 맨발 걷기를 하면서 느꼈던 그 차가운 감촉은 진정한 나를 찾고 나를 사랑하는 마음을 갖게 해주었다. 어머니의 땅인 대지가 발바닥으로 전해준 그 차가운 감촉은 결국 따뜻함으로 가득 찬 사랑이었다.

03. 내가 살아가는 세상을 느끼다

'아는 만큼 보이고, 보이는 만큼 느낀다'라는 말이 있다. 모르면 눈에 잘 띄지도 않고 무심코 지나치게 된다. 무의식 속에는 뭐라도 남을지 모르나 아무것도 남는 게 없다. 관심을 가지고 보면 뭔가 느끼는 게 있다. 머릿속에 이미지가 잔영으로 남거나 가슴속에 설렘으로 다가오기도 한다.

'아는 만큼 보이고, 보이는 만큼 느낀' 일이 있어 이야기해볼까 한다. 지난 삼월 중순 무렵이었다. 거실에 있는 꽃기린 화분에 초록 이방인이 하나 나타났다. 아직은 그리 크지는 않지만 벌써 꽃송이 하나를 피워 올리고 있었다. 꽃을 피워 올릴 동안 이 초록 이방인의 존재를 알지 못했다. 꽃기린 화분에는 괭이밥이 먼저 자리를 잡고 있었다. 괭이밥은 오래전부터 우리 집 거실에 있는 남천 화분에서 늘 자라고 있었기 때문에 이미 알고 있는 존재였다. 새롭게 등장한 초록 이방인의 정체는 알고 보니 '까마중'이었다. 처음 발견 당시 자란 크기로 짐작해보면 적어도 일월 말이나 이월 초에 이미 싹을 틔웠다는 말이다. 야생에서 서식하는 까마중이 거실 화분에서 싹을 틔울 거라는 생각은 상상도 못 할 일이다. 그러니 이방인의 존재를 알지 못하는 건 당연하다.

까마중의 존재를 알고부터는 수시로 잘 자라고 있는지 관심을 기울이게 되었다. 집안에서 자라는 화초뿐만 아니라 풀이라도 모두 소중한 생명이기 때문에 특별한 일이 없으면 그대로 자라게 한다. (우리 집에서 지금까지는 괭이밥이 자연 발생적으로 자라고 있는 대표적인 식물이다. 이 녀석은 자생력이 뛰어나 잘 자라고 노란 꽃망울도 곧잘 터트린다. 허형만 시인의 《괭이밥》이란 시가 생각나 더욱 관심을 기울이게 되는 녀석이기도 하다.) 나중에야 알게 된 일이지만 삼월 초에 찍어둔 꽃기린 사진에서 이미 어린 까마중이 자라고 있는 모습을 발견할 수 있었다. 뜻밖의 생명체가 화분에서 터를 잡고 생명을 유지하고 있는 모습을 보며 잘 자라주기를 마음으로 빌어주기도 했다. 아는 만큼 보이기 시작한 것이다.

아침에 자고 일어나 거실에 있는 나무와 꽃들을 둘러보며 아침인사를 나누곤 한다. 까마중도 안부를 물어보는 대상이다. 그때마다 얼마나 쑥쑥 잘 자라나는지 볼수록 신기한 녀석이다. 그동안 주기적으로 찍어놓은 사진을 비교해보면 그 차이를 한눈에 알아볼 수 있을 정도였다. 지난 한 주 동안은 마음이 바빠서인지 자주 둘러보지 못했다. 오늘 아침 모처럼 살펴보았더니 갈증이 심했는지 잎을 축 늘어뜨리고 웃자란 가지가 넘어지려 하고 있었다. 받침대를 받쳐두었으나 더 많이 자라서 새로운 받침대로 바꿔줘야 할 형편이었다. 얼른 페트병에 물을 담아와 갈증을 해소해주었다. 받침대도 좀 더 튼튼하고 높은 것으로 바꿔주었다. 물을 먹고 나니 다시 생기를 찾은 듯했다.

지금은 미리 피운 꽃들이 벌써 까만 열매를 주렁주렁 매달고 있다. 아직도 새로운 꽃들이 계속 피어나고 있고 초록 열매를 달고 있는 가지도 있다. 꽃기린보다 더 자라긴 했으나 꽃기린을 방해하지는 않는다. 꽃기린 가지에 살짝 기대기도 하지만 서로 적대적인 분위기는 아니다. 함께 살아가지 못하고 옆에 있는 존재를 해치는 식물도 있으나 까마중은 꽃기린 화분에서 공생하고 있다.

존재를 알게 되니 계속 관심을 기울이게 된다. 볼 때마다 어떻게 살아가고 있는지 궁금하여 살피고 더욱 관심을 보인다. 오늘 아침의 경우 한동안 관심을 기울이지 못하여 시들어버린 녀석의 모습을 보며 미안한 마음이 들기도 했다. 요 며칠간 날씨가 무더워 많이 힘들었을 시간을 생각하니 마음이 짠해지기도 했다. 보이는 만큼 느끼고 있다.

지난겨울에는 추워서 창문을 자주 열어놓지도 않았다. 도대체 언제 씨앗이 날아와 싹을 틔우게 되었을까. 지난해에 날아와 흙 속에서 숨죽이며 기다리고 있었다는 말인가. 꽃기린 화분이 우리 집에 온 것은 벌써 적어도 칠 년은 되었다. 칠 년 전에 흙 속에 파묻혀 있던 씨앗이 지금에서야 싹을 틔운다는 것은 불가능한 일이다. 외부의 흙을 퍼 와서 꽃기린 화분에 넣지도 않았다. 도대체 어디에서 어떻게 옮겨와 새로운 생명을 잉태했다는 말인가. 상식적으로는 아무리 생각해봐도 설명할 길이 없다. 자연의 놀라운 생명력을 지켜보며 감탄하지 않을 수 없다. 인간의 문명이 아무리 발달했다 할지라도 자연의 경이로운 생명력을 따라갈 수는 없지 않을까.

인위적인 구조물인 아파트 거실에서 자연의 경이로운 생명력이 꿈틀거리는 모습을 지켜본다. 과학기술이 아무리 발달해도 우리 인간은 여전히 자연의 한 부분임을 잊지 말아야 한다. 자연을 지배하려는 마음을 조금이라도 갖고 있다면 언젠가는 자연의 위대한 힘 앞에 처참히 무너지게 될 것을 깨달아야 한다. 겸손한 마음으로 자연으로부터 배우고 자연을 섬기는 자세를 가져야 한다.

인간의 영향력이 점점 커가는 세상에서 바람직하지 못한 일들이 많이 일어나고 있다. 방송이나 각종 언론매체에서 흘러나오는 뉴스는 사람들의 이목을 끌기 위한 자극적이고 비정상적인 사건 사고들이 주류를 이루고 있다. 대부분의 뉴스 기사가 부정적인 내용으로 가득 차 있으니 세상은 온통 부정과 비리가 판을 치는 아수라장인 것처럼 생각하게 된다. 세상이 계속 유지되어 가고 있는 것을 보면 보이지 않는 곳에서 이 세상을 위해 자신의 자리를 지키며 묵묵히 노력하고 있는 사람들이 많이 있다는 말이 아닐까.

아는 만큼 보인다고 했던가. 지금까지 언론을 통해 보고 들은 것들은 주로 바람직하지 못한, 부정적인 내용이 대부분이었다. 눈에 보이는 게 전부는 아니었다. 내가 알지 못했기 때문에 보지 못했다. 어떤 사람들을 만나느냐에 따라 얻게 되는 정보와 에너지는 전혀 다르다. 바람직하지 못하고 부정적인 정보나 에너지를 받았다면 내가 알고 있던 사람들이 가지고 있던 정보나 에너지가 부정적이었다는 말이다.

먼저 스스로 내면의 에너지를 긍정적인 에너지로 바꿔야 한다. 아무리 맑고 긍정적인 에너지를 받는다 하더라도 자신의 내면에 끊임없는 부정의 에너지가 솟아 나오는 원천이 있다면 아무 소용이 없다. 내면의 에너지 원천을 긍정의 에너지 원천으로 바꾸어야 한다.

그래서 나는 책 읽기와 글쓰기에 더하여 맨발 걷기를 하면서 내면의 에너지 원천을 긍정적으로 변화시켜 나가고 있다. 내면의 에너지 원천이 긍정적으로 바뀌면서 비슷한 기운의 에너지를 끌어당기게 된다. 같은 에너지가 서로 공명을 이루어 더욱 큰 에너지장을 만들어가게 된다. 같은 성질의 에너지를 서로 끌어당기다 보니 만나는 사람들도 대부분 긍정 에너지를 가진 사람들이다. 세상이 다르게 보이기 시작한다. 온통 부정과 비리로 얼룩진 세상인 것처럼 보이다가 이제는 긍정 에너지가 넘치는 밝은 세상이 보인다.

이 세상에는 드러나 보이지는 않으나 홍익을 실천하는 사람들이 많이 있음을 새삼 알게 되었다. 글쓰기 책 쓰기 모임에 참여하는 작가나 예비 작가들은 이 세상에 선한 영향력을 주고자 하는 마음을 가진 사람들이었다.

이은대 작가가 『내가 글을 쓰는 이유』라는 책과 〈자이언트 북 컨설팅〉 강의에서 전하는, '글을 쓰는 목적' 부분에서 큰 감명을 받았기 때문이 아닐까 생각한다. 윤효식 대표가 이끌어가고 있는 〈청춘 도다리〉모임에서 번져 나오는 에너지는 또 어떠한가. 청춘 도다리에서는 서로의 꿈을 응원하고 격려해준다. 함께 변화와 성장을 추구한다. 긍정 에너지장을 더욱 확장하여 더불어 행복한 세상을 만들어가는 일에 앞장서고 있다. 대구교대에 재직 중인 권택환 교수는 지난 5년 동안 맨발 걷기를 꾸준히 실천하며 맨발 걷기의 효과를 전파하고 있다. 가상공간에서 맨발학교를 만들고 『맨발학교』와 『맨발교실』이라는 두 권의 책을 출간하여 더 많은 사람에게 더불어 행복한 세상을 만들기 위한 하나의 문화로 맨발 걷기를 알리기 위해 노력하고 있다.

이외에도 블로그나 SNS를 통해 크고 작은 수많은 모임에서 많은 사람이 활발한 활동을 펼치고 있다. 블로그 이웃님들 중에도 다양한 모임을 직접 만들고 꾸준히 운영하면서 사람들과 관계를 맺고 있다. 이러한 활동들은 모두 공통점이 있다. 개인적인 이익 추구가 아니라 홍익을 목적으로 한다는 점이다. 우리 사회 곳곳에서 위로부터의 개혁이 아니라 아래로부터의 자발적인 변화가 이루어지고 있다는 것은 상당히 고무적인 일이다. 이러한 바람직한 변화의 물결이 전국으로 점점 번져나가고 있는 분위기다. 시작은 미미하고 관심 분야나 활동 방식은 서로 다를지 모르나 모두가 홍익을 목적으로 하고 있어 우리 사회는 분명히 오늘보다 나은 방향으로 나아갈 것이라 확신한다.

아는 만큼 보이고, 보이는 만큼 느끼고 있다. 내가 알지 못했던 시절엔 보이지 않았고, 보이지 않았기에 느끼지 못했던 것들이 요즘은 뚜렷하게 보이고 마음으로 느껴진다. 늘 존재하고 있었으나 미처 깨닫지 못했던 소중한 것들을 볼 수 있고 느낄 수 있게 되어 감사하다. 책 읽기와 글쓰기를 하지 않았더라면 맨발 걷기도 만나지 못했을 것이다. 맨발 걷기를 하며 글을 쓰고 나를 돌아보는 시간을 갖지 않았더라면 볼 수 없고 느낄 수 없었을 소중한 선물을 받을 수 있어 감사하다.

우리가 살아가는 세상을 천천히 둘러보라. 겉으로 보기에는 문제투성이고 얼룩진 세상일지 모른다. 자신의 내면을 맑고 밝은 에너지로 바꾸면 세상은 다르게 보이기 시작한다. 너와 나 그리고 우리 모두 함께 살아가는 이 세상은 분명 살만한 곳이다.

04. 단순한 행위의 소중함

유월 초인데 날씨는 한여름이다. 이른 새벽이지만 후텁지근하다. 알람을 설정해둔 시각보다 훨씬 일찍 눈이 떠져 일어났다. 아침 일찍 대구에 가기로 되어 있다. 〈꿈.잇.다.〉라는 모임에 초대를 받아 처음으로 참석할 예정이다. 이미 블로그에 올려놓은 후기를 통해서 어떤 모임인지 조금은 알고 있다. 모임 이름만 보아도 어느 정도 짐작이 간다. 초등학교 시절 소풍가기 전날의 마음이다.

근린공원에서 하는 아침 맨발 걷기는 하루 건너뛰어야 한다. 아침 글쓰기는 반드시 해야 한다고 생각했는지 새벽에 눈이 떠졌다. 새벽에 일어나고, 세 끼 식사하고, 출퇴근하고, 다시 잠자리에 드는 모든 행위는 하루라는 주기로 반복된다. 반복되는 이 모든 행위가 모여 결국 우리의 삶을 만들어간다.

'진리는 단순하고 실력은 꾸준함에서 나온다.

작고 단순한 것도 꾸준히 하는 사람이 행복을 잡는다.'

대구교대 권택환 교수가 쓴 『맨발학교』라는 책에 나오는 글로 맨발학교의 교훈이다. 맨발 걷기를 처음 시작하면서 이 글귀를 만났다. 단 두 줄의 짧은 글이지만 핵심을 정확히 짚어주는 말이다. 단순함과 꾸준함이 얼마나 중요한지를 말해준다. 모두가 작고 단순하다고 여기는 것을 꾸준히 실천하는 사람이 행복할 수 있다는 말이다.

지난해 여름이 끝날 무렵 지인으로부터 맨발 걷기를 소개받아 가끔 해보고 있었다. 그러던 차에 우리 학교 교장 선생님께서 책을 한 권 건네주시면서 맨발 걷기를 소개해주셨다. 친구분의 소개로 알게 된 모양이었다. 카톡방에 초대를 받고 맨발 걷기를 하는 다른 벗님들이 올려놓은 맨발 걷기 인증사진과 실천한 횟수를 매일 확인했다.

처음 소개를 받고 본격적으로 맨발 걷기를 시작했다. 시월이었던 걸로 기억이 난다. 약 3주 정도 매일 맨발 걷기를 하고 있었는데 어느 날 갑자기 양쪽 새끼발가락 사이가 갈라지고 진물이 나기 시작했다. 신발을 오래 신고 있으면 무좀에 걸린 적은 있으나 양쪽 발에 동시에 이렇게 심한 적은 없었다. 맨발 걷기를 하다 다른 병균이 침입하여 병이 생긴 것은 아닌지 마음이 불안하기도 했다. 일단 맨발 걷기를 중단하고 병원에 가서 진료를 받고 약을 먹었다. 병원에서 내린 진단은 습진이란다. 맨발 걷기도 하지 말고 발을 물에 담그지도 말란다. 약 일주일 동안 약을 먹고 환부에도 발랐다. 전혀 차도가 없었다.

　권택환 교수님께 카톡으로 상황을 설명하고 조언을 구했다. 교수님께서 마른 땅을 밟으면 괜찮다고 했다. 일종의 명현반응이니 약을 바르고 맨발 걷기를 계속하라고 했다. 교수님의 조언을 듣고 마음이 놓였다. 교수님의 말씀을 믿고 다시 맨발 걷기를 시작했다. 그렇게 다시 시작한 맨발 걷기는 6월 2일 현재 약 193일 동안 이어지고 있다. 맨발 걷기는 어떻게 보면 지극히 단순한 행위다. 특별한 비법도 없다. 사람은 누구나 태어나서 돌이 지나면 스스로 걸을 수 있다. 소아마비나 특별한 장애를 갖고 태어나지 않는 한 누구나 할 수 있다. 본인이 하고자 하는 마음만 있으면 된다. 돈이 드는 것도 아니다. 스스로 한 걸음씩 발을 떼기만 하면 되는 일이다.

　인간이 세상에 태어나서 일과 중에 하는 거의 모든 행위는 매일 반복된다. 아이가 태어나서 걸을 때까지를 생각해본다. 첫걸음을 떼기 위해 넘어지기를 얼마나 많이 반복했는가. 넘어지면 다시 일어서서 걷기를 수없이 반복하던 어느 날 스스로 걸을 수 있게 된 것이다. 돌이 지나면 대체로 아이들이 스스로 걸을 수 있기에 걷기를 당연하게 여긴다. 걸음마를 배우기 위해 수없이 넘어진 일을 기억하는 사람은 거의 없다. 스스로 첫걸음을 떼기 시작했을 때의 기쁨이 무척 컸기 때문에 그동안의 힘들었던 기억은 사라진 게 아닐까.

어린아이가 걸을 수 있게 되기까지 오랜 시간이 걸렸다. 걷기를 배우는 과정을 한 번 생각해보자. 선생님이 먼저 걷기에 대한 이론을 설명해주진 않는다. 실습 조교가 있어 먼저 시범을 보여주지도 않는다. 이론이나 특별한 비법은 없다. 처음 일어설 때 한쪽 다리를 먼저 직각으로 세우고 다른 한쪽 다리에 힘을 주면서 일어서야 한다고 설명하지 않는다. 부모님이 옆에 있으면 그냥 손을 붙잡고 일으켜 세워줄 뿐이다. 함께 손을 맞잡고 발을 떼는 연습을 한다. 혼자라면 벽이나 다른 물체를 붙잡고 일어서면 된다. 직접 온몸을 사용하여 걷는 행위뿐이다. 걸을 수 있을 때까지 꾸준히 반복하는 행위 외에는 다른 특별한 방법이 없다.

어린 시절 시골마당에서 자전거 타기를 배운 기억이 난다. 자전거 타기도 지극히 단순한 행위의 반복이다. 뒤에서 누가 붙잡아줄 사람이 있으면 좋겠지만 그럴 형편이 아니었다. 다리가 짧아 자전거 페달에 발이 완전히 닿지 않아 엉덩이를 좌우로 움직이며 탔던 기억이 있다. 먼저 자전거를 끌고 와서 쭉담에 기대어 세웠다. 자전거에 올라타고 힘차게 발로 페달을 밟으면 자전거는 앞으로 나가기 시작했다. 처음에는 얼마 못 가서 바로 넘어지곤 했다. 다시 자전거를 끌고 와서 이 과정을 수없이 반복했다. 수없이 넘어지면서도 매일 자전거 타기를 반복 연습한 결과 자유자재로 자전거를 탈 수 있게 되었다.

자전거 타기를 배울 때도 처음부터 이론을 장황하게 설명하고 이를 먼저 외우게 했다면 재미가 없어서 배우지 않았을지도 모른다. 실습하기 전에 균형을 잡기 위해 핸들을 왼쪽으로 몇 도를 꺾어야 하고 오른쪽으로 다시 몇 도를 돌려야 한다며 설명을 한다면 배우고 싶은 마음이 사라졌을 것이다. 자전거를 타고 싶은 마음이 있으니 스스로 반복하여 자전거를 타보았을 뿐이다. 넘어지면서 왜 넘어지게 되었는지 알게 되고 균형을 잡는 방법을 머리로만 이해한 것이 아니라 온몸으로 체득할 수 있었다.

아이가 처음으로 걸음마를 시작하는 것과 자전거 타기를 배우는 과정은 서로 공통점이 있다. 먼저 이론을 배울 필요 없이 직접 몸을 움직여야 한다. 꾸준한 반복을 통해 직접 몸으로 익혀야 한다. 단순한 행위의 꾸준한 반복을 통해 완성에 이를 수 있게 된다.

맨발 걷기를 매일 아침 꾸준히 실천하고 있다. 같은 일을 매일 반복하게 되면 지루하다고 생각할 수 있다. 매일 맨발로 걷는 행위는 똑같은 일을 반복하는 것이 결코 아니다. 매일 아침 같은 장소에서 걷고 있지만 매 순간 다르다. 발을 디디는 곳이 다르고 맨발로 걷고 있는 내 몸과 마음의 상태도 다르다. 어느 한순간도 똑같지 않다. 상황에 따라 몸과 마음의 상태가 시시각각으로 달라지기 때문이다. 우리의 삶은 결국 반복이다. 지극히 단순한 행위의 반복이 삶을 만들어간다. 매일 똑같은 행위를 반복하고 있는 것처럼 보이지만 똑같지 않은 단순한 행위가 차이를 만든다. 맨발 걷기를 하면서 자신을 돌아보는 시간을 갖는다. 자신을 돌아보면서 글쓰기를 한다. 쓰다 보면 어제 쓴 내용이 오늘 또 반복되는 느낌이 들 때도 있으나 결코 같은 내용이 아니다.

맨발 걷기를 꾸준히 하면서 깨닫게 된 것은 매일 반복하면 결이 달라진다는 것이다. 매일 걷는 행위가 한 겹 한 겹 쌓이면 경험의 두께와 깊이가 달라진다. 눈에 보이지는 않으나 우리 몸의 근육이나 세포에는 분명히 새로운 느낌이 새겨질 것이다. 우리의 몸은 알고 있다. 매일 반복하는 행위가 어떤 변화를 가져다주는지를 뚜렷하게 새기고 있을 것이기 때문이다.

단순한 반복은 깊이를 더해주고 완성도를 높여준다. 단순하면 쉽게 생각한다. 쉽게 생각하면 크게 신경 쓰지 않게 된다. 소홀해지기 쉽고 별다른 의미를 부여하지 않는다. 결과적으로 단순하기에 반복하지 않게 되고 반복하지 않으니 익숙해질 수가 없다. 마음가짐이 중요하다. 단순한 것일수록 더욱 세심한 관심을 기울이고 소중한 마음을 담아야 한다. 단순한 것을 반복하는 힘이야말로 변화와 성장을 이루기 위한 알파요 오메가다. 진정으로 변화와 성장을 원하는가. 꿈을 이루고자 하는 간절함이 있는가. 진리는 단순하다. 일상에서 단순한 진리를 꾸준히 반복하고 또 반복하라.

05. 일상에서 감사를 만나다

앞서 약골로 태어났다는 말을 한 적이 있다. 어려서부터 병치레가 잦았고 심약했다. 몸이 건강하지 못하니 마음도 약해졌던 모양이다. 몸은 약하더라도 마음은 강해질 수도 있는데 그렇지 못했다. 결과적으로 부정적인 성향이 강하여 쉽게 짜증을 내곤 했다. 사소한 일에도 조급해하거나 화를 내는 일이 많았다. 감사하는 마음은 없었고 모든 걸 당연하게 여겼다. 특히 가족을 비롯한 가까운 사람에게 감사하는 마음이 없었다. 감사하는 마음이 없었다기보다 표현할 줄 몰랐다고 해야 할까. 아무리 작은 일이라도 감사하라는 말을 들으며 자라왔지만 감사하는 마음을 내기는 쉽지 않았다. 성격상 부끄러움이 많아 감사하다는 말을 입 밖으로 표현하는 자체가 힘들었다. 실제로 마음속에 감사하는 마음이 있었는지 몰라도 직접 표현하지 않게 되니 감사하는 마음 자체가 사라진 것이라고 볼 수도 있다.

아버지도 성격상 잔정을 잘 표현하지 않았다. 꼭 필요한 말만 했지 다정다감하게 말을 한 기억이 없다. 이러한 아버지의 성격을 닮은 것인지 다른 식구들도 모두 마찬가지였다. 자신의 감정을 차분하게 하나하나 표현하지 못하고 한마디씩 불쑥 던지고 마는 성격이었다. 그래서일까 감사를 표현하는 방법은 식구들 모두 서툴렀던 것 같다.

감사하라는 말을 참 많이 들으며 살아가고 있다. 가정에서도 학교에서도 감사와 배려를 교육하고 있기는 하지만 진정한 감사에 대해 스스로 깨달아야 한다. 말로만 듣고 머리로만 이해하는 감사는 진정한 감사가 아니다. 진정한 감사는 마음에서 우러나와야 한다. 억지로 감사하려는 마음을 낸다고 되는 게 아니다. 나이가 들어간다고 감사하는 마음이 저절로 생기는 것도 아니다. 나이가 들어갈수록 자기 생각이 더욱 굳어져 오히려 감사하는 마음이 더욱 없을 수도 있다. 남들은 편안하게 잘 살아가고 있는데 자신만 삶이 더욱 힘들어진다고 생각하면 감사하는 마음이 생길 수가 없다. 다른 사람과 비교하며 자신의 처지를 한탄하게 되면 감사하는 마음은 더욱 멀어진다.

감사하는 마음은 긍정의 마음이다. 긍정의 마음에서 감사하는 마음이 나온다. 긍정의 마음은 대상을 바라보는 관점의 문제다. 똑같은 대상을 놓고도 보는 이의 관점에 따라 전혀 다른 반응이 나온다.

이러한 관점은 선천적으로 타고난 것일 수도 있고 환경에 따라 후천적으로 습득하게 된 것일 수도 있다. 타고난 성향은 쉽게 고칠 수 없겠지만 어떤 환경에서 성장하느냐에 따라 어느 정도 바꿀 수는 있다. 나에게는 타고난 성향도 있겠지만 후천적인 환경에 따른 부정적인 마음이 많이 있다. 지금까지는 집안 분위기에 의해 부정적이고 소극적인 성향이 강했지만 노력한다면 충분히 바꿀 수 있다. 대상을 바라보는 관점을 바꿔나가야 한다. 매 순간 감정이 올라오겠지만 그러한 감정을 가만히 바라보는 연습을 먼저 해야 한다. 꾸준한 연습을 통해 감정을 바라보고 알아차릴 수 있게 되면 긍정적인 마음을 기를 수 있다. 긍정의 마음이 생기면 감사하는 마음도 기를 수 있다고 믿는다.

감사와 관련하여 지난봄의 기억을 떠올려본다. 지난 3월 아들이 학교에서 무릎을 다친 일이 있었다. 입원 한지 열흘쯤 되었을 무렵 어느 일요일 아침이었다. 아들이 입원해 있는 병원에 들러 집사람의 도시락, 간식 그리고 과일을 전해주고 나오는 길이었다. 가슴이 벅차올랐다. 감사한 마음이 가슴 속에서 샘물처럼 솟아오르는 느낌이었다. '이 느낌은 도대체 뭐지?' 갑자기 눈물이 나오려고 했다. '이건 또 무슨 일이지?' 지금까지 진정한 감사를 느껴보지 못했기 때문이었을까.

그날은 아침 맨발 걷기를 하면서부터 감사한 마음이 밀물처럼 밀려왔다. 아침에 일어나 바삐 움직이느라 조급했던 마음이 사라지고 바로 그 마음자리에 평온함과 감사의 마음이 자리 잡았던 모양이다.

병원을 나오면서 감사한 마음속에서 생각해보았다. '내가 지금 이렇게 감사한 마음을 느낄 수 있게 된 배경이 무엇일까.' 아들이 학교에서 무릎을 다쳐 병원에 입원하지 않았다면 결코 느껴볼 수 없는 경험이었다. 아들이 다쳤다는 소식을 처음 들었을 때 나는 생각했다. '이번 일이 나에게 어떤 깨달음을 주기 위해 일어났을까'라고 말이다. 사실 마음은 좋지 않았으나 현실을 받아들이기로 마음먹으니 담담했던 기억이 난다.

바로 그때 내가 말했던 그 깨달음을 오늘 아침 온몸으로 느끼며 체득하고 있다. 지금까지 책을 읽으며 이성적으로는 매사에 감사해야 한다고 생각하며 살아왔지만, 진정으로 감사하는 마음을 갖지 못했다는 말이다. 말로는 감사해야 한다고 하면서 일상에서 실천하지 못하고 있던 나에게 아들을 통해 다시 한번 기회를 주신 것이었다. 이번에도 내가 깨닫지 못했다면 또 어떤 일을 내게 주셨을지 생각하니 자신에게 감사한 마음이 들었다. 좀 더 일찍 진정한 감사에 대해 깨닫고 실천했어야 했다. 그랬더라면 아들이 무릎을 다치는 일은 일어나지 않았을지도 모른다. 이러한 생각을 하니 아들에게 미안하기도 했다. 그 누구보다 가장 힘들고 고통스러운 시간을 보내고 있는 아들이 잘 이겨내고 있어 고맙고 또 감사했다.

'감사한 마음을 갖게 되면 어떤 에너지가 나오는 걸까.' 눈에 보이지 않으니 알 수는 없지만 느낌이 무척 좋았다. 긍정 에너지가 온몸을 감싸고 있음이 느껴졌다. 마음이 이 보다 더 평온할 수가 없었다. '내면의 본성인 고요함이 바로 이런 것일까.', '근원적인 행복감이 바로 이런 것일까.' 말로 표현할 수 없는 기운이 가슴 속에서 끊임없이 샘솟는 아침이었다.

책을 읽다 보면 감사하라는 말이 많이 나온다. 감사할 일이 없어도 감사하라고 하거나 모든 일에 감사하라는 등이 그것이다. 책에서 읽을 때는 그 말들을 그러려니 생각만 했지 오늘처럼 절실하게 깨닫지는 못했다. 이제 진정으로 감사하는 마음이 무엇인지 깨달았으니 꾸준히 실천하는 일만 남았다. 일상의 모든 일에 감사하라. 어떻게 감사하라는 말이냐고 되묻고 싶을지도 모른다. 일상에서 결정적인 계기를 통해 스스로 깨달아야 한다. 여러 차례 깨달음을 얻을 기회가 찾아온다. 수시로 다가오는 시련이나 고통이 바로 기회일 수 있다. 모든 일에 감사하라는 말을 제대로 이해하고 깨닫는다면 시련이나 고통을 깨달음의 기회로 만들 수 있다.

무슨 일을 하든 감사하는 마음으로 하면 된다. 이것은 결국 나의 선택이다. 어차피 해야 할 일이라면 감사하는 마음으로 할 때 가장 좋은 결과가 나오게 된다고 믿는다. 내키지 않는 일을 마지못해 억지로 하면 몸은 몸대로 피곤하고 일은 제대로 풀리지 않는다. 나의 에너지만 모두 소진되고 만다. 내 안에서 에너지가 솟아나고 무엇을 해도 지치지 않으려면 모든 일에 감사하는 마음을 가지면 된다. 감사하는 마음은 끊임없는 긍정 에너지를 샘솟게 해주기 때문이다. 이러한 감사하는 마음을 깨닫는 것은 이성이나 논리에 의한 것이 아니다. 공식에 대입하여 정답을 찾는 수학이나, 가설을 세우고 실험을 하여 결과를 얻는 과학으로는 설명할 수 없는 부분이다. 감사하는 마음은 논리보다는 직관의 힘이나 감성과 관련된 것이다.

우리는 늘 감사하는 마음을 가져야 한다고 생각하며 살아가고 있다. 하지만 막상 감사해야 할 상황에서는 감사한 마음을 제대로 표현하지 못할 때가 많다. 개인의 성격에 따라 잘 표현하지 못하는 사람도 있고, 지나치게 표현하여 형식적으로 보이게 되어 오히려 역효과가 나는 사람도 있다. 감사하는 마음은 진정성이 담겨있어야 한다. 매일 감사하는 마음을 표현하는 연습을 해야 한다. 감사 일기를 쓰는 사람들이 많이 늘어나고 있다. 매일 감사 일기를 쓰는 것도 감사를 표현하는 좋은 방법이다. 매일 감사 일기를 쓰고 자신의 마음을 들여다보며 긍정의 마음을 유지하려는 노력이 필요하다. 감사가 감사를 불러오도록 만들어야 한다. 책 읽기와 글쓰기 그리고 맨발 걷기를 하면서 자신을 들여다보는 시간이 많아지고 있다. 자신을 돌아보며 하루를 반성하고 감사하는 마음을 실천했는지 돌아보게 된다.

매일 새벽 맨발 걷기를 마무리하면서 감사 일기를 쓰고 있다. 매일 다섯 가지씩 감사할 일을 적는다. 이러한 노력이 긍정 에너지를 불러 모은다. 감사하는 마음은 긍정의 에너지를 전달하는 힘이 있는 모양이다. 집사람도 요즘은 감사하다는 말을 자주 하고 있다. 감사한 일이다. 이 글을 쓰고 있는 새벽 아침에 뒤 산자락에서 들려오는 새소리가 맑고 영롱하다. 이 또한 감사한 일이다.

　감사에는 확대 감사, 다행 감사 그리고 무조건 감사가 있다. 확대 감사는 작은 일에도 감사하는 것이다. 다행 감사는 좋지 않은 일이 일어났을 때 그만하기 다행이라며 감사하는 것을 말한다. 무조건 감사는 말 그대로 어떤 일이 있어도 감사한 마음을 가지는 것이다. 일상에서 마주치는 여러 가지 일들이 모두 방금 말한 세 가지 범주에 포함된다. 끊임없는 연습을 한다면 작은 일에서도, 불행한 일을 만났을 때도, 그 어떤 일에서도 감사하는 마음을 느낄 수 있다.

06. 참 자아를 찾아 나서는 길

새벽에 일어나 먼저 한 꼭지의 글을 쓴다. 책을 읽고 주요 내용을 필사한다. 사방은 깜깜하고 자동차 지나가는 소리만 가끔 들려온다. 때로는 피곤함이 몰려오기도 한다. 잠이 부족하다는 생각이 들 때도 있다. 지나치게 나를 몰아붙이고 있는 것은 아닐까. 무엇 때문에 아무도 깨어있지 않은 이른 새벽에 일어나 자신을 혹사하고 있는가. 순수한 마음으로 진정 원해서 하는 일인가. 아니면 에고의 욕심과 집착에 이끌려 피곤한 몸을 이끌고 노예처럼 사역하고 있는 것인가. 자신을 잘 들여다보라.

우리가 세상에 태어날 때는 맑고 순수한 존재라고 들었다. 전혀 때 묻지 않은 상태로 태어난다고 한다. 나이가 들어가면서 자아가 자란다고 한다. 참 자아는 개인의 욕심과 집착에 가려지게 된다. 시간이 지나면서 참 자아의 존재는 잊히고 에고가 주인인 줄 알면서 살아간다. 평소 자신을 들여다보는 시간을 갖지 않으면 우리는 언제든 에고의 지배를 받게 된다. 잠시라도 마음을 놓으면 에고는 결코 그 틈을 놓치지 않는다. 참 자아를 깨닫지 못하고 에고가 이끄는 삶을 살아갈 때 우리는 힘들어진다. 계속해서 더 많은 것을 가지려 하게 한다. 아무리 채워도 욕심이 끝이 없다. 끝없는 욕망을 잠재울 수 없다. 마치 도심의 산을 하나씩 들어내고 그 자리에 들어서는 고층 아파트처럼 끝없는 욕망이 솟아난다.

멈춰 세워야 한다. 바로 지금 이 순간 누구의 지배를 받고 있는지 깨달아야 한다. 아무도 대신해줄 수 없다. 스스로 깨달아야 한다. 매일 끊임없는 노력을 해야 하는 일이다. 일시적인 노력으로는 절대로 이룰 수 없다. 한순간 깨달음을 얻었다고 느낄 때 더욱 노력하고 정진해야 한다. 이제 깨달음을 얻었으니 괜찮다고 생각하는 순간 또다시 에고의 공격을 받고 쉽게 무너지게 된다. 수시로 깨어나 고개를 들고 나타나는 에고를 늘 경계해야 한다.

하루하루를 아무 생각 없이 다람쥐 쳇바퀴 돌 듯 살아가는 사람들이 많다. 이 글을 쓰고 있는 필자도 예외는 아니었다. 똑같은 일상이 반복된다고 생각하니 삶이 즐겁고 행복할 리가 없었다. 어제도, 오늘도, 내일도 달라질 게 없었다. 분명 내게 다가오는 하루는 어제와 같지 않았을 텐데 스스로 지루한 일상이라 생각했기 때문이다.

돌아보면 철저히 '나'가 없는 삶을 살아왔다. 내 삶에 '나'가 없다고 느끼는 것만큼 허무한 일이 또 있을까. 왜 그런 삶을 살아왔을까. 스스로 깨닫지 못했기 때문이다. 다른 사람이 아무리 조언을 해주어도 스스로 마음을 열고 받아들이지 않으면 절대로 깨달을 수가 없다. 마음을 닫고 귀를 막고 살아왔다. 내 안에 갇혀 넓은 세상을 바라보려 하지 않았다. 시선을 외부로 돌리지 않고 내면으로 돌린 것은 나쁘지 않았지만 진지하게 자신을 돌아보는 시간을 갖지 못한 것이 문제였다.

최근 몇 년간의 삶을 돌아본다. 과거에 비하면 많은 변화를 이루었다. 새벽 시간을 잘 활용하고 있다. 이른 새벽 글을 쓰고 책을 읽는다. 자신을 들여다보는 시간을 많이 가지고 있다. 읽고 쓰는 시간이 나를 진지하게 돌아보게 한다. 읽고 쓰는 삶을 살아가면서 새로운 인연들도 만나게 되고 삶의 범위가 점점 넓어지고 있다. 요즘 새로 만나는 사람마다 개인적인 욕심이나 이익을 추구하지 않는다. 저마다 설레는 꿈을 가지고 있고, 자신의 꿈을 이루는 것 자체가 결국은 모두를 위하는 홍익의 꿈인 그런 사람들이다.

글을 쓰면서 나를 돌아보는 이 시간은 오롯이 나만을 위한 시간이다. 고요해서 좋다. 아무런 방해도 받지 않는다. 내 안에 있는 에고의 지배를 받지 않는 한 그 누구도 방해할 수 없다. 글쓰기로 참자아를 만나는 시간을 갖고 나면 다시 맨발 걷기로 하루를 시작한다. 책 읽기와 글쓰기도 진정한 자아를 만나는 시간을 갖게 해주지만 맨발 걷기도 마찬가지다. 책 읽기와 글쓰기로 자신을 한 번 만나고 이어서 맨발 걷기를 하며 다시 한번 진정한 자아를 만나 진지한 대화를 나누는 시간을 갖게 되면 에고의 지배에서 벗어나는 연습을 확실히 할 수 있다.

지난 3월 28일 새벽에 맨발 걷기를 하면서 떠오른 느낌들을 휴대폰 메모장에 기록해두었다가 블로그에 올렸던 글을 가져와 본다.

[2018. 03. 28(수)]

☆ 127일차…. ♬♪♩~^^

– 새벽 맨발 걷기 46분(05:44~06:30)

새벽 맨발 걷기를 위해 근린공원으로 가고 있다. 지나가는 낯선 사람들, 개, 새소리, 바람, 목련, 벚꽃, 주차된 자동차 등 수 많은 대상이 스쳐 지나간다. 이들은 모두 나에게 어떤 의미인가. 그저 영화 속 엑스트라에 불과한 것일까. 우리는 흔히 영화 속 엑스트라를 대수롭지 않게 여긴다. 주연 배우에게만 큰 관심을 보이며 열광한다. 주연 배우가 영화의 성패를 좌우할 만큼 중요한 것도 맞다. 하지만 한 편의 영화가 어느 한 사람에 의해 완성되는 것은 아니다. 그 영화에 참여한 모든 사람이 자신의 역할에 충실하고 한 마음으로 조화를 이룰 때 완성될 수 있다. 제작 과정이나 제작 후에 역할의 경중을 따지며 서로 자신의 공을 내세우게 되면 그 영화는 성공을 거두기 어렵다.

이 세상은 하나의 세트장이며 조물주는 영화감독이다. 우리는 모두 배우다. 저마다 자신에게 주어진 배역이 있다. 나에게 주어진 배역은 무엇인가. 자신에게 어떤 배역이 주어졌는지 아는 게 중요하다. 그래야만 그 배역에 어울리는 연기를 펼칠 수 있다. 한 편의 영화를 보라. 주연과 조연 그리고 단역 배우 등 다양한 배우들이 출연한다. 이 배역들은 어떻게 주어지는가. 정상적이라면 자신의 능력이나 역량에 맞는 배역이 주어진다. 내가 주인공이 되고 싶다면 그에 맞는 연기력을 갖추어야 한다. 원하는 배역을 충분히 소화할 수 있는 연기력은 갖추지도 않고 자신이 원하는 배역을 주지 않는다고 불평하면 안 된다.

이와는 반대로 자신은 충분한 능력을 갖추고 있지만 원하는 배역을 받지 못하는 경우가 있다. 이는 때가 되지 않은 것이다. 삶이란 내가 원하는 방식대로 늘 진행되는 것은 아니다. 나만 인정받지 못한다며 불평하지 말고 더욱 겸손한 자세로 자신의 실력을 갈고닦으며 때를 기다려야 한다. 이렇게 때를 기다릴 줄 아는 것이 바로 삶의 흐름에 자신을 맡기는 것이다. 신호등이 빨간불일 때는 정지선에 멈춰 서서 기다려야 하는 것과 같은 이치다. 자연의 순리는 따라야 한다. 때가 되면 새싹이 움트고 꽃은 피어난다. 오늘 아침은 얼마나 포근한가. 지난겨울 최강한파가 이어지던 때를 떠올려보라. 그때의 상황만을 생각한다면 지금의 이 봄바람을 상상도 할 수 없다. 하지만 자연은 어김없이 우리에게 봄 풍경을 활짝 펼쳐놓고 있지 않은가.

다시 앞의 이야기로 돌아가 보자. 나는 지금 어떤 배역을 맡고 있는가. 내가 맡고 싶은 배역은 무엇인가. 지금 현재 나의 삶이 내가 맡은 배역이다. 나는 지금 내 삶에 만족하고 있는가. 지금 현재 내 삶의 모습으로 평생을 살아도 좋은가. 지금의 삶이 내가 원하는 삶이 아니라면 어떻게 해야 하는가. 내게 이러한 삶을 부여한 조물주에게 불평을 늘어놓을 것인가. 다른 사람들의 삶과 비교하며 억울함을 호소할 것인가. 지금 현재의 삶을 인정하고 받아들여라. 지금의 내 모습은 조물주의 탓도 부모님의 탓도 아니다. 자신을 비난하고 책망할 필요도 없다. 지금 이 모습이 바로 여기 존재하고 있는 내 모습이고 나의 현실이다.

가만히 나를 들여다보자. 지금 누구를 따르고 있는가. '참나'를 따라 모든 욕심을 내려놓고 흐름을 타고 있는지 살펴보라. '에고'의 욕망과 집착에서 벗어나라. 영롱한 아침 새소리가 들려오고 있지 않은가. 저 맑고 투명한 목소리에 온전히 젖어 들어보라. 영혼이 맑아지지 않겠는가. 나는 지금 자연의 순리에 몸과 마음을 맡긴다. 지금 이 순간만큼은 그 무엇도 '참나'를 방해하지 못한다. 지금 이 순간 참나가 이끄는 대로 흘러가고 있다. 불어오는 바람이 부드럽게 얼굴을 쓰다듬고 지나간다. 평온하다. 기분이 참 좋다. 지금의 내 모습이 좋다.

나를 변화시키려 하지 마라. 정확히 말하자면 나를 변화시키는 게 아니라 '에고'의 지배에서 벗어나 '참나'가 이끄는 나의 본성을 회복하는 것이다. 우리가 해야 할 일은 자신을 바꾸는 것이 아니라 신성한 본래의 '참나'를 다시 찾는 것임을 잊지 말자.

07. 중용의 도

아침에 사정이 있어 오늘은 모처럼 여유 있게 낮 맨발 걷기를 하고 있다. 바람은 조금 찬 기운이 감돌고 있으나 햇살이 전하는 기운은 따듯하기 그지없다. 눈부신 햇살의 온기와 발아래 밟히는 딱딱하지 않은 맨땅이 주는 편안함은 새벽 맨발 걷기와는 그 맛이 다르다.

새벽 맨발 걷기는 자신과의 치열한 싸움이자 내면을 단련하는 것이 가장 큰 매력이다. 이와는 반대로, 낮 맨발 걷기는 따사로운 햇살을 즐기고 새소리와 푸른 하늘 그리고 구름을 바라보며 편안하게 내 마음에 휴식을 주는 시간이라 할 수 있다. 새벽 맨발 걷기와 낮 맨발 걷기에는 차이점이 또 있다. 새벽에는 아직 어두워 땅바닥이 잘 보이지 않는다. 어차피 볼 수가 없으니 그냥 믿고 발걸음을 내디딘다.

낮에는 길바닥이 환하여 땅바닥에 무엇이 있는지 그대로 볼 수 있다. 눈으로 볼 수 있다는 게 오히려 문제다. 혹시나 이물질을 밟을까 봐 나도 모르게 경계 하는 경우가 있다. 분별하게 된다는 말이다.

우리가 어떤 판단을 내릴 때 시각의 영향이 상당히 크다는 걸 알 수 있다. 이미 알고 있거나 눈으로 보았다는 사실이 큰 영향을 준다.

이와 같은 관점에서 볼 때 인식의 틀은 과연 올바른 것일까. 하나의 틀이 형성되면 쉽게 바뀌지 않는다. 이 점을 경계해야 한다. 틀에 갇히게 되면 유연한 사고가 어렵다. 상황이 급변하는 시대에는 더욱 적응하기 어렵다. 시각의 영향으로 유연하지 못한 사고를 갖게 되면 차라리 못 보는 게 낫다. 그래야 섣부른 판단을 하지 않을 것이기 때문이다. 보거나 듣고도 자신만의 틀에 갇히지 않고 유연한 사고를 할 수 있기 위해서는 자신을 정확히 알고, 세상의 흐름도 제대로 읽을 수 있어야 한다. 자신을 아는 것이 가장 먼저다. 내가 존재하지 않는다면 세상은 아무런 의미가 없기 때문이다. 나를 찾고 나를 정확히 알기 위해서 수행이 필요하다. 맨발 걷기도 수행의 한 가지 좋은 방법임이 틀림없다.

밝을 때나 어두울 때나 영향을 받지 않고 의식을 한 곳에 집중하는 연습을 해야 한다. 이는 결국 나를 버리는 것이다. 다시 말해서 에고의 지배에서 벗어나 진정한 나를 찾아야 한다는 말이다.

바람이 한바탕 세차게 몰아치고 있다. 하늘은 구름 한 점 없이 잔잔한 바다처럼 푸르다. 바람 소리만 들려올 뿐 모든 것이 평온한 휴일 오후다.

모처럼 낮 맨발 걷기를 하면서 중용에 대해 생각해본다. 중용의 진정한 의미는 과연 무엇일까. 어느 한쪽으로 치우치지 않는 것을 말하는 것일까. 지나치지도 않고 부족하지도 않은 상태는 어느 지점일까. 똑 부러지게 구분하기는 쉽지 않을 것 같다. 무엇이든 가운데 지점이 분명히 있기는 하다. 직접 눈으로 볼 수 있다 하더라도 정확히 가늠하기 어렵다. 하물며 추상적이어서 눈에 보이지 않는다면 말할 것도 없다.

맨발 걷기를 예로 들어보자. 최근 들어 연일 최강한파가 기승을 부리고 있다. 새벽 맨발 걷기를 매일 실천하겠다고 결심했다. 자신과의 약속을 지키기 위해 하루도 빠짐없이 맨발 걷기를 해야겠다는 마음과 날씨도 춥고 힘들어서 실천하기 싫은 마음이 늘 올라오기 마련이다. 이때 너무 추운 날 맨발 걷기를 하다가 동상에 걸리게 되면 당분간 못하게 될 수도 있다. 반대로 온도가 그리 낮지도 않은 날인데도 나가기 싫은 마음이 강하게 작용하여 포기할 수도 있다. 중용의 도를 실천하려면 어느 지점에서 타협(?)을 봐야 하는가.

중용의 도를 따른다는 것은 과연 무엇인가. 너무 지나치게 의욕이 앞서 도를 넘지도 말아야 하고, 게으름에 빠져 나약해지지도 말아야 한다. 의욕이 넘치는 것과 의욕이 부족한 것 모두 '참나'가 주인 역할을 하지 못하고 있다는 말이다. 바꾸어 말하면, 이 두 가지 경우는 모두 에고의 지배를 받고 있다는 말이다. 그렇다면 '참나'를 찾고 '참나'

가 주인이 되는 것이 중용의 도를 따르는 길이란 말인가. 우리는 모두 태어날 때 완전한 존재라고 들었다. 뭔가 잘해서 칭찬받으면 행복하고 잘하지 못해서 비난받으면 불행한 것이 아니라, 있는 그대로 우리는 근원적인 행복감을 가지고 있는 완전한 존재라고 한다.

나에게 일어난 이런저런 상황을 생각하다가 어제 낮 맨발 걷기에서 적었던 중용에 대해 다시 떠올려본다. 중용의 도는 모두에게 똑같이 적용되지 않는다. 공자가 같은 질문에 대해 제자들의 성격이나 상황에 따라 다른 대답을 했던 것처럼⋯⋯

과한 것도 부족한 것도 모두 에고의 욕망이 가져온 결과다. 중용의 도를 지키는 것은 사람마다 다르다. 다른 사람과 비교하면 안 된다. 다른 사람이 나보다 오래 맨발 걷기를 한다고 따라 하면 안 된다는 말이다. 나의 지금 현재 상황에 맞춰서 해야 한다. 적절한 정도를 찾는다는 게 참으로 쉽지 않은 일이다. 마음을 열고 세상의 이치를 깨달은 사람은 무엇을 해도 도(道)를 거스르는 일이 없다고 한다. 내가 뭔가를 이루기 위해 억지로 애를 쓰지 않고 그냥 행하기만 하면 그것이 바로 중용을 실천하고 순리를 따르는 것이 되어야 한다.

그러한 경지에 이르기 위해서는 먼저 나를 알고, 세상을 알고, 진리를 깨달아야 한다고 한다. 맨발 걷기로 수행을 실천하고 책으로 기본적인 이론을 익혀야 한다. 몸과 마음이 조화를 이루어야 하는 것처럼 이론과 실천을 병행할 필요가 있다.

최근 얼마 동안 맨발 걷기를 하면서 중용의 도에 대해 생각해보고 있다. 중용을 지킨다는 것은 그 범위가 늘 같지 않다는 결론을 나름대로 내려놓고 있다. 수치로 말하자면 항상 정확히 '50'이 아니라는 말이다. 절대적인 수치가 아니라 상황에 따라 수치가 달라질 수 있다는 말이다. 그래서 어느 지점이 중용의 도인지를 결정하기가 어렵다. 중용의 도를 따르는 주체는 바로 자신이기 때문이다. 내가 처해 있는 바로 그 상황에서 순간적인 판단을 내려야 한다. 깨달음의 경지에 이른 사람들은 말 그대로 그냥 행하면 되는 일이다. 너무나 쉬운 일이겠지만 보통사람들에겐 죽을 때까지도 풀지 못할 숙제이다. 바로 이 지점에서 내 생각도 앞으로 더 나아가지 못하고 있다.

한동안 날씨가 매우 춥기도 했으나 동상의 조짐도 약간은 있었기에 새벽 맨발 걷기를 잠시 멈춘 게 사실이다. 문제는 한번 하지 않게 되니 마음가짐도 달라지기 시작하고 날이 갈수록 더욱 하지 않는 쪽으로 마음이 기울고 있다. 도를 넘지 말아야 한다는 것도 맞다. 도를 넘지 않기 위해 한두 번 쉬는 행위가 내 마음에 미치는 영향력이 문제다.

이를 어떻게 극복해야 하는가. 우리는 일반적으로 넘치는 걸 경계하는 경우가 많다. 하지만 지금 현재 나의 고민은 부족한 것에 관한 것이다. 다시 말해서 중용의 도를 지키기 위한 하한선은 어디란 말인가. 상한선을 넘지 않기 위해 며칠을 쉬었더니 계속 쉬고 싶은 마음이 날 유혹하고 있다. 결국은 이것도 내가 해결해야 할 과제다. 넘치지도 않고 부족하지도 않은, 적당한 그 지점을 깨닫는 일이 지금 내가 해결해야 할 가장 큰 과제다.

산자락에서 가녀린 산 박새의 지저귐이 바람결에 실려 온다. 크지도 작지도 않은 소리다. 구름 한 점 없는 하늘에서 내려앉는 햇살도 뜨겁지도 차갑지도 않은, 따스한 느낌이다. 이들은 모두 중용의 도를 따르고 있다는 말인가. 저들도 지금 나처럼 중용의 도가 무엇인지 고민하고 있을까. 그냥 자신의 자리에서 묵묵히 역할을 다하고 있을 뿐이다. 그렇다면 나는 도대체 뭘 하고 있다는 말인가. 있는 그대로의 자신을 인정하고 자신을 진정으로 믿으면 되는 일 아닌가. 세상에 태어났을 때 나의 존재는 완전하다고 하지 않았는가. 그 자신을 그대로 유지하면 되는 것을……

자꾸만 나의 의지로 무엇을 하려고 하지 말고 흐름에 맡겨라. 내가 지금 하는 이 행위가 욕심에 의한 것은 아닌지 또는 게으름에 의한 것이 아닌지 의심하고 분별하지 마라. 지금의 모습을 바라보며 그대로 받아들이고 믿어라. 그것뿐이다. 더 생각하려고도 하지 마라. 지금 맨발 걷기를 하고 있다. 그렇다면 그냥 걸어라. 너무 오래

한 건 아닌지 아니면 여기서 멈추게 되면 부족한 게 아닌지 생각할 필요가 없다. 이미 지금 나의 존재는 완전하다. 내가 하는 모든 걸 인정하고 믿어줘라. 그걸로 다 된 것이다.

소나무에서 쇠딱따구리가 끼룩 끼루룩 하며 뭔가 메시지를 전하고 있다. 무슨 의미인지는 모르겠으나 다급한 상황이 아님은 분명하다. 낮이라 포근한 날씨에 맨발 걷기를 하는 나도 여유롭고 편안하다. 시계를 보니 딱 한 시간을 걸었다. 저 너머 산자락에서 까마귀가 묵직한 목청으로 마침 종을 울리는 듯하다. 나도 이제 오늘의 맨발 걷기를 마무리해야겠다.

오늘도 해답은 찾지 못했다. 하지만 해답을 찾기 위해 노력하는 과정에서 내 마음을 들여다볼 수 있었고, 한편으로 마음이 차분해진 느낌이다. 우리 삶의 여정이 곧 해답을 찾아가는 과정이다. 어찌 보면 해답 자체가 중요한 게 아닐 수도 있다. 우리의 삶은 과정 자체에 의미가 있고, 그 과정에서 행복을 찾고 누리는 것이 중요하다.

맨발 걷기도 마찬가지가 아닐까. 얼마나 오래 걸었느냐가 중요한 것이 아니다. 10분을 걸었든 1시간을 걸었든 그 과정에서 무엇을 느끼고 무엇을 깨달았느냐가 중요하다. 그냥 흐름에 맡기고, 내면에 집중하고 몰입할 때 들려오는 내면의 목소리를 따르는 것이 바로 중용의 도를 따르는 게 아닐까 조심스럽게 결론지어 본다.

08. 나를 바로 세우다

　어제 새벽엔 아이들 외가에 가서 감자 캐는 일을 도와드렸다. 장인어른은 매년 2월 말이면 감자를 심었다. 최근 들어 올 한해만 하고 그만하겠다는 말을 해마다 하셨다. 화장실에 들어갈 때와 나올 때 마음이 다르다고 했던가. 지난 2월 말 또다시 감자를 심었다. 어느새 싹을 틔워 감자 꽃은 피었고 수확을 해야 하는 계절이 왔다. 감자를 캘 무렵이면 연로하신 두 분이 감당하긴 힘드신 모양이다. 20kg 무게의 감자 상자를 들어 나르는 일도 힘에 부친다. 다리도 불편해서인지 걸음을 걸을 때마다 균형을 잡는 것도 힘들어 보인다. 한낮의 뙤약볕 아래에서는 숨이 막혀 작업하기가 힘들다. 이른 새벽에 시작해서 더워지기 전에 작업을 마쳐야 한다.

　새벽 4시 30분에 일어나 아침을 먹고 짐을 챙겨 집사람과 함께 집을 나섰다. 감자밭에 도착하니 어르신 두 분은 벌써 나와 감자를 캐고 있었다. 이른 아침마다 일어나 글쓰기와 책 읽기를 먼저 하고 맨발 걷기를 꾸준히 실천해오다 감자밭에서 하루를 시작하니 뭔가 느낌이 묘했다. 매일 반복하던 일상에서 벗어나 다른 일을 하는 것에 대한 몸의 반응이라고 할까. 탁 트인 들판을 바라보니 주변엔 감자밭과 모내기를 한 논이 펼쳐져 있었다. 당장 온몸의 근육을 움직여가며 노동을 해야 하지만 마음만은 홀가분한 그런 기분이었다. 농촌의 정겨운 풍경이 마치 한 폭의 그림처럼 편안하게 다가왔다.

아침 맨발 걷기를 하지 못했기 때문에 처음부터 맨발로 시작했다. 감자밭의 흙은 근린공원의 맨땅과는 전혀 달랐다. 근린공원 흙길이 아무리 부드러워도 감자밭의 흙보다 푹신하고 부드러울 수는 없었다. 흙의 촉감이 말할 수 없이 부드러웠다. 보슬보슬한 흙을 밟는 순간 따뜻한 온기가 발을 감싸고돌았다. 맨발 걷기를 하면서 가끔 느꼈던 냉기나 온기와는 차원이 달랐다. 생명력이 느껴졌다. 땅도 살아 숨 쉬는 존재임을 느낄 수 있었다.

거의 매일 아침 맨발 걷기를 하면서 맨땅과 서로 에너지를 주고받으며 교감해왔다. 계절에 따라, 발을 내딛는 장소에 따라 대지에서 뿜어내는 냉기와 온기를 느껴보았다. 대지가 전해주는 기운을 느끼며 대지의 존재를 생각해보았다. 대지는 이 세상 만물이 존재할 수 있는 근원이라고 생각했다. 대지는 만물의 어머니라는 말을 들었던 기억도 났다. 모든 에너지의 원천이 바로 대지가 아닐까 생각하기도 했다. 그동안 맨발 걷기를 하면서 내가 했던 생각들이었다.

어제 감자를 캐면서 감자밭의 흙을 밟으며 평소 맨발 걷기를 하면서 느꼈던 대지에 대한 생각들을 다시 떠올려보았다. 생각했던 것보다 훨씬 더 강력한 에너지와 느낌을 받을 수 있었다. 대지는 만물의 근원이자 어머니임은 말할 것도 없었다. 발을 온통 감싸고도는 따뜻한 기운과 부드러움은 어머니의 근원적인 사랑이 아닐까. 어머니의 근원적인 사랑이 있으니 감자도 저렇게 잘 자랄 수 있었던 게 아닐까. 2월 말 꽃샘추위가 기승을 부리던 계절에 씨감자를 땅속에 심었을 때 차가운 땅속에서 어떻게 자랄 수 있을지 걱정되었다. 땅속은 생각보다 차갑지 않았던 모양이다. 기온이 많이 내려가서 얼지 않는다면 땅속은 어머니의 사랑과 같은 온기가 늘 깃들어 있어 뭇 생명을 살아갈 수 있게 하는가 보다.

감자를 캐면서 대지의 위대함을 다시금 깨닫게 되었다. 대지의 품이 얼마나 너른지 알 수 있었다. 대지의 마음은 어머니의 마음이며 따뜻한 사랑이 가득한 생명의 원천임을 느꼈다. 아무것도 하지 않고 그저 존재하는 것 같지만 대지는 묵묵히 자신이 해야 할 일을 해나가고 있었다. 자신이 하는 일을 드러내어 뽐내거나 자랑하지 않는다. 그저 필요할 때 필요한 기운을 내어주고 수많은 생명에게 부족한 것을 알아서 채워준다.

아침 해가 떠오르자 햇살이 들판을 환하게 비춰준다. 처음 작업을 시작할 땐 선선한 바람이 불었는데 태양의 위력은 대단한 모양이다. 땀이 나고 더위가 느껴지기 시작한다. 감자 캐는 일도 그렇지만 농사일은 대체로 사람의 손이 많이 간다. 기계화가 많이 되었다고 하지만 결국은 사람의 손이 해야 하는 일이 많다. 땅속에서 캐낸 감자는 일일이 손으로 골라 크기별로 상자에 담아야 한다. 상자에 담아서 저울로 무게를 달고 포장을 한다. 트럭에 싣기까지 이리저리 몇 차례씩 옮겨야 한다. 20kg 정도는 아무것도 아니라고 생각하지만 반복해서 들어 옮기면 무게가 결코 가볍게 느껴지지 않는다. 날씨가 더 무더워지기 전에 서둘러 작업을 끝내고 마무리 정리를 했다. 평소 쓰지 않던 근육을 쓰게 되면 근육통이 생기기 마련이지만, 꾸준한 근력운동 덕분인지 별다른 근육통은 없었다.

일을 마치고 집으로 돌아와 부족한 잠을 보충하고 나서 아침에 하지 못한 맨발 걷기를 나섰다. 낮의 길이가 많이 길어졌는지 오후 여섯 시가 다되었는데도 햇살이 뜨겁다. 근린공원에서 햇살이 환한 저녁 맨발 걷기를 시작한다. 비둘기의 묵직한 목청이 전신주 꼭대기에서 울려 퍼지고 아이들의 왁자지껄한 목소리가 들려온다. 주황색 빛바랜 장미가 마지막 미소를 머금은 채 목을 빼고 바라본다. 앙증맞은 참새의 날갯짓이 석양에 빛난다. 하얀 불꽃을 드리우고 있는 밤꽃 향이 바람결에 진하게 묻어나고 있다. 발바닥으로 전해오는 느낌에 집중해본다. 자잘한 흙 알갱이들이 발바닥을 부드럽게 마사지해 주는 듯하다. 오랜 세월 함께 지내온 친구의 마음 같다. 시원하기도 하고, 포근하기도 하고 가끔은 예기치 않게 굵은 알갱이를 밟으면 정신이 번쩍 들기도 한다.

지난해 맨발 걷기를 시작했을 무렵의 기억을 떠올려본다. 처음이라 조심조심 발걸음을 옮겼다. 가시나 다른 이물질을 밟지 않을까 걱정하며 걸었다. 자잘한 알갱이를 밟으면 깜짝 놀랄 만큼 발바닥이 따끔하고 욱신거렸다. 나도 모르게 발을 잔뜩 오므리고 긴장하며 걸었다. 발에 힘이 잔뜩 들어가다 보니 편안함을 느낄 수가 없었다.

맨발 걷기를 하는 바로 지금 이 순간, 어떤 느낌이 드는가. 발바닥이 아플까 봐, 가시나 이물질을 밟을까 봐 신경 쓰지 않는다. 나도 모르게 발을 오므리거나 힘이 들어가지 않고 의도적으로 힘을 주어 디딘다. 마음 놓고 발을 내디디다 보면 자극이 강한 곳을 밟기도 하지만 오히려 강한 자극이 좋다. 부드러운 느낌도 좋고 자극이 강하면 발바닥이 더 시원하게 느껴진다.

근린공원에 서서히 어둠이 내려앉기 시작했다. 맨발 걷기에 더욱 몰입한다. 발걸음을 옮길 때마다 전해오는 다양한 느낌들을 그대로 느끼고 받아들인다. 어디를 밟느냐에 따라 달라지는 느낌만큼이나 내 감정도 다양할 것이다. 평소 무심코 지나쳤던 감정들이 많지 않을까. 맨발 걷기를 하며 알아차리지 못했던 감정들을 느껴보려 집중해본다. 다양한 감정들을 정확하게 느낄 수 있을 때 감정을 제대로 읽을 수 있고 일어나는 감정을 제대로 읽어야 감정을 잘 다루고 처리할 수 있기 때문이다.

단순히 좋은 감정과 나쁜 감정으로 이원화해서는 안 된다. 좋은 감정과 나쁜 감정은 없다. 매 순간 상황에 따라 일어나는 감정을 있는 그대로 바라보며 인정하는 것이 중요하다. 기쁘면 기쁜 대로 슬프면 슬픈 대로 바라봐주면 된다. 감정의 물결이 밀려오면 그 물결에 휩쓸리지 말고 관찰자의 입장으로 바라볼 수 있어야 한다. 맨발 걷기를 하며 발바닥으로 전해오는 다양한 느낌에 집중하는 연습을 하면 도움이 되지 않을까 생각한다. 오늘 맨발 걷기에 집중한 시간만큼 관찰자로서 감정을 바라보는 힘도 한 겹 더 늘어났을 것이라 믿는다.

오늘은 이른 새벽부터 감자를 캐러 가느라 아침 맨발 걷기를 하지 못했다. 여러 가지 바쁜 일정으로 늘 해오던 아침 맨발 걷기는 하지 못했지만 이렇게 저녁 시간에 맨발 걷기를 할 수 있음에 감사하다. 맨발 걷기를 하면서 주변 풍경을 바라보며 자연의 아름다움을 느껴본다. 자연 속에서 살아가는 많은 생명체의 삶을 바라보며 자연의 이치를 배우고 순리를 따르는 삶이 어떤 것인지 생각해본다. 맨발 걷기에 집중하며 자신의 내면을 살피는 시간이 가장 많다. 고요하고 평온한 자연 속에서 대지와 교감하며 걷는 시간은 오롯이 나만의 시간이다. 몰입하고 집중하면 아무도 나를 방해하지 못한다. 나를 방해하는 이가 있다면 바로 내 안에 있는 에고뿐이다. 맨발 걷기는 에고의 집착과 욕망을 알아차리고 이를 잠재우는 힘을 길러준다.

수시로 고개를 치켜들고 '참나'와 싸움을 시작한다. 맨발 걷기를 하다 보면 내면에서 싸움이 시작되고 가만히 지켜보게 된다. 누구의 편을 들어줄 것인가. 맨발 걷기를 꾸준히 실천하기 전에는 에고의 힘에 압도되어 감정의 물결에 휩쓸리는 경우가 많았다. 책 읽기와 글쓰기에 이어 맨발 걷기를 하면서 참나를 마주하는 일이 많아졌고 에고의 지배에서 벗어날 수 있게 되었다.

맨발로 걷는 것은 나를 만나는 시간이다. 나를 만나 용기 있게 마주 보며 서로를 이해하는 시간을 갖는다. 있는 그대로의 모습을 인정하고 받아들이는 시간을 갖는다. 끊임없이 나를 찾고 나를 만나는 시간이다. 맨발 걷기는 나를 바로 세우고 삶을 지탱해주는 힘이다.

04

생각의
깊이를 더하다

♣ 여는 시 ♣

인생학교

살아있는 사람은 누구나 재학생이라 예. 연령 제한이 없는, 모두의 배움터이기도 하지 예. 가족, 이웃, 친지를 비롯한 모든 인류가 동문이라 카디 더. 그라고 예 입학식과 졸업식은 따로 없다꼬 그카는데, 세상 구경 처음 하는 날이 입학이고 예, 내 영혼이 떠나 눈 깜는 날이 졸업이라꼬 안 그카닝교.

다른 학교들하고는 달라 가주고 여서는 마 없어도 되는 기 마이 있다니 더. 예를 들어 보자카면 말이시더, 학교 울타리도 없고 예, 정해진 수업시간, 교과서, 그라고 선생님도 따로 없다는 거 아임니꺼. 마카다가 서로서로 선생님이기도 하고 학생이기도 하는 기라 예.

무엇보다도 결정적으로 있잖심니꺼 모든 기 지 하기 나름이고 마음 묵기에 달렸다는 거 아인교. 지 스스로 살아가면서 느끼고 배우는 기 마 젤로 소중한 공부인 기라 예. 그라고 또 공부 잘한다꼬 조기 졸업하는 것도 아이고, 공부 못한다꼬 졸업 안 시키는 것도 아이고 언제 졸업할지는 아무도 모른다카데 예. 그라이까네 우리 마카다 이 학교 졸업할 때까정 우짜든동 서로 돕고, 이해하고, 사랑하며 따뜻한 정 나누며 살아 가입시더.

01. 매일 하는 생각이 나를 만든다

어젯밤 컴퓨터 작업을 위해 전원을 눌렀다. 본체에서 소리는 났으나 화면은 깜깜했다. 한참을 기다렸으나 소식이 없었다. 몇 분을 기다렸을까. 바탕화면에 마우스를 표시하는 화살표만 움직이더니 그마저도 멈춰버렸다. 무엇이 잘못된 것일까. 초기화면 사진이 다시 나타났다가 그 상태로 움직이지 않았다. 다른 방법이 없어 전원을 다시 길게 눌렀다. 이번에도 똑같은 현상이 벌어졌다. 삼세판은 해봐야겠다는 생각에 다시 한번 종료했다가 전원을 켰다. 마찬가지였다. 일이 뜻대로 풀리지 않고 있는 상황에서 짜증이 올라오기 시작했다. 조바심이 생기고 점점 감정의 물결이 거세지는 모습이 보였다. 거실에서 혼잣말로 투덜거리고 있었다. 투덜거리는 내 말을 들었는지 아들 녀석이 자기 방에서 한마디 했다.

"네이버에 검색해봐요?"

"컴퓨터가 켜지지도 않았는데 어떻게 검색하냐?"

"휴대폰으로 해보면 되잖아요?"

"그러면 네가 검색 좀 해봐?"

"지금 휴대폰으로 축구 보고 있는데요."

아들이 직접 검색해보지도 않고 약간은 짜증스러운 말투로 대구를 하자 점점 화나 나기 시작했다. 최근 들어 조바심이 비교적 자주 느껴지는 편이었는데 아무래도 느낌이 좋지 않았다. 평정심을 잃어가고 있는 내 모습이 보였다. 마음을 가만히 들여다보면서 말을 이어갔다.

"최근에 혹시 다른 프로그램 깔아놓은 거 있어? 부팅시간이 오래 걸리네. 작업표시줄에 못 보던 아이콘도 보이고."

"그거 예전부터 있었는데요. 그러니까 좀 잘 알아보고 좋은 컴퓨터 샀으면 되잖아요. 컴퓨터 잘 아는 사람 주변에 없어요?"

"……"

하고 싶은 말이 목구멍까지 올라오고 있었지만 여기서 멈추지 않으면 안 되겠다 싶었다. 평정심을 잃은 상태에서 무슨 말이 나올지 모르겠다는 생각에 화가 났지만 더는 말하지 않았다.

컴퓨터는 진전이 없어 강제로 종료해버렸다. 집사람은 피곤하다며 먼저 안방으로 들어 가버린 상황이었고 싱크대엔 저녁 식사 후 씻어야 할 그릇이 쌓여있었다. 화가 난 상태로 설거지를 시작했다. 감정의 물결이 요동치고 있음을 보여주려 했는지 요란한 소리를 내며 설거지를 했다. 설거지를 마무리할 무렵 감정의 물결이 조금은 잦아들었다. 설거지를 마치고 잠자리에 들었다. 답답한 마음과 조바심이 조금 남아 있는 상태로 누웠더니 몸도 마음도 그리 편치는 않았다. 이 상태로 잠들면 안 될 것 같다는 생각이 들어 복식호흡을 하며 마음을 다스렸다. 오늘 하루도 수고가 많았다고 마음속으로 격려해주었다.

나도 모르게 잠들었나 보다. 눈을 떠보니 새벽 3시가 조금 지난 시각이었다. 바로 거실로 나와 컴퓨터를 켰다. 어젯밤에 있었던 일을 떠올리며 조마조마한 마음이었다. 약 십 여분이 지나서야 겨우 작동하기 시작했다. 속도도 평소보다 현저하게 느려졌다. 한글프로그램을 열고 글쓰기를 시작했다. 자판을 두드리면 바로 글자가 달려 나와야 하는데 시차를 두고 불규칙적으로 모습을 드러냈다. 불길한 예감이 머릿속에서 떠나지 않았다. 그럭저럭 A4 한쪽을 채워갈 무렵이었다. 갑자기 화면에서 커서가 사라졌다. 마우스도 작동되지 않았다. 약 30분 정도 작업한 내용을 완전히 날려버릴 순간이었다. 달리 어떻게 해볼 방법이 없었다.

감정의 물결이 요동치고 있는 게 보였다. 물결을 타고 온갖 망상이 밀려오고 있었다. 문제 해결에 전혀 도움이 되지 않을 생각 줄기들만 돋아나고 있었다. 뭐라도 해야만 한다는 생각으로 자판을 이것 저것 두드리다 보니 갑자기 컴퓨터가 종료되었다. 최악의 상황에서 도 일말의 희망을 기대하며 재부팅을 했다. 불안한 상황이 계속되었 지만, 우여곡절 끝에 한글프로그램을 다시 열었다. 다행스럽게도 한 줄기 희망이 내게 손짓했다. 자동으로 임시 저장해 둔 문서를 불러 와서 다시 저장하라는 메시지가 떴다. 아무것도 건질 수 없는 최악 의 상황에서 자료를 저장할 수 있음에 감사했다. 솔직히 말해서 감 사한 마음도 있었지만 '컴퓨터만 정상적으로 작동이 되었다면 한 꼭 지를 마무리하고 가벼운 마음으로 맨발 걷기를 나갔을 텐데.'라는 아쉬움이 훨씬 컸다.

무거운 마음으로 시작한 맨발 걷기가 어느덧 50분이 지났다. 천천 히 걸으면서 어젯밤과 오늘 새벽에 있었던 상황을 떠올려보았다. 짜 증이 나기도 했고 화가 나면서 답답했던 마음을 엿볼 수 있었다. 화 내거나 짜증낸다고 해결될 문제가 아니었다. 머리로 알고는 있었지 만, 감정의 물결은 이미 요동치고 있었다. 나에게 닥친 상황을 받아 들이지 못하고 저항했기 때문이다. 저항이 커질수록 마음은 답답해 지고 짜증과 분노의 감정이 올라오기 시작한 것이다. 맨발 걷기를 하 며 내 안의 감정들을 바라보는 시간이 있다. 살아 숨 쉬고 있는 한, 감정이 일어나는 자체를 막을 수는 없다. 오늘 새벽엔 평정심을 잃긴

했지만 뒤늦게라도 알아차리고 살펴봐 주는 시간이 있어 다행이다.

　일상에서 여러 가지 감정이 일어나면 그 순간 우리는 많은 생각을 한다. 주로 어떤 생각을 하며 살아가는가. 일어나는 감정에 따라 긍정과 부정의 생각이 수시로 교차하기도 한다. 시시때때로 일어나는 감정에 휩쓸려 이리저리 끌려다니기만 한다면 생각 줄기를 붙잡지 못한다. 어떤 생각 줄기를 붙잡을 것인지는 자신에게 달려있다. 바로 자신이 선택하는 것이다.

　어젯밤과 오늘 새벽에 겪은 상황을 생각해보자. 먼저 예상하지 못한 일이 일어났을 때 이를 심각한 문제 상황으로 인식한다면 이는 부정적인 생각에 사로잡힌 경우다. 하필이면 이런 좋지 않은 일이 왜 나에게 일어났냐고 불평하면 더욱 평정심을 잃게 되고 마음은 답답해진다. 눈앞에 보이는 대상이 모두 마음에 들지 않는다. 불길한 생각이 꼬리에 꼬리를 물고 일어나기 시작한다. 마음은 점점 닫히고 소통은 어려워진다. 자신의 존재 자체도 부정하게 되어 자존감은 낮아지고 열등감은 높아진다.

　이와는 반대로 이미 나에게 일어난 상황을 긍정적인 시각으로 바라보며 있는 그대로 받아들인 경우를 생각해보자. 상황을 있는 그대로 받아들인다는 것은 가장 먼저 자기 자신의 존재를 인정하고 받아들인다는 말이다. 자존감은 높아지고 열등감은 낮아진다. 마음을 열고 자신과 먼저 소통하며 유연한 태도를 보인다. 긍정의 마음은 불가능을 생각하기보다 가능성에 초점을 맞춘다. 무엇이든 할 수 있다는 자신감이 생기고 힘이 솟는다.

같은 상황을 놓고도 우리는 서로 다른 생각을 한다. 어떤 생각을 품고 살아갈 것인가. 내가 품은 생각이 나를 만든다는 사실을 명심하자. 내 삶의 당당한 주인으로 살아간다면 아무리 힘든 상황이 닥치더라도 긍정을 선택할 수 있다. 나에게 다가오는 상황이 늘 편안하고 도움이 되기 때문에 행복하거나 긍정적이 되는 것은 아니다.

우리가 느끼는 감정은 그 상황에서 내가 어떤 생각을 하느냐에 따라 달라진다. 힘든 상황이 닥칠 때마다 연습하자. 지금 내게 다가온 이 어려운 상황은 나를 단련시켜주기 위해 신이 내린 선물이라고 생각하자. 하루아침에 생각을 바꿀 수는 없다. 매일 꾸준히 반복하여 실천한다면 달라진 내 모습을 발견할 수 있을 것이다. 매일 반복하는 생각이 나를 만든다. 어떤 모습을 만들고 싶은가. 그대의 선택에 달렸다.

02. 가만히 나를 돌아보는 시간

나이가 들면서 자신을 돌아보는 시간이 많아졌다. 늘 불안한 마음으로 눈치만 보며 사느라 나를 들여다보고 나를 챙길 마음의 여유가 없었다. 무엇이 그렇게 두렵고 걱정이 되었는지 이 세상 모든 문제와 걱정거리를 혼자 짊어지고 있는 사람처럼 살아왔다. 해결되는 문제는 하나도 없었다. 걱정거리가 머릿속에서 떠나질 않았다. 당연히 행복할 리가 없었다.

사십 대 중반이 되어서야 이렇게 살아서는 안 되겠다는 생각이 들었다. 마음만 먹는다고 바로 행동으로 옮기기는 쉽지 않았다. 이제껏 해오던 습관이 몸에 배어있었기 때문이다. 묵은 습관의 고리를 없애기 위해서는 그만큼의 시간과 노력이 필요했다. 나를 찾기 위한 시간을 마련하고 노력을 기울여야 했다. 처음부터 원하는 대로 쉽게 될 리가 만무하다. 한 번으로 안 되면 두 번 세 번 반복해야 한다.

꾸준히 반복하게 되면 처음에는 어색하던 것도 금방 익숙해진다. 의식하지 않고 자동화될 정도까지 만들려면 꾸준한 반복이 가장 좋은 방법이다.

나를 찾고 나를 돌아보는 시간을 갖기 위해 지금까지 해오고 있는 방법이 세 가지가 있다. 그 첫 번째는 창포 숲이나 영일대 바닷가에서 산책하기이다. 주말이나 휴일 아침 그리고 주중 저녁 시간에는 특별한 일이 없으면 산책하러 나갔다. 혼자 걷는 시간은 오롯이 나를 돌아볼 수 있는 절호의 기회였다. 시선을 내면으로 향하고 끊임없이 자신을 살폈다.

다음으로 책 읽기와 글쓰기도 나를 진지하게 돌아볼 수 있는 좋은 방법이었다. 우연히 만난 박성우 시인의 '삼학년'이라는 시 한 편을 계기로 시집을 읽기 시작하면서 책 읽기의 범위가 자연스럽게 다른 분야로 넓혀졌다. 점차 폭넓은 독서를 시작하면서 내면을 들여다보며 자신을 성찰하는 시간은 더욱 늘어났다. 산책하기, 책 읽기와 글쓰기를 병행하게 되자 시너지효과가 일어나 자신에게 훨씬 더 집중을 잘 할 수 있게 되었다.

마지막으로 맨발 걷기가 있다. 특히 혼자 맨발로 걷는 것이 자신의 내면을 들여다보기에 가장 좋다. 주말인 오늘 아침에도 맨발 걷기를 쉬지 않았다. 맨발 걷기를 하면서 나를 들여다보고 떠오르는

느낌들을 휴대폰 메모장에 적어둔다. 오늘 아침 맨발 걷기 후기를
살펴보기로 한다.

[2018.06.09.(토)]

☆ 200일차.... ♫♪♩~^^

－ 새벽 맨공 95분(05:23~06:58)

맨발 걷기를 처음 시작한 것은 지난해 여름이었다. 공식 기록은 아니어도 맨발학교에 초대받고 본격적으로 시작한 지 오늘로 200일째다. 그동안 하루도 쉬지 않고 묵묵히 걸어온 나를 칭찬하고 격려하며 오늘도 맨발로 걷고 있다. 오늘 새벽 근린공원으로 향하는 길에 문득 이런 생각이 떠올랐다.

'나는 지금 이 새벽에 왜 맨발 걷기를 하러 가고 있는가?'

처음 시작할 때는 해야겠다는 의지가 나를 이끌었음이 분명하다. 특히 바쁘고 힘든 날은 스스로 의지를 불태우지 않았다면 계속하지 못했을 것이다. 200일을 맞이한 지금은 어떤가. 특별히 의식하지 않아도 발걸음은 이미 근린공원을 향하고 있다. 뭔가 모를 힘에 끌려 맨발 걷기를 하게 된다. 눈에 보이지 않는 그 힘이 신비롭다.

며칠 전 잠깐 언급한 기억이 있지만 글쓰기는 아직도 부담스러울 때가 있다. 이제 맨발 걷기는 전혀 부담이 없다. 오히려 하지 않으면 뭔가 허전하고 기다려진다. 매일 밥을 먹고 잠을 자는 것과 마찬가지라는 느낌이다. 밥을 먹고 잠을 자는 것은 누가 시켜서 하는 일이 아니다. 살아가기 위해서는 반드시 해야 하는 가장 기본적인 일상이다. 의식적으로 해야겠다는 마음이 없어도 배가 고프면 밥을 먹고 잠이 오면 잠을 잘 수밖에 없다.

맨발 걷기는 왜 밥을 먹고 잠을 자는 것과 같은 기본적인 일상이 되었을까? 몸은 영혼이 거주하는 집이라고들 말한다. 집이 튼튼해야 거주자를 지키고 보호할 수 있다. 먹고 자는 일은 영혼이 거주하는 집인 몸을 튼튼하게 유지 시켜준다. 맨발 걷기는 내 몸 안에 깃든 영혼을 맑게 한다. 맨발로 걷는 시간은 오롯이 나를 들여다보고 나를 마주하는 시간이기 때문이다. 하루 중 어느 때라도 좋다. 언제든지 용기 있게 나를 바라볼 수 있다. 이른 새벽에는 자연의 신성한 기운을 얻어 하루를 열 수 있다. 하루를 마무리하는 저녁에는 자신을 돌아보며 반성하는 시간을 가질 수 있다.

여명이 밝아오는 새벽은 만물이 깨어나 하루를 시작하는 시간이다. 시작은 늘 새롭고 설렌다. 맑고 고운 아침 새소리가 활력을 불어넣어 준다. 해가 지고 어둠이 내려앉는 저녁은 하루를 마무리하는 시간이다. 분주한 하루를 보낸 새들도 둥지로 돌아와 휴식을 취한다. 어둠 속에서 하는 맨발 걷기는 눈에 보이는 것보다 보이지 않는 내면에 더욱 집중할 수 있게 한다.

'200'이라는 숫자에 무슨 의미가 있을까. 단지 숫자에 불과하지 않은가. 의미를 찾는다 해도 상징적일 뿐이지 않을까. 숫자에 불과하든 상징적인 의미뿐이던 나름의 의미가 있는 것은 분명할 것이다.

아직 맨발 걷기를 하며 대자연의 사계를 모두 경험하지는 못했다. 적어도 일 년은 해보고 나서 맨발 걷기를 이야기해야 하지 않을까. 가장 고무적인 것은 맨발 걷기와는 가장 어울리지 않는다고 생각할 수 있는 한겨울을 이겨냈다는 사실이다. 극한의 고통을 이겨내고 따뜻한 봄을 맞이한 것은 그야말로 행운이다. 고통을 이겨내지 않고서는 고통이 남기고 간 선물을 받을 수 없다. 견디기 힘든 고통을 넘고 나면 달콤한 열매가 기다리고 있다는 사실은 그 순간을 넘어 보지 않은 사람은 결코 알 수 없다.

맨발 걷기를 만나고 그동안 꾸준히 맨발 걷기를 해왔다. 맨발 걷기가 내게 준 가장 큰 선물은 수시로 일어나는 감정을 알아차리고 가만히 지켜볼 수 있게 해준다는 것이다. 내 마음을 들여다보며 매 순간 일어나는 여러 가지 감정을 있는 그대로 지켜보며 다독여주고 보듬어주는 힘이 생기고 있는 것 또한 맨발 걷기가 준 선물이다.

한여름처럼 달아올랐던 무더위가 오늘 아침엔 한풀 꺾인 모양이다. 아침 햇살은 구름에 가려 보이지 않고 불어오는 바람이 서늘하게 느껴진다. 주말 아침 맨발 걷기를 마치고 벤치에 앉아 공원을 둘러보고 있다. 세상은 고요하고 마음은 편안하다. 행복은 멀리 있지 않고 내가 애써 찾아 나서는 게 아니라 마음의 준비만 하고 있으면 스스로 찾아오는 것이 아닐까. 아니 행복은 이미 내 마음속에 있다.

감사합니다.

여유로운 주말 아침 맨발 걷기로 하루를 열 수 있게 해주셔서 감사합니다.

맨발 걷기 200일을 맞이하여 자신을 칭찬하고 격려할 수 있게 해주셔서 감사합니다.

컴퓨터가 작동되지 않아 아침 글쓰기를 하지 못했습니다. 하지만 휴대폰 메모장을 이용해 이렇게 맨발 걷기 후기를 남길 수 있어서 감사합니다.

컴퓨터가 제대로 작동이 될 때는 당연하다고 생각했습니다. 그런데 막상 고장이 나서 사용할 수 없게 되자 얼마나 소중하고 고마운 존재였는지 깨닫게 되었습니다. 이 또한 감사합니다.

일상에서 겪는 고통이나 불편함은 나의 길을 방해하는 걸림돌이 아니었습니다. 나의 변화와 성장을 위한 디딤돌이었습니다. 이러한 마음을 갖게 해주셔서 감사합니다.

감사합니다. 감사합니다.

모든 것에 감사합니다.

감사합니다.

지금까지 살아온 삶을 돌아보고 변화의 필요성을 느끼게 되었다. 그리고 내 삶의 변화와 성장을 위해 무엇을 해야 할지 고민하기 시작했다. 마침내 가장 시급한 일이 나를 찾는 것이라는 결론을 내렸다. 그 실천방안으로는 다음과 같은 것들이 있다.

'산이나 바닷가로 산책하러 나가기, 책 읽기 그리고 맨발 걷기 하며 글쓰기.'

홀로 숲길을 걸으면 자신에게 몰입할 수 있다. 책 읽기도 마찬가지다. 최근에 꾸준히 해오고 있는 '맨발로 걸으며 글쓰기'는 자신을 마주하는 최고의 방법이다. 이렇게 가만히 나를 돌아보는 시간을 가짐으로써 상처 입은 내면 아이를 치유하고 나를 바로 세울 수 있다. 내 삶의 중심을 바로 세우고 당당한 주인으로 살아가기 위해 우리는 모두 자신을 가만히 돌아보는 시간을 가져야 한다.

03. 마음이 고요해지다

알람 소리에 눈을 떴다. 새벽 4시 30분이었다. 집사람이 맞춰놓은 알람이었다. 지난 금요일부터 컴퓨터가 작동되지 않아 뭔가 마음이 바빴나 보다. 아침 글쓰기도 뜻대로 진행하지 못한 것이 가장 큰 이유이지 않을까. 하고자 하는 일이 제대로 진행되지 않을 때 마음은 바빠지고 불편해지는 게 당연하지 않은가.

사실 오늘은 일요일이고 며칠째 잠이 부족한 느낌이 들어 조금 늦게 일어날 예정이었다. 한번 잠이 깨고 나니 다시 자기도 힘들고 최근엔 늘 이 시각보다 일찍 일어났기 때문에 바로 거실로 나왔다. 물을 한 모금 마시고 약을 먹었다. 컴퓨터를 켜고 자리에 앉았다. 컴퓨터 하드웨어 시스템을 잘 모르기 때문에 응급 복구를 했지만 뭔가 마음이 불안하다. 왠지 모르게 마음 한구석이 답답하고 짜증이 올라오고 있는 모습이 보인다.

집사람이 부르는 소리가 들렸다. 어젯밤 집사람은 고향 친구 모임이 있어 갔다가 늦게 돌아왔다. 안방으로 들어갔더니 집사람이 물어본다.

"어제 저녁은 뭐 먹었어요?"

"돼지고기 목살 구워 먹었지."

"밥이 부족하지는 않았어요?"

"다시 해서 먹었지."

"잘하셨어요."

괜히 마음속에서 짜증이 확 올라온다. 컴퓨터 앞에 앉아 자판을 두드리기 시작했다. 잠시 후 창밖을 내다보니 희뿌연 구름이 하늘을 잔뜩 뒤덮고 있다. 안방에서 집사람 목소리가 들려온다.

"오늘 날씨 좀 봐주세요?"

나도 모르게 다시 짜증이 올라온다. 오늘도 집사람은 감자 캐는 일을 도와드리러 갈 생각이다. 인터넷 접속을 하고 날씨를 확인했다. 마음은 계속해서 편하지 않다. 짜증과 답답함이 계속 밀려오고 있다. 왜 이런 감정이 계속되고 있는 걸까? 가만히 마음속을 들여다본다. 자신에게 솔직해져야 한다. 짜증과 답답함의 원인을 숨기고 있다. 좀 더 진지하게 내면을 들여다보라. 불편한 감정이 안에서 서성거리고 있는 게 보이지 않는가. 아침 일찍 일어나서 글을 쓰기 시작하고 있다면 마음이 가라앉아야 하는 것 아닌가. 자판을 두드리다 멈추기를 반복하고 있다.

집사람이 주방으로 나와서 계속 이야기를 한다. 나는 컴퓨터 앞에 앉아 자판을 두드리고 있다. 날 더러 들으라고 하는 소리인지 집사람은 계속 말을 이어간다. 집중할 수가 없다. 그렇다고 대꾸를 하지 않으면 무시한다고 말할 것이 아닌가. 건성으로 한 마디만 대답하고는 글쓰기를 계속 이어간다. 나의 마음을 아는지 모르는지 집사람은 몇 마디 더 하고는 안방으로 들어간다. 감자 캐러 갈 준비를 할 모양이다.

계속해서 글쓰기를 이어간다. 아직도 마음이 편하지 않다. 내 감정을 자세히 살펴봐야 한다. 이대로는 안 될 것 같다. 글은 솔직하게 써야 한다고 했다. 지금 내 마음을 그대로 표현해야 한다. 짜증이 나고 답답하고 불편한 이 마음이 정말로 내가 쓰고 있는 글 속에 그대로 담길까. 바로 지금 이 순간 내가 느끼고 있는 감정이 글을 읽는 이에게 전해질까. 만약 그렇다면 지금 글을 쓰면 안 된다. 마음이 고요해진다는 주제로 글을 써야 하는데 이렇게 답답하고 짜증이 올라오는 이유는 무엇일까. 나에게 다가오는 모든 일은 이유가 있다고 했다. 오늘 마음이 고요해진다는 소주제로 글을 쓰려고 하는데 마음이 전혀 고요하지 않다. 아침에 일어나 기분이 이렇게 좋지 않은 경우는 드물다. 피곤함을 조금 느끼는 경우가 있었지만 답답하거나 마음이 무겁지는 않았다.

다시 마음을 가만히 들여다본다. 마음이 편안하지는 않지만 있는 그대로의 감정을 바라볼 수는 있다. 현재의 감정을 그대로 읽어준다. 억지로 억누르려 하지 말고 그냥 흘러가는 대로 놓아두어라. 짜증이 나면 짜증이 나는 대로, 답답하면 답답한 대로, 화가 나면 화가 나는 대로 가만히 놓아두어라. 분명히 그럴만한 이유가 있을 테니까 그대로 받아들여라. 내 안에서 올라오는 여러 가지 감정을 가만히 살펴보고 있다. 좀 더 솔직하게 이유를 물어보자. 컴퓨터 고장으로 글쓰기를 제때 하지 못하고 있었다. 주말과 휴일엔 시간적 여유가 많으니 하루에 두 꼭지 정도 쓰곤 했다. 어제도 밤늦게 겨우 한 꼭지의 글을 보냈다. 글쓰기 목표를 이루지 못하게 된 것이 가장 큰 이유다.

책을 읽고 글을 쓰고 맨발 걷기를 계속해오고 있다. 이와 같은 일을 계속하고 있는 이유가 무엇인가. 내면을 들여다보며 진정한 자아를 만나기 위한 것이다. 나를 찾고 나를 바로 세우고 싶기 때문이다. 내 안에서 일어나는 여러 가지 감정들을 제대로 읽고 이러한 감정들을 보듬어주기 위함이다.

집사람은 나갈 준비를 마친 모양이다. 아이들 밥도 챙겨주고 알아서 밥을 먹으란다. 어젯밤 친구들 모임에 갔다가 늦게 돌아와 잠도 많이 자지 못한 상태다. 피곤해서 가기가 싫은 마음도 엿보인다. 혼자 가서 일손을 돕더라도 능률이 오르지 않을 것 같다. 내가 함께 가면 조금 나을 수는 있다. 그렇지만 지금 나는 아침 글쓰기를 하고 있다. 함께 가서 도와드리지 못하는 게 마음에 걸린다. 다시 마음이 답답해진다. 글쓰기에 몰입이 제대로 되지 않는다. 고요한 새벽에 혼자 앉아 자판을 두드리면 어느 순간 몰입이 되는 경험을 해본 적이 있다.

집사람이 거실을 왔다 갔다 하고 있다. 함께 감자 캐는 일을 하러 가지 못한다는 사실이 벌써 마음을 불편하게 하고 있다. 마음이 불편하면 함께 가면 되지 않는가. 하지만 내가 해야 할 일이 있기 때문이다. 이런 경우에는 우선순위를 정해야 한다.

집사람이 집을 나서면서 말한다.

"여보, 다녀올게. 애들 밥 좀 챙겨주고 그래요."

"……"

나는 아무 말도 하지 못했다. 글도 써야 하고 맨발 걷기도 해야 한다. 이것이 강박은 아닐까. 지난 일요일에 다녀왔지만, 그냥 오늘 하루 더 집사람과 함께 가면 되지 않을까. 미안한 마음도 있고 약간은 짜증이 올라오는 혼란스러운 마음 때문에 아무 말도 하지 않았다. 그러자 집사람은 애써 미소까지 지으며 손을 흔들어주고 나간다. 집사람의 그런 모습을 보니 마음이 더욱 편하지 않다. 집사람도 좀 더 자신의 감정에 솔직해졌으면 좋겠다는 생각을 한다. 많이 힘들면 솔직하게 오늘은 힘들어서 도와드릴 수 없다고 말하면 된다.

내가 보기엔 집사람도 가고 싶은 마음이 많지 않아 보인다. 하루 정도는 쉬어야 하는 게 맞다.

살다 보면 일상에서 짜증이 나고 화가 날 때가 있다. 자신의 감정을 솔직하게 인정하지 않기 때문인 경우가 많다. 오늘 아침의 일도 마찬가지다. 매일 스스로 해야겠다고 정해놓은 일과 다른 일 중에서 선택해야 하는 상황이다. 어느 한쪽을 선택하면 된다. 하나를 선택하면 다른 하나는 포기해야 한다. 마음을 가만히 들여다보면 둘 다 포기할 수 없다는 생각을 하고 있다. 짜증이 나거나 화가 나는 이유가 바로 여기에 있다. 자신에게 솔직하지 못한 것이다. 그럴 필요가 없지 않은가. 개인적인 사정이 있으면 솔직하게 이야기하면 된다. 답답한 마음이 아직도 남아 있다. 계속 글을 쓰면서 나를 들여다본다.

책 읽기와 글쓰기 나이가 아직 많지 않다. 아직 어린 나이지만 마음이 답답하거나 조급한 마음이 있을 때 책을 읽으면 차분해지는 경험을 했다. 매일 책 읽기를 꾸준히 하는 시기에는 짜증이나 화를 내는 경우가 거의 없었다. 바쁘다는 이유로 손에서 책을 놓으면 다시 조급증이 생기고 사소한 일에도 짜증이 나는 경우가 많았다.

오늘처럼 마음속에서 여러 가지 감정이 오르락내리락하는 날은 책을 읽고 글을 쓰며 자신을 들여다보아야 한다. 자연 속에서 맑은 공기도 마시고 맨발 걷기를 하면서 진정한 자아를 만나야 한다. 책을 읽고 글을 쓰고 맨발로 걷는 삼박자를 고루 갖추면 마음은 고요해진다. 바쁜 일상에 쫓겨 돌봐주지 못했던 상처 입은 마음을 가만히 바라보며 어루만져줄 수 있다. '에고'의 집착과 욕심을 잠재우고 '참나'가 이끄는 대로 천천히 마음속 오솔길을 거닐다 보면 마음이 고요해진다.

04. 행복하다, 행복하다

사실 난 삶이 행복하지 않았다. 어제도 오늘도 늘 같은 날의 반복이었다. 특별히 달라질 게 없었다. 시골에서 태어나 중학교 1학년 가을까지 고향에서 자랐다. 평범한 가정이었고 아버지께서 과수원을 하셨다. 그 당시에 과수원을 하면 경제적으로는 괜찮은 편에 속했다. 내 기억으로도 아버지께서 워낙 부지런하셨기 때문에 먹고사는 걱정은 없었다.

막내로 태어난 나는 소심하고 지나치게 내성적인 아이였다. 집에 손님이라도 찾아오면 부끄러워 인사도 제대로 하지 못하고 엄마 치마 폭 뒤로 숨어버렸다. 한마디 말도 하지 못하고 얼굴이 검붉어지곤 했다. 초등학교 시절엔 너무 얌전해서 '색시'라는 별명을 얻기도 했다. 수업시간에도 부끄러움이 많아 일어서서 책 읽기도 잘하지 못할 정도였다.

아마도 초등학교 저학년 때의 일인 것 같다. 동갑내기인 사촌과 함께 동네 가게에 가서 막걸리 한 주전자를 받아오라는 심부름을 했다. 우리 집은 마을에서 외따로 떨어져 있었기 때문에 가게에 갈 일도 거의 없었다. 아마 직접 물건을 사러 가게에 간 것은 그 심부름이 처음이었던 것 같다. 오백원짜리 지폐를 주머니에 넣어 갔었다. 그런데 막걸리 주전자를 들고 집에 돌아와 보니 주머니에 지폐가 그대로 있었다. 부끄러워 가격이 얼마인지 물어보지도 못하고, 막걸리값도 계산하지 않고 그냥 돌아와 버린 것이다.

극도로 소심하고 내성적이다 보니 어린 시절부터 남의 눈치를 많이 살폈다. 남에게 잘 보여야 한다는 생각 때문에 늘 불안하고 걱정이 앞섰다. 칭찬을 받아도 부끄러워 기분 좋은 내색도 하지 못했다. 비난이나 꾸중을 들으면 모든 게 다 내 탓이라 생각하며 의기소침하고 주눅이 들곤 했다. 매사에 자신감이 없어 적극적으로 나서는 법이 없었다. 반드시 해야 할 일이 아니면 절대로 하지 않았다.

중학교 1학년 가을 대도시로 전학을 갔다. 가을 소풍 가는 날 전학을 갔더니 중간고사 시험을 보고 있었다. 시험을 잘 보았을 리가 없었다. 낯을 심하게 가리는 성격 때문에 새로운 환경에 적응하기는 쉽지 않았다. 겨우 한두 명의 친구만 사귈 수 있었다.

중학교 2학년이 되었다. 수학 시간이었다. 수학을 잘하는 편이 아니었다. 수학 선생님은 교실에 들어와서 창밖을 바라보며 수업과 관계없는 이야기를 많이 했다. 그러다 칠판에 문제 하나를 적어놓고 지명을 해서 문제를 풀게 했다. 문제를 풀지 못하면 앉은 자리에서 뒤로 눕혀놓고 30cm 자를 가지고 볼을 때렸다. 수학 시간이 정말 싫었다. 거의 매번 자로 얼굴을 맞았으니 수업시간이 전혀 즐겁거나 행복하지 않았다.

중3 때 상업계 고등학교에 진학해서 은행에 취직하고 싶다는 마음을 먹었다. 부모님과 면담을 하고 나서 담임선생님의 권유로 결국 인문계고등학교에 진학하게 되었다. 고등학교 시절도 특별히 눈에 띌 일이 없는 그저 평범한 학생이었다.

특별한 꿈이나 야망도 없이 주어진 과제만 겨우겨우 이행하던 평범한 학생에게 고3이 되자 시련이 닥쳤다. 단순한 감기인 줄 알고 2주 이상 약을 먹었으나 기침이 멈추지 않았다. 엑스레이촬영 결과 기관지염으로 판명이 났다. 그때부터 약을 먹기 시작했다. 한여름에도 찬물을 마시거나 찬물로 샤워도 하지 못했다. 약을 많이 먹었더니 수업시간에 꾸벅꾸벅 졸기 일쑤였다. 수학 시간이었다. 약에 취해 나도 모르게 졸다가 선생님의 회초리에 정수리를 얻어맞고 눈물이 핑 돌기도 했다. 윤리수업 시간이었다. 기침이 시작되더니 참을 수가 없었다. 계속 기침을 해대자 선생님께서 화를 내며 수업에 방해가 되니 밖으로 나가라고 했다. 내가 하고 싶어 한 게 아니라 도저히 참을 수가 없어 기침한 것뿐인데 생각하니 억울하기도 하고 슬펐다. 학교생활이 즐겁거나 행복할 리 없었다.

대학생이 되었다. 고등학교까지 입시를 위한 시스템에 억눌려 있다가 자유가 주어졌다. 갑작스러운 자유에 스스로 뭘 해야 할지 막연했다. 시간은 많았지만 어울려 노는 것도 공부에 집중하는 것도 어느 것도 제대로 할 수 없었다. 재미있게 어울려 놀아야 할 자리에서는 공부 걱정을 하고 막상 공부해야 할 시간에는 신나고 재미있게 놀지 못한 걸 후회하는 어리석은 모습을 보였다. 뚜렷한 목표의식도 없이 미래에 대한 막연한 걱정과 불안으로 지금 이 순간의 삶을 누리며 살아가지 못했다. 확실하게 보장되지 않은 미래의 행복을 위해 지금 현재의 시간을 고통 속에서 보내기만 했다.

대학을 졸업하고 교사생활을 시작했다. 배우는 것에서 가르치는 것으로 입장만 바뀌었을 뿐 별로 달라진 게 없었다. 남을 가르쳐본 경험이 없어 새로운 환경에 적응하기는 쉽지 않았다. 시작종이 울리면 교실로 들어가고 마침 종이 울리면 나오는 생활이 반복되었다. 시간에 얽매이고 틀에 박힌 생활이 답답했다. 사명감만으로는 쉽지 않은 일이었다. 여기까지가 한 편의 시를 만나 시집을 읽기 시작하고 책을 읽기 전의 모습이었다.

시 읽기에서 책 읽기로 다시 글쓰기로 이어지는 삶은 서서히 자신의 내면을 살피고 진정한 자신을 찾으려는 노력으로 이어졌다. 남들에게 보여주기 위한 책 읽기와 글쓰기가 아니라 삶의 방향을 바꾸고

자 하는 절실함이 그 출발점이었다. 절실함이 있으면 뭘 하든 진지한 태도로 열심히 할 수밖에 없다. 목표와 방향이 제대로 정해져 있기 때문이다. 누가 뭐래도 자신만의 길을 당당하게 갈 수 있게 된다.

　행복이란 무엇인가. 도대체 행복이 무엇이길래 사람들은 미래의 행복을 위해 지금 이 순간을 희생하고 있는가. 미래의 행복이 보장되어 있기는 한가. 바로 지금 이 순간 행복하지 않으면 행복은 절대 이룰 수 없다. 현재의 시간과 희생을 담보로 하는 행복은 진정한 행복이 아니다. 바로 지금 이 순간 행복을 누릴 수 있어야 진정한 행복이다.

　그대는 지금 행복한가. 지금 있는 모습 그대로를 사랑하고 만족하는가. 그렇다. 삶을 바라보는 시각이 달라지면서 내 삶은 달라지고 있다. 나를 둘러싸고 있던 환경 자체가 유리한 방향으로 바뀐 게 아니다. 여러 가지 불리한 조건들이 여전히 남아 있어도 삶이 내게 전해주는 느낌은 완전히 다르다. 삶을 바라보는 관점을 바꾼 결과다.

　책을 읽고 글을 쓰는 일은 나를 진지하게 들여다보는 삶을 만들어가게 해준다. 자신의 내면을 진지하게 살피며 진정한 자신을 찾게 되면 삶의 가치를 알게 된다. 내 삶의 가치가 무엇인지 깨닫는다면 자신만의 삶의 방향이 결정된 것이다. 뚜렷한 목표와 방향이 설정되면 그 길을 따라 당당하게 나아가는 일만 남았다. 강한 의지를 불태우며 앞으로 나아가기만 하면 된다. 자신이 세운 목표를 향해 당당하게 나아갈 때 어떤 결과를 가져오는가. 원하는 것은 무엇이든지 이룰 수 있다고 믿는 자신감으로 충만한 사람이 된다. 자신감은 자존감을 높여주는 밑바탕이다. 자존감이 높다는 말은 자신을 믿고 자신을 있는 그대로 인정한다는 말이다. 어떤 어려움이 닥치더라도 자신을 바로 세우고 당당하게 나아갈 수 있다는 의미다.

나를 바로 세우고 진정한 자아를 찾게 되면 태어날 때부터 간직하고 있던 근원적인 행복을 만날 수 있다. 근원적인 행복이란 외적인 조건에 의해 새롭게 만들어지는 것이 아니다. 이것은 내 영혼이 깨어나 맑아지고 자신의 모습을 있는 그대로 인정할 때 서서히 그 빛을 드러낸다. 에고의 집착과 욕심에 가려져 있던 근원적인 행복이 모습을 드러낼 때 우리는 행복해질 수 있다. 시합에서 일등을 한다거나 멋진 선물을 받았기 때문에 행복을 느끼는 것은 근원적인 행복이 아니다. 말 그대로 근원적인 행복은 외적 조건과는 아무런 상관이 없다. 아무것도 하지 않고 그저 존재하고 있는 그대로의 모습을 바라보고 있을 때 가슴속에서 자연스럽게 번져 나오는 설렘이다.

책을 읽고 맨발 걷기를 하며 글을 쓰는 과정에서 내 삶의 당당한 주인으로 살아가게 되면 행복은 저절로 따라온다. 내가 애를 쓰며 인위적으로 찾아다니지 않아도 저절로 내 안에서 넘쳐나는 것이다.

요즘은 가슴속에서 우러나오는 근원적인 행복을 느낄 때가 자주 있다. 다른 누군가가 절대로 대신해줄 수 없다. 누구에게나 가슴속 깊은 곳에 자리하고 있는 소중한 느낌이자 근원적인 감정이다. 스스로 자신의 마음을 바로 세우고 영혼을 맑게 가꾸어야만 볼 수 있고 느낄 수 있다. 누구에게나 있지만 절대로 아무나 느낄 수 없는 삶의 필수요소다.

나를 둘러싼 환경이 크게 달라지지 않았지만 삶을 바라보는 관점이 달라지자 내 안에 있는 근원적인 행복이 보이기 시작했다. 개인적인 이익을 추구하기 위해 분주하게 뛰어다니지 않아도 된다. 이제 과거의 내 모습은 거의 사라졌다. 마음의 영점을 잡지 못하고 흐려질 때 이를 알아차리고 삶을 바라보는 관점만 바꾸면 우리는 늘 근원적인 행복을 누릴 수 있다.

책을 읽고 글을 쓰고 맨발 걷기를 하면서 마음속 묵은 때를 씻어내고 영혼을 맑게 하니 근원적 행복이 자주 그 모습을 드러낸다. 근원적인 행복이 미소를 지어 보일 때마다 내 삶은 행복으로 넘친다. 외적 환경에 아무런 변화가 없어도 행복을 느낄 수 있게 된다.

05. 새벽이 주는 선물

고요하고 깜깜한 새벽이다. 이 새벽에 일어나 컴퓨터 앞에 앉아 글을 쓰고 있다. 거실 창밖에서 겨울바람처럼 윙윙 소리가 난다. 바람이 제법 강하게 부는 모양이다. 거실을 둘러본다. 모두가 말없이 자신의 자리를 지키고 있다. 움직이는 건 나뿐이다. 자판을 두드리는 소리만 톡톡 탁탁거리고 있다.

새벽은 내게 어떤 의미가 있는가. 새벽은 하루를 열어주는 시간이다. 그 자체로 이미 가장 의미 있는 선물이다. 의지만 있다면 무엇이든 마음먹은 대로 할 수 있는 시간이다. 일어나 있는 사람이 아무도 없어 방해하는 사람도 없다. 오롯이 나만의 시간을 누릴 수 있다.

새벽은 만물이 깨어나는 시간이다. 신성한 기운이 번져 나온다. 마음을 비우고 영혼을 맑게 하면 이 신성한 기운의 도움을 받을 수 있다. 가만히 자신을 들여다보며 '참나'를 만나기에 좋은 시간이다.

매일 새벽 우리는 시간 통장으로 86,400초라는 시간을 선물로 받는다. 선물을 받는다는 건 기쁜 일이다. 이 소중한 선물을 어떻게 사용할 것인가. 어떤 일에 사용할 것인가. 이 선물로 무엇을 할지는 전적으로 자신에게 달려있다. 다른 사람의 선물을 대신 사용할 수도 없다. 모두에게 공평하게 주어지지만 공평하지 않다고 불평불만을 늘어놓는 사람도 있다. 이런 사람들은 자신의 선물뿐만 아니라 다른 사람의 선물까지 빼앗아버리기도 한다. 자신은 물론 모두에게 민폐를 끼치는 사람이다.

새벽 그 자체가 선물이라는 사실을 깨닫고 새벽이 주는 또 다른 선물을 감사하게 받아야 한다. 감사한 마음으로 받지 않으면 선물이라는 사실을 알지도 못한다. 선물을 선물로 받지 못하는 사람과 감사한 마음으로 선물을 받는 사람의 삶은 분명히 달라진다. 어떤 선택을 할 것인가. 생각해볼 필요도 없지 않은가. 감사한 마음으로 받은 선물 보따리를 하나씩 열어보자.

새벽이 내게 준 첫 번째 선물 보따리에는 무엇이 들어있을까. 설레는 마음으로 보따리를 천천히 풀어본다. 마음의 근육을 기를 수 있는 책 읽기가 들어있다. 이른 새벽에 일어나 책상머리에 앉아 책을 펼치고 소리 내어 읽어본 적이 있는가. 지난 1월 말부터 12주간 스피치를 배운 적이 있다. 책을 읽을 때 아랫배에 힘을 주고 소리 내어 읽으면 스피치에 도움이 된다는 말을 들었다. 그때부터 새벽에 일어나 가장 먼저 책을 소리 내어 읽기 시작했다. 책을 읽고 주요 내용을 필사도 했다. 그냥 눈으로만 읽고 지나가는 것보다 소리 내어 읽으니 귀로 내 목소리를 한 번 더 듣게 되어 집중이 잘 되고 정신이 맑아지는 느낌이었다.

독서삼독(讀書三讀)이라는 말을 들어본 적이 있다. 이 말은 책을 읽을 때는 세 가지를 읽는다는 말이다. 가장 먼저 책의 내용을 읽고, 다음으로 그 책을 쓴 저자를, 마지막으로 독자인 자기 자신을 읽는 것을 의미한다. 특히 새벽 시간에 책을 읽으면 집중력이 높아 완전히 몰입할 수가 있다. 내용을 읽고 저자의 의중을 되짚어보며 자기 자신을 만날 수 있는 소중한 시간을 만들어갈 수 있다. 이렇게 집중하여 책을 읽다 보면 자신을 돌아보게 된다. 어제의 일을 반성하고 오늘 하루 내게 주어진 86,400초의 소중한 선물을 어떻게 활용할 것인지 진지하게 생각해보는 시간을 가질 수 있다.

새벽이 전해준 두 번째 선물 보따리가 손길을 기다리고 있다. 과연 어떤 선물이 들어있는지 궁금하다. 가슴이 설렌다. 이번에는 글쓰기가 나를 반긴다. 가장 먼저 책을 읽고 정신을 맑게 가다듬은 다음 글쓰기를 한다. 글쓰기 역시 자신을 들여다보는 것이 기본이다. 마음을 열고 가만히 자신의 내면을 들여다보며 여행을 시작한다.

오늘은 특별히 무엇을 써야 한다는 강박관념 없이 그날의 상황에 따라 자연스럽게 풀어나가면 된다. 반드시 해야 한다는 의무감을 버리고 모든 짐을 내려놓고 맑은 정신과 가벼운 몸만 준비하고 떠나면 된다. 여행을 떠날 때 짐가방이 너무 무거우면 여행이 즐겁지 못하다. 여행 가방은 가능하면 가볍게 줄이는 게 좋다. 글쓰기 여행도 마찬가지다. 가벼운 마음으로 떠나는 글쓰기 여행은 여유롭다. 일상에서 짊어지고 다니던 무거운 의무감을 모두 내려놓고 자신이 하고 싶은 대로 편안하게 걸어가기 때문이다. 기록을 세우기 위해 더 빨리 달려가야 할 필요도 없다. 주변을 두리번거리며 살펴보기도 하고 잠시 멈춰 서서 풀꽃을 자세히 관찰해볼 수도 있다. '자세히 보아야 예쁘다. 오래 보아야 사랑스럽다'라는 나태주 시인의 시구처럼 찬찬히 살펴보면 풀꽃이 전하는 삶의 메시지를 선물로 받을 수도 있다.

책 읽기도 그렇지만 무엇보다 글쓰기 여행은 오롯이 자기 자신을 만날 수 있는 시간이다. 하루 동안 있었던 일을 떠올리며 그때마다 일어났던 여러 가지 감정을 바라볼 수 있다. 그러한 감정들을 하나씩 다시 불러내어 이름을 불러주며 다독여주는 시간을 가질 수 있다. 억눌려 있거나 관심을 받지 못해 상처받은 감정들을 똑바로 바라보며 진심 어린 위로를 건네줄 수 있다. 어떤 감정도 소외되지 않도록 따뜻한 마음으로 감싸주는 시간을 갖는다면 '에고'의 지배에서 벗어나 '참나'가 이끄는 삶을 만날 수 있다.

글쓰기 여행은 언제 어디든 갈 수 있다는 장점이 있다. 과거로 되돌아갔다가 다시 현실로 돌아오고 미래로 달려갈 수도 있다. 자유자재로 상상할 수도 있다. 무엇을 쓰던 아무도 방해하지 않는다. 나만의 일기장에 쓴다면 더욱 자유롭게 쓸 수 있다. 남들에게 직접 말할 수 없는 이야기도 언제든지 마음껏 털어놓을 수 있다. 슬프면 슬프다고 쓰고 아프면 아프다고 쓰면 된다. 욕을 하고 싶으면 욕을 써도 된다. 아무런 자기검열 없이 그냥 쓰는 거다. 완전히 무장해제를 하고 쓰면 된다. 이렇게 손가락이 자판 위를 마음대로 뛰어다닐 때 진솔한 글이 나온다. 마음 깊은 곳에 억눌려 있던 감정의 찌꺼기가 모두 쏟아져 나오게 된다. 뿌리 깊은 과거의 아픔이 송두리째 뽑힌다. 마음을 치유해주고 정화 시켜주는 소중한 선물이다.

지금까지 두 개의 선물 보따리를 풀어보았다. 만족스러운 선물이 었는가. 하지만 아직도 새벽이 준 선물 보따리가 남아 있다. 여러 가지가 있겠지만 지금 당장 선물 보따리 한 개가 눈에 보인다. 오늘의 마지막 선물 보따리다. 틀림없이 소중하고 의미 있는 선물이 들어있을 것이라 믿는다. 조심스럽게 열어본다.

'맨발 걷기'라는 선물이 미소 지으며 걸어 나온다. 당장 맨발 걷기를 하러 떠나고 싶지만, 아직 해야 할 일이 남아 있다. 두 번째 선물 보따리를 다시 정리해두지 못했기 때문이다.

맨발 걷기를 새벽이 주는 선물로 받은 것은 커다란 행운이다. 맨발 걷기는 몸과 마음을 바로 세워주는 일등공신이기 때문이다. 아침 운동으로 걷기를 하는 사람은 많다. 이왕 걷기를 한다면 맨발로 한 번 걸어보는 것은 어떨까. 걷기가 별다른 운동기구가 필요 없듯이 맨발 걷기는 신고 있던 양말과 신발을 벗기만 하면 된다. 나머지는 일반적인 걷기와 다를 게 없다. 편안하게 걸으면 된다. 천천히 걷고 싶으면 천천히 걸으면 되고 빨리 걷고 싶으면 빨리 걸어도 그만이다.

맨발 걷기를 하면 발바닥과 지구별 맨살이 직접 닿는다. 만물의 어머니인 대지와 맨발바닥이 서로 교감하는 의미 있는 시간을 만들어 갈 수 있다. 대지도 살아 숨 쉬고 있다. 서로의 기운을 주고받는다. 맨발 걷기를 하면서 하늘과 땅을 연결해주는 것이다. '천지인(天地人)' 대삼합(大三合)이 이루어지는 것이다.

앞서 새벽이 주는 선물로 책 읽기와 글쓰기가 있었다. 두 개의 선물 보따리 모두 진정한 자아를 만나는 시간을 가질 수 있게 해주었다. 세 번째 선물인 맨발 걷기도 마찬가지다. 경험에 의하면 맨발 걷기가 나를 찾고 진정한 나를 만날 수 있는 가장 강력한 도구가 아닐까 생각한다. 맨발 걷기는 이른 새벽 자연 속에서 맑은 공기를 마시며 할 수 있다. 만물이 새롭게 깨어나는 시간에 자연과 하나 되어 맨발 걷기를 하는 시간은 하루 중 가장 신성하고 의미 있는 시간이다.

하루를 시작하는 의식처럼 매일 꾸준히 반복한다면 몸과 마음의 근육을 동시에 기를 수 있다. 걷기를 통해 지친 몸의 피로를 풀어주고 새로운 기운을 채워준다. 맨발로 걸으면서 자신의 마음을 들여다보며 집중하다 보면 흐려진 마음의 영점을 다시 잡을 수 있다.

몸과 마음은 서로 밀접한 관계를 맺고 있다. 이가 없으면 잇몸으로 음식을 씹는다는 말처럼 몸은 마음을 지탱해주고 때로는 마음이 몸을 바로 세워주기도 한다. 이렇게 유기적인 관계에 있는 몸과 마음을 함께 관리할 수 있는 멋진 선물이 바로 맨발 걷기다.

새벽이 주는 세 개의 선물 보따리를 모두 열어보았다. 어떤가. 진정한 나를 찾고 나를 바로 세워줄 선물 보따리를 감사한 마음으로 받고 싶은 생각이 없는가. 스스로 받을 준비를 해야만 얻을 수 있는 선물이다. 오늘도 나는 세 가지 선물을 받고 있다. 이제 마지막 세 번째 선물을 직접 받으러 나가야겠다. 내 삶을 바로 세워주고 내 삶의 당당한 주인으로 살아갈 수 있게 해줄 멋진 선물을 말이다.

06. 생각 줄기를 뻗어라

글쓰기가 막막해질 때가 있다. 지금도 마찬가지다. 무엇을 써야할까. 컴퓨터가 없던 시절 백지 위에 손으로 꾹꾹 눌러 글을 쓸 땐 어떠했을까. 지금은 컴퓨터 앞에 앉아 하얀 화면을 마주 보며 깜빡이는 커서를 바라보고 있다. 손가락이 자판 위를 뛰어다녀야만 까만 글자들로 채워지기 시작한다. 언제 손가락이 움직이게 되고 글자들이 줄지어 뛰어나오게 될까. 아무 생각이 없을 때일까. 무엇을 쓰고 싶다는 생각이 분명해야 하지 않을까.

'생각 줄기를 뻗어라'라는 소주제가 눈앞에서 날 기다리고 있다. 어서 빨리 하얀 여백을 채워달라고 애원하고 있다. 시간도 무한정으로 줄 수 없다고 한다. 정해진 시간 안에 자신의 이야기를 마무리해 달라고 한다. 쓰고 싶다고 다 써지는 건 아니다. 의도적으로 뭐라도 쓰기 위해 머리를 쥐어짜도 도무지 글이 나오지 않을 때가 있다. 그때 어떻게 해야 하는가. 생각 줄기를 뻗으려고 아무리 발버둥 쳐도 싹이 돋아나지 않을 때가 있다. 씨를 뿌리고 시간이 지나 때가 되면 싹이 돋아난다. 싹이 돋아나고 다시 시간이 흘러야 줄기가 뻗어 나온다. 이것은 누구나 다 알고 있는 상식이다. 씨도 뿌리지 않고 싹이 트기를 기다리는 사람은 없다. 씨를 뿌려놓고 바로 그다음 날 싹이 돋아나기를 바라는 사람도 없다. 그런 사람이 있다면 초능력자이거나 마법사일 가능성이 있다. 현실적으로는 불가능한 이야기다.

글쓰기를 하다 글감이 떠오르지 않아 손가락이 자판 위를 뛰어다니지 못하고 머뭇거릴 때 그 심정을 느껴보았는가. 답답하고 막막하다. 쓰고 싶다는 마음만 앞서게 되면 글쓰기는 점점 더 힘들어진다.

생각 줄기를 뻗어 나가야 글을 쓸 수가 있다. 그러기 위해서는 평소에 미리 씨앗을 뿌려두어야 한다. 싹이 돋아나기를 기다려야 한다. 물을 주고 햇볕을 쬐어주고 적당한 온도를 맞춰주어야 한다. 생각 줄기가 저절로 뻗어 나가게 해야 한다. 싹이 돋아 줄기가 자라고 있을 때 기다리지 못하고 손으로 잡아당긴다고 생각 줄기가 빨리 뻗어 나가는 것은 절대 아니다. 조건과 환경이 갖춰지면 알아서 쑥쑥 자란다.

이 글을 쓰고 있는 지금은 깜깜한 새벽이다. 어떤 생각 줄기가 뻗어 나올지 사실은 나도 모른다. 소주제는 주어졌지만 어떤 글이 나올지 나도 장담할 수 없다. 무의식 속에 뿌리내리고 있던 생각 줄기가 어느 순간 뻗어 나오고 있다는 느낌뿐이다. 억지로 잡아당기려 해도 어느 것을 붙잡아야 하는지 막막해진다. 생각 줄기가 너무 많아서일 수도 있고 반대로 하나도 보이지 않아서일 수도 있다.

지금 이 순간도 마찬가지이지만 내가 할 수 있는 일이라곤 마음을 비우고 몰입하는 것뿐이다. 오직 지금 이 순간에 몰입할 때만 손가락이 움직이기 시작하고 글자들이 줄지어 뛰어나오기 시작한다. 의도적으로 끌어당기려 애쓸수록 생각 줄기는 자취를 감춰버린다. 우후죽순처럼 생각 줄기를 쭉쭉 뻗어 나가기를 바라는가. 컴퓨터 앞에 앉아 글을 쓰기 시작하면서 생각 줄기를 뻗어 나가려 하면 이미 늦었다. 글을 쓰지 않는 상황에서 수시로 씨앗을 뿌려놓아야 한다. 많은 씨앗을 뿌려놓을수록 많은 싹이 돋아날 확률은 높아진다. 더 많은 싹이 돋아나야 더 많은 생각 줄기가 뻗어 나갈 가능성도 커진다.

세상을 살아가면서 뭔가를 하고자 한다면 미리 대비해야 한다. 하루아침에 뭔가가 이루어지는 법은 없다. 내가 하는 일은 늘 시간도 오래 걸리고 힘들기만 한데 다른 사람들은 뭐든 쉽게 빨리 이루는 것처럼 보인다. 왜 내 인생만 늘 이렇게 고달프냐고 불평불만을 늘어놓는다. 사실은 그게 아닌데 말이다. 내가 보지 않을 때 다른 사람들은 미리 땀 흘리며 준비해왔다는 걸 모르기 때문이다.

결과물을 얻고 싶다면 먼저 무엇을 해야 하는가. 계획만 세우고 머리로만 생각하고 있다고 되는 게 아니다. 무엇이든 행동으로 옮겨야 한다. 직접 몸을 움직여야 한다.

농부들을 생각해보자. 봄이 시작되기 전부터 이듬해 농사는 시작된다. 미리 계획을 세우고 씨앗을 뿌릴 밭을 준비한다. 밭을 먼저 비옥한 토양으로 만들어야 곡식이 잘 자랄 수 있다. 어떤 씨앗을 뿌리느냐도 중요하나 무엇보다 밭이 좋아야 한다. 아무리 튼실한 씨앗을 뿌리더라도 토양이 나쁘면 잘 자라기는 어렵다. 언 땅이 녹으면 거름을 내고 밭갈이를 한다. 화학비료보다는 직접 만든 퇴비를 뿌리고 깊이 갈아줘야 한다.

봄이 오기 전부터 퇴비를 준비하고 밭갈이를 하여 비옥한 밭을 일궈놓았다면 잘 영근 씨앗을 뿌려야 한다. 씨앗을 뿌리고 나면 매일 정성을 기울여야 한다. 씨앗만 뿌려놓고 빈둥거리며 놀기만 해서는 안 된다. 관심을 기울이고 정성을 쏟은 만큼 씨앗은 싹을 틔우게 될 것이다. 싹이 트고 나면 더욱 정성을 쏟아야 한다. 새싹은 새들이 좋아하는 아침 식사다. 새들이 쪼아먹지 않도록 지켜줘야 한다. 어느 정도 자라면 다른 잡풀들이 돋아나기 시작한다. 이들과의 경쟁에서 살아남아야 한다. 잡풀들은 생각보다 왕성하고 끈질기다. 미리 점검하고 확인하여 제거해주지 않으면 이들의 기세에 눌리게 된다. 어느 한순간도 방심해서는 안 된다. 열매를 맺고 알알이 영글어 거

뒤들일 때까지 꾸준한 사랑과 정성을 쏟아야 한다.

　글을 쓸 때 생각 줄기를 뻗어나게 하는 것을 농부가 가을에 열매를 따는 것에 비유해보자. 생각 줄기를 거둬들이기 위해 가장 먼저 해야 할 일은 무엇인가. 농부가 봄이 오기 전부터 비옥한 밭을 일구는 작업을 했듯이 글을 쓰고자 하는 사람은 생각 줄기가 돋아날 마음 밭을 가꾸어야 한다. 마음 밭은 무엇으로 어떻게 가꾸어야 하는가. 마음 밭은 도깨비방망이로 '금 나와라! 뚝딱!'이라 말한다고 하루아침에 만들어지는 것이 아니다. 마음 밭은 오랜 시간과 노력으로 스스로 만들어야 한다. 마음 밭을 가꾸기 위해 할 수 있는 일은 많다. 가장 먼저 책 읽기다. 매일 단 한 장이라도 읽어야 한다. 읽은 내용을 머릿속에 반드시 저장해야겠다는 생각은 필요 없다. 꾸준히 읽는 것이 무엇보다 중요하다. 읽은 내용은 기억나지 않더라도 분명히 무의식 속에라도 자리 잡고 있을 것이다.

　책 읽기와 함께 매일 산책하는 것도 마음 밭을 가꾸기 위한 좋은 방법이다. 혼자 천천히 숲길을 걸으며 마주치는 풀꽃이나 나무를 다양한 관점으로 바라본다. 특별히 뭔가를 해야겠다는 생각을 버리고 물끄러미 바라보기만 하는 것도 괜찮다. 다양한 대상들을 있는 그대로 바라보고 마음속에 담아두기만 하면 된다. 이처럼 책을 읽고 산책을 하며 마주친 대상들을 의식적으로 기억하려 하지 않고 스쳐 지나가더라도 무의식 속에 남게 된다. 무의식 속에 남아 있는 이러한 기억들이 바로 비옥한 토양을 만들어주는 퇴비라 할 수 있다.

마음 밭을 가꾸었다면 이제 잘 여문 씨앗을 준비해서 뿌려야 한다. 일상에서 여러 가지 상황을 만난다. 사소한 일이라도 그러한 상황을 잘 포착해야 한다. 상황을 포착했다면 메모를 해두어야 한다. 순간순간 일어나는 일들에 하나의 메시지를 담아 적어둔 메모가 바로 씨앗을 뿌리는 일이다. 평소 생활 속에서 일화를 찾아내고 의미를 부여해서 꾸준히 메모를 모아두어야 한다. 이렇게 쌓인 메모들이 시간이 지나면서 싹을 틔우고 줄기를 뻗어 나가기 시작한다.

어느 날 묵혀두었던 한 장의 메모지에서 생각 줄기가 뻗어 나오기 시작한다. 그 생각 줄기 하나를 붙잡고 올라타라. 억지로 잡아당겨서 늘이려 하지 마라. 그냥 흐름에 따라 생각 줄기에서 떨어지지 말고 함께 나아가기만 하면 된다. 그때부터 생각 줄기는 스스로 뻗어 나갈 것이다. 의식적으로 방향을 정하려고 하지도 마라. 생각 줄기가 나아가는 대로 믿고 맡겨라. 엉뚱한 방향으로 가고 있다는 생각에 간섭하거나 조언할 필요도 전혀 없다. 오직 생각 줄기에 올라타고 함께 여행하기만 하면 된다.

생각 줄기는 이미 스스로 갈 길을 알고 있다. 흐름을 방해하면 안 된다. 믿어주고 격려해주면 신나게 춤추며 자신의 역량을 마음껏 펼칠 것이다. 때가 되면 알아서 멈출 것이다. 아무 걱정하지 말고 함께 박자를 맞추어 춤추고 그 순간을 즐겨라. 결과에 대해서는 생각할 필요도 없다. 바로 지금 이 순간에 몰입하고 즐기다 보면 결과는 자연스럽게 나오게 된다.

이제 이 글을 마무리해야 할 시간이다. 마감 시간이 다가왔다. 어떻게 여기까지 쓰게 되었는지 나도 모른다. 억지로 생각 줄기를 잡아당기지는 않았다. 그냥 흐름에 따라 손가락으로 자판을 두드리고 있었다. 일정한 분량을 채워야 한다는 압박감도 버리고 자판을 두드리는 바로 그 순간에만 집중했다. 그랬더니 생각 줄기가 뻗어나기 시작했고 하얀 여백은 까만 글자들로 채워졌다.

생각 줄기는 스스로 뻗어 나가는 것이다. 마음 밭을 가꾸고 평소 씨앗을 뿌려놓고 싹이 트기를 기다리는 시간이 필요하다. 절대로 하루아침에 되지 않는다. 삶의 이치와 생각 줄기가 뻗어 나가는 것도 마찬가지란 생각이 든다. 무엇을 하든 필요한 시간과 노력을 반드시 기울여야 한다. 그다음엔 묵묵히 기다려야 한다. 스스로 살아 움직일 때까지 믿고 기다려줘야 한다.

07. 필사로 생각의 꼬투리를 만들다

이른 새벽 글쓰기를 위해 컴퓨터 앞에 앉았다. 첫 문장을 쓰지도 못한 채 십여 분을 깜빡이는 커서만 바라보며 앉아있다. 어떻게 시작하는 것이 좋을까. 시선을 집중시킬만한 멋진 문장이 없을까. 나도 모르게 이렇게 고민하며 앉아있는 자신을 발견한다. 고민한다고 글이 써지는 것은 아니다. 무엇이든 써야 한다. 첫 문장을 쓰지 않고는 글을 이어가는 것은 불가능하다.

자리에서 일어나 거실을 한 바퀴 돌았다. 소파 위에 놓여 있던 배꼽 힐링기가 눈에 들어온다. 잠시 소파에 앉아 배꼽 힐링을 한다. 어젯밤 늦은 시각 배가 살짝 고파 시리얼을 조금 먹었더니 속이 답답했다. 아침에 일어나도 아직 조금은 답답함이 느껴지고 있다. 한 꼭지의 글을 쓰기 시작하려 했지만 한 문장도 쓰지 못했기 때문에 몸도 마음도 답답해진 모양이다.

잠시 배꼽 힐링을 하고 나니 거실 탁자 위에 놓여 있는 아담한 크기의 필사 노트가 눈에 들어왔다. 지난 1월 무렵 『선택적 필사의 힘(이세훈 지음)』이라는 책을 읽고 몇 문장을 필사해둔 기억이 떠올랐다. 노트를 펼쳐 필사해둔 문장들을 읽어보았다. '내가 이런 문장을 필사했었나?'라는 생각이 들었다. 내가 적어놓은 문장이지만 전혀 기억나지 않았다. 마치 처음 보는 문장이라는 생각뿐이었다. '전혀 기억나지도 않는 문장을 왜 필사하는 걸까?'라고 생각하며 다시 컴퓨터 앞에 앉는다. 드디어 첫 문장을 쓰고 여기까지 이어지고 있다.

필사는 한마디로 베껴 쓰기를 말한다. 베껴 쓴다는 말은 그대로 옮겨 적는 것이다. 책을 읽어나가다 보면 밑줄을 긋고 싶은 문장들을 만난다. 그냥 눈으로만 읽고 지나가는 것보다는 밑줄을 긋고 한 번 더 마음에 새기는 것이 책 읽기의 좋은 방법이다. 밑줄을 긋고 한 걸음 더 나아가 마음에 깊이 새기고 싶은 문장을 손으로 꾹꾹 눌러 써보는 것이 더 효과가 있다고 한다.

그냥 눈으로 읽는 것, 읽으며 밑줄을 긋는 것 그리고 직접 베껴 쓰는 것은 어떤 차이가 있을까. 지금까지 필사를 많이 해보지는 않았기 때문에 특별히 어떤 점이 좋을지는 잘 모르겠다. 미루어 짐작해보자면 손으로 직접 눌러 쓰는 행위는 단순히 눈으로 읽거나 밑줄을 긋는 것보다는 더 많은 생각을 하게하고 몸의 여러 근육을 사용하여 움직이게 한다. 더 많은 생각을 하고 근육을 더 많이 움직이게 한다는 것은 뇌의 활동을 더 활발하게 한다는 말이다. 문장을 한 번 베껴 쓴다고 내용을 외울 수는 없지만 온몸으로 새기고 있으니 무의식 속에 더욱 선명하게 새겨지지 않을까 생각한다.

필사는 보통 먼저 한 번 읽은 후에 다시 읽으면서 한다. 같은 내용을 한 번 더 반복하는 일이다. 글이란 읽을 때마다 다른 의미로 다가올 수 있다. 처음 눈으로만 읽었을 때와 다시 읽으며 필사를 할 때는 느낌이 다를 수 있다. 베껴 쓰면서 문장의 의미를 다시 새겨보기도 하고 손을 움직여 한 글자씩 정성을 다한다. 이러한 과정에서 하나의 문장은 새롭게 태어나기도 한다. 저자가 초고를 쓰고 수차례 읽어보면서 고치고 고쳐 쓴 문장을 독자가 다시 옮겨쓰기만 해도 또 다른 문장으로 거듭날 수 있다. 독자의 느낌과 생각이 저자가 전하고자 했던 의미에 더해졌기 때문이다. 오늘 새벽 우연히 발견한 필사 노트를 펼쳐보며 여러 가지 생각을 했듯이 필사하는 과정에서 다시 태어난 문장은 한동안 숙성기간을 거쳐 더 깊은 의미가 더해질 수도 있다.

지난 1월 말부터 아침 독서를 하면서 필사를 해오고 있다. 상당히 두꺼운 책이라 그중에서 마음에 울림을 주는 문장들을 베껴 쓰고 있다. 마음에 울림을 주는 문장을 고르는 일은 책을 읽고 있는 그 당시의 느낌과 흐름에 전적으로 맡긴다. 이 문장을 반드시 베껴 써야겠다는 마음 없이 읽다 보면 나도 모르게 손을 움직여 노트에 옮겨적게 되는 문장이 있다. 옮겨적으면서 의미를 생각해보고 전하고자 하는 메시지가 무엇인지 살펴본다.

모두 여든한 꼭지로 구성된 책이다. 5~6쪽으로 이루어진 한 꼭지를 매일 읽고 베껴 쓰기를 하니 두 달 반이 조금 더 걸렸다. 바로 이어서 같은 책을 다시 필사하고 있다. 처음에 필사했던 문장들과 비교해보니 첫 번째 필사 때와는 다른 문장을 옮겨적은 것들도 있다. 이 말은 같은 책을 읽더라도 읽을 때마다 받아들이는 느낌과 의미가 다르다는 말이다. 필사는 이렇듯 같은 책이나 같은 문장이라도 그때마다 다른 의미를 부여할 수 있게 해준다. 세상 만물은 늘 변화하기 때문이다. 책을 읽는 독자도 시간이 흐름에 따라 변화를 거듭하고 있고 세상 자체도 마찬가지다.

직접 필사를 경험해보면서 생각해본다. 글을 쓰는 사람은 단순히 책을 한 번 읽는 데서 멈추지 말고 의미 있게 다가오는 문장들을 선택해서 반드시 베껴 써보는 것이 좋다. 글쓰기를 이어가기 위해서는 끊임없이 새로운 생각을 해야 한다. 매일 마주치는 똑같은 대상을 바라보더라도 볼 때마다 새로운 시각으로 바라보며 '낯설게 보기'를 해야 한다. 낯설게 보기를 통해 매일 다양한 관점으로 바라보게 되면 글감이 풍부해질 수 있다. 다양한 관점을 가진 여러 작가의 책을 읽고 울림을 주는 문장들을 골라 베껴 쓰기를 하자. 한 명의 작가가 쓴 다른 책들을 필사하는 방법도 있고, 여러 작가의 다양한 책들을 필사하는 방법도 있다. 같은 작가라 하더라도 책마다 서술방식이나 내용이 모두 다르다.

필사하기가 주는 가장 큰 이점은 여러 가지 생각 꼬투리를 만들어 낼 수 있다는 점이다. 매일 아침 글쓰기를 하다 보면 가장 어려운 점이 바로 첫 문장을 쓰는 것이다. 무엇을 어떻게 시작해야 할지 감을 잡기가 어렵다. 쓰고자 하는 주제와 어울리는 생각 꼬투리가 있어야 하는데 얼른 떠오르지 않는다. 이러한 생각 꼬투리는 평소에 만들어 두어야 한다. 머릿속에 생생하게 집어넣어 달달 외울 수는 없다. 매일 책을 읽으면서 그때마다 마음에 새기고 싶은 문장들을 베껴 쓰면서 온몸으로 체득하는 과정이 필요하다. 억지로 외워둔다고 그 내용이 글쓰기를 할 때 적절한 시기에 바로 나오는 것은 아니기 때문이다. 몸속 어딘가에 자리 잡고 있다가 느낌과 흐름에 따라 뛰어나오게 해야 한다. 억지로 잡아당긴다고 나오는 게 아니다. 글의 흐름을 타고 자연스럽게 나와야 한다.

평소 많은 책을 읽고 다양한 생각 꼬투리를 온몸 구석구석에 걸어두어야 한다. 글을 쓰다가 글이 한 걸음도 앞으로 나아가지 못하고 머뭇거릴 때 얼마나 답답한지는 겪어본 사람만이 알 것이다. 손가락이 자판 위를 계속 뛰어다니지 못하고 멈추었을 때 어디선가 생각 꼬투리 하나가 불쑥 나타나 손가락을 간질인다면 얼마나 행복한까.

필사는 단순히 의미 있는 문장을 베껴 쓰는 것만이 아니다. 읽고 있는 저자와 깊이 있는 만남이 가장 먼저 이루어진다. 한 권의 책을 쓰면서 쏟아부은 저자의 열정과 만나는 것이다. 저자가 살아오면서 겪은 다양한 경험과 생각의 흐름을 마주하는 기회를 만든다. 저자의 삶을 천천히 여행하는 소중한 시간이다. 필사는 울림을 주는 문장을 만나는 자신을 들여다보고 자신을 새롭게 만들어가는 작업이다. 지금까지 경험하고 생각해오면서 만들어진 의식의 틀이 저자가 갖고 있던 새로운 의식의 틀을 만나면서 변화할 수 있는 계기가 된다. 세상에는 나와는 다른 많은 의식의 틀이 있음을 깨닫게 되고 서로 부딪치면서 모난 곳은 깎이고 부드러워지게 된다. 서로 교감하고 교류하면서 모두가 더불어 살아가는 데 적합한 새로운 틀이 만들어진다.

필사는 문장을 베껴 쓰는 과정에서 그 문장에 녹아들어 있는 저자의 모든 생각과 경험을 자신에게 자연스럽게 배어들게 할 수 있다. 의도적으로 외워서 단기간에 자신의 것으로 만들어가려는 시도와는 완전히 다른 방식이다. 의식하지 못하는 가운데 시나브로 스며드는 문장들은 단순히 의미를 전달해주고 감동을 전하는 데 그치지 않고 영혼에 울림을 준다. 영혼에 울림을 주는 것은 영원히 남게 된다.

필사는 글쓰기를 도와주는 동반자다. 첫 문장을 시작하기가 어렵거나 글이 한 걸음도 스스로 나아가지 못한다면 매일 베껴 쓰기를 하면서 생각 꼬투리를 하나씩 만들어보자. 베껴 쓰면서 어떤 생각 꼬투리가 내 몸 어디에 하나씩 매달리게 될지는 알 수 없다. 생각 꼬투리가 어떤 모양인지 어디에 자리 잡게 되는지는 중요하지 않다. 어디에서 어떤 모습을 하고 있든 글을 쓰다가 적절한 시기에 나와주기만 하면 된다. 생각 꼬투리는 많으면 많을수록 좋다. 생각 꼬투리를 억지로 만들어서도 안 되며 강제로 우겨 넣어도 안 된다. 매일 꾸준히 책을 읽고 마음이 가는 문장이 있으면 정성껏 눌러 쓰면 된다. 서두름 없이 마음의 여유를 가지고 느낌과 흐름에 따라 써나가다 보면 자연스럽게 자리를 잡게 되고 필요할 때 언제든지 기쁜 마음으로 뛰어나와 글쓰기를 행복하게 만들어줄 것이다.

08. 반복이 깊이를 만든다

사람들은 대체로 반복을 싫어한다. 반복은 대개 같은 것을 되풀이하는 것이다. 같은 것을 반복하면 지겹다고 생각하기 때문이다. 한편으로 생각해보면 지겨운 것도 맞다. 아무런 변화도 없이 같은 말이나 동작을 반복하기는 쉽지 않다. 인내와 끈기가 필요하다. 사람들의 이러한 일반적인 생각과는 달리 반복은 우리 삶에서 상당히 중요하다. 삶 자체가 반복의 연속이라고 할 수 있다. 하루하루가 반복되고 해마다 사계절이 반복된다. 이러한 반복이 과연 전혀 의미 없는 것일까.

일상에서 여러 가지 반복되는 사례를 들어보자. 잠을 자고 일어나서 세끼 밥을 먹는 행위도 매일 반복 된다. 직장인이라면 아침에 출근하고 저녁에 퇴근하는 것도 반복이다. 이러한 것은 단순한 반복에 해당한다. 그저 일상적인 일이다.

이와는 다르게 반복함에 따라 새로운 의미가 부여되거나 한층 더 숙달하게 하여 깊이를 만들어주는 반복 사례도 있다.

세상에 태어난 아기가 처음 말을 배우는 과정을 생각해보자. 아기는 '엄마'라는 말을 자연스럽게 입 밖으로 내뱉기 위해 같은 단어를 수없이 반복했을 것이다. 처음부터 정확하게 발음 할 수 있었던 것도 아니다. 수많은 시행착오를 겪으면서 다듬어지고 정확해진다. 끊임없이 반복하여 어느 정도 숙달되면 의식하지 않고도 자동으로 나온다. 반복의 힘이다.

이번에는 어린 시절 피아노를 배우는 과정을 생각해보자. 기초부터 꾸준히 반복 연습을 한다. 한 곡을 완전히 숙달하기 위해서는 역시 꾸준한 반복이 필수다. 한두 번 연습한다고 자유자재로 칠 수는 없다. 끊임없는 노력과 반복만이 악보를 보지 않고도 자연스럽게 연주할 수 있게 해준다. 처음에는 의식적으로 손가락을 움직이지만, 어느 정도 숙달되면 흐름에 따라 느낌으로 편안하게 연주할 수 있다. 머리로 생각하고 이를 다시 손가락으로 전달해주는 것이 아니라 곡을 떠올리는 순간 손가락이 먼저 움직이기 시작하는 경지에 이른다.

내가 직접 경험한 사례를 떠올려본다. 삼사 년 전 지역대학교 평생교육원에서 취미로 하모니카를 배운 적이 있다. 다른 악기와 마찬가지로 실제 연습을 해야만 연주실력을 키울 수 있다. 기초반에서 처음으로 기본음을 배울 때 기억이 난다. 정확한 소리를 내야 하는데 처음엔 그것조차 쉬운 일이 아니었다. 음계를 따라 정확하게 위치 이동을 해야 하는데 이론적으로는 이해했더라도 실제로 부는 것은 마음먹은 대로 되지 않았다. 익숙하지 않아서인지 조금만 불고 나면 입술 근육과 턱관절이 뻐근해지기도 했다. 하모니카로 정확한 소리를 내기 위해서는 직접 불어보는 방법 외에는 대안이 없었다. 오로지 반복해서 불어보는 방법뿐이었다. 여러 차례 반복 연습한 결과 입술은 감각적으로 바른 위치를 찾아갔다. 머리로 생각하는 단계는 생략하고 바로 입술이 알아서 움직였다. 이론적으로 좌로 몇 칸 또는 우로 몇 칸을 움직여야 한다고 생각하고 움직이기 시작하면 이미 늦다. 눈으로 보는 순간 뇌에서 명령을 내릴 필요도 없이 입술이 바로 움직여야 한다.

매일 아침 하나의 일상으로 꾸준히 반복해오고 있는 것들이 있다. 아침 독서와 필사하기 그리고 글쓰기와 아침 맨발 걷기다. 아침 독서는 처음 시작할 때는 집중하기도 어렵고 책을 읽다가 꾸벅꾸벅 졸기도 한다. 글을 읽어도 무엇을 읽었는지 전혀 기억나지 않는 경우가 있다. 하루 이틀 책 읽기를 반복하면 서서히 적응되기 시작한다. 읽어나가는 분량도 조금씩 늘어나고 이해력도 점점 빨라지고 커진다. 책 읽기라는 행위를 매일 꾸준히 반복하다 보니 뇌도 책 읽기에 최적화되어가기 때문이다. 무엇을 하든 제대로 신속하고 정확하게 되기 위해서는 반복하는 방법밖에 없다.

글쓰기와 아침 맨발 걷기도 마찬가지다. 처음 시작할 때는 뭔가 어설프고 몸에 맞지 않는 옷을 걸치고 나온 느낌이라고 할까. 자연스럽지 못한 글이 나오거나 넋두리처럼 이것저것 두서없이 늘어놓는 경우가 많다. 맨발 걷기도 처음엔 발바닥이 아프거나 다리가 아파 걷기가 쉽지 않다. 자세가 올바른지도 잘 모르고 그냥 걷기에만 집중한다. 하루 이틀 반복하면서 맨발로 걷는 일수가 늘어나면 조금씩 익숙해진다. 완전히 적응되고 숙달되면 걸으면서도 자신이 걷고 있다는 사실을 느끼지 못하는 단계에 이른다. 꾸준한 반복이 가져다주는 멋진 선물이다.

지금까지 말한 반복이 가져다주는 결과는 모두 비슷하다. 반복하면 할수록 익숙해지고 더욱 숙달되어간다. 의식하지 않아도 물 흐르듯 자연스럽게 진행되어 간다. 반복하는 행위는 몸과 마음에 그 행위의 느낌을 차곡차곡 쌓아 올리는 일이다. 한 겹씩 쌓아 올려진 느낌들은 몸의 각종 세포와 마음결에 깊이 새겨진다. 선명하게 새겨지기 때문에 적절한 때가 되면 스스로 일어서서 뛰어나온다. 언제 무엇을 어떻게 해야 하는지 잘 알고 있다. 신호만 주어지면 언제든지 신속하게 자신의 역할을 해낸다.

반복이 가져다주는 효과에 대해 생각해본다. 반복은 두려움을 없애준다. 두려움은 한 번도 해보지 않았을 때 주로 생긴다. 여러 차례 반복함으로써 동작이나 상황에 익숙해지고 숙달되면 자연스럽게 두려움은 사라진다. 반복은 편안함을 준다. 편안함을 느낀다는 말은 익숙해졌다는 의미다. 반복은 익숙함을 만들고 익숙함은 곧 편안함이기 때문이다.

　노래에서 반복은 어떤 의미와 효과가 있는가. 노래 가사를 살펴보면 첫 소절에 나왔던 가사가 중간이나 마지막 부분에 반복되는 경우를 볼 수 있다. 반복한다는 것은 전체 내용에서 중요한 의미가 있다는 말이다. 중요한 의미를 담고 있기에 강조하는 것이다. 반복되어 나오는 가사는 쉽게 귀에 익숙해질 수 있다. 익숙해진다는 것은 더 잘 기억할 수 있고 더 오래 기억될 가능성이 크다는 말이다. 더 잘 기억하고 더 오래 기억되면 그 노래는 인기를 끌고 대중화될 수 있다.

　맨발 걷기를 하다 보면 한 가지 주제에 대해 생각하는 경우가 자주 있다. 처음 생각 줄기가 돋아날 때는 다양한 생각으로 시작한다. 맨발 걷기를 마무리할 시점이 되면 나를 찾고 나를 들여다보는 시간을 가지며 나를 바로 세우는 것에 대한 생각으로 끝난다. 맨발 걷기를 할 때마다 메모하다 보면 마지막에는 나를 찾는 이야기로 마무리된다. 매일 이러한 생각이 반복되면서 나를 들여다보는 시간이 많아지고 이러한 시간 또한 반복된다. 이러한 반복은 내 생각의 결을 더욱 두텁게 만들어준다. 생각의 결이 늘어나 두터워지면 그만큼 생각의 깊이가 생긴다. 생각이 깊어지면 자신의 마음을 바로 세울 힘이 강해진다. 나를 바로 세우고 나의 중심을 잡게 되면 삶의 방향을 바르게 잡을 수 있다.

반복은 생각과 생각을 이어준다. 반복은 생각을 깨워주고 생각끼리 끊임없이 교감하고 교류하게 한다. 생각과 생각이 모여 더 큰 생각의 강물을 이루고 유유히 흘러간다. 유유히 흘러가는 생각의 강물은 깊이가 더욱 깊고 고요하다. 생각의 강물은 깊을수록 흔들림 없이 흘러간다. 수심이 깊고 넓은 강물이 소리 없이 흘러가는 모습을 본 적이 있지 않은가. 생각의 강물도 마찬가지다. 우리는 내면에서 흘러가는 생각의 강물을 깊고 넓게 만들어야 한다. 그러기 위해서는 반복이 필요하다. 한 번으로 끝낼 것이 아니라 인내심을 갖고 꾸준히 반복하다 보면 한 번씩 반복할 때마다 물줄기가 하나씩 흘러들어와 생각의 강물은 점점 많은 물줄기를 하나로 모은다. 더 많은 물줄기가 모일수록 생각의 강물은 깊고 넓어진다.

생각의 강물이 함께 모이는 곳은 큰 바다이다. 바닷가에 서서 바라보고 있노라면 끊임없이 파도가 밀려왔다 되돌아간다. 파도가 밀려왔다 밀려가는 행위를 반복하는 것은 무엇때문일까. 파도가 밀려올 때 품고 있는 생각과 다시 밀려 나갈 때 품고 있는 생각은 같을까. 매 순간 변화를 거듭하기 때문에 같은 파도는 없다고 생각한다.

파도가 계속 밀려오고 밀려가기를 반복하는 것은 생각의 깊이를 더하기 위함이다. 한 겹 한 겹 쌓아 올릴 때마다 생각의 결이 두터워지듯이 파도의 드나듦도 자기 생각을 돌아보고 그 깊이를 더하기 위함이다.

반복은 불필요한 행위의 재탕이 아니다. 반복은 우리 삶에서 필요한 요소다. 반복하지 않으면 우리의 기억 속에 살아남을 것이 아무것도 없다. 반복은 생각의 강물을 깊고 넓게 만들어주는 마음의 중심이다. 무엇을 하든 반복이 나를 살리고 나를 키운다. 지겹고 귀찮다는 마음때문에 반복을 믿어주고 돌봐주지 않으면 그대의 삶은 깊이가 없어 소란하기만 할 것이다. 반복을 통해 마음의 심지를 굳건히 하고 깊이 있는 삶을 고요하게 살아갈 수 있기를 바란다. 반복은 깊이를 만든다. 반복하면 생각의 강물이 깊고 넓게 흘러 내 삶이 평온해질 것이다.

09. 세상에 똑같은 것은 없다

잠이 부족하여 피곤함이 몰려온다. 눈꺼풀이 저절로 내려오고 머리가 묵직하다. 도를 넘지 말아야 한다. 이대로 계속 글쓰기를 해도 괜찮을까. 지금 당장 멈추고 가서 쉬는 게 옳지 않을까. 갈등과 고민에 빠지지 말고 결단을 내려야한다. 계속 쓸 것인가 아니면 지금 바로 안방으로 들어가서 눈을 좀 붙일 것인가.

어젯밤, 9시도 되기 전에 평소 해오던 운동도 하지 않고 세수만 하고 바로 잠자리에 들었다. 중간에 한 번 깨어나지도 않았다. 집사람이 아들이 입원해 있는 병원에서 밤늦게 돌아왔는지 얼핏 인기척을 느꼈을 뿐이다. 일어나 보니 새벽 4시가 조금 지났다. 요즘 내가 많이 피곤하기는 했나 보다. 몸을 너무 혹사하고 있는 게 분명하다. 몸과 마음을 잘 살피고 돌아봐야 한다.

오랜만에 7시간을 잤다. 충분히 잠을 잤으면 몸이 가볍고 개운해야 할 텐데 등판이 뻐근하고 목덜미가 아프다. 어떻게 된 일인가. 잠을 충분히 자서 몸이 편안해야 하는 게 정상 아닌가. 모처럼 몸은 푹 쉬었으나 마음은 쉬지 못한 건 아닐까. 매일 한 꼭지의 글을 쓰고 아침저녁으로 꾸준히 해오던 기본적인 운동도 하지 않았으니 마음속에서 자책하고 있기 때문은 아닐까. 해야 할 일을 하지 않았다고 마음이 불편한 것은 아닐까. 몸도 마음도 편안하고 이렇게 잠을 잘 자고 일어났다면 날아갈 듯 행복해야 하는 게 아닐까. 일단 어젯밤은 일찍 자길 잘했다는 생각이 든다. 돌이켜보면 최근 잠이 부족한 날이 많았기 때문이다. 기본적인 수면시간은 확보하는 것이 맞다. 적어도 하루 4시간은 자야 하지 않을까. 4시간을 자지 못한 경우도 제법 있었으니 몸이 얼마나 힘들었을까.

지난 3월에 무릎을 다쳐 수술하고 재활을 해오던 아들 녀석이 무릎에 뭔가 문제가 있다는 진단을 수요일에 받았다. 다시 입원해서 간단한 수술을 해야 한다는 말을 듣고 현재 입원 중이다. 여러 가지 해야 할 일도 많은 상황에서 다시 입원하게 되니 몸도 마음도 무척 바쁘다. 집사람은 집사람대로 힘들어하고 있다.

그러니 반드시 해야 한다는 강박을 내려놓아야 한다. 상황이 여의치 않으면 못할 수도 있다는 생각으로 자신에게 너그러울 때도 있어야 한다. 지나치게 몰아붙이지 마라. 지금까지 넌 열심히 잘 해오고 있었으니까. 조바심내지 말고 마음의 여유를 찾아라. 천천히 깊은 호흡을 하고 자신을 가만히 들여다보라. 문제 될 게 아무것도 없으니 걱정하지 마라.

바로 지금 이 순간 나에게 닥친 일들을 생각해보라. 과거의 나였다면 지금 이 상황에서 어떻게 행동했을지 생각해보라. 그러지 않아도 바쁘고 힘들어 죽겠는데 하필이면 왜 나에게 이런 힘든 일들이 자꾸만 일어나느냐며 불평하지 않았을까. 나는 특별히 잘못을 저지르지 않았는데 좋지 않은 일이 왜 자꾸 생기느냐고 억울함을 호소하지 않았을까. 세상을 바라보는 관점이 달라지기 전에는 분명 방금 앞에서 말한대로 행동했을 것이다.

지금의 내 모습을 가만히 바라보라. 나에게 닥친 여러 가지 일들이 보인다. 어떤 일이 일어나도 크게 흔들리지는 않는다. 담담하다. 이미 내게 일어난 일이다. 이러한 일들은 내가 어찌할 수 없는 상황들이다. 내가 할 수 있는 일에만 집중하고 최선을 다하면 된다. 이것은 연습이 아니고 실제 상황이다. 크게 마음의 동요 없이 잘 이겨내고 있다. 이만하면 충분히 잘하고 있다. 매일 해오던 일상을 실천하지 못하고 있다는 사실에 자신을 책망하거나 괴로워하지 마라. 오히려 이만큼 열심히 살아가고 있는 나를 진정으로 격려하고 칭찬해줘라. 지금 내가 무엇이 부족하다는 말인가. 걱정하지 마라. 힘내라. 괜찮다. 아무 걱정하지 마라. 한 꼭지의 글을 쓰지 못했다는 사실에 스스로 무너지면 안 된다. 충분히 만회할 시간이 있다.

자신을 가만히 들여다보라. 지금 이 상황이 정말 내가 게으름을 피웠기 때문에 일어나고 있는 일인지 생각해보라. 내면의 소리에 귀 기울이고 스스로 대답해보라. 맹세코 게으름 때문에 하지 못하고 있는 건 아니지 않은가. 마음의 여유를 갖고 다시 한번 자신을 들여다보라. 편안한 마음으로 사색하고 있는 내면 아이가 보이는가. 아직도 불안한 마음으로 안절부절못하고 있는 아이가 보이는가. 괜찮다. 괜찮다. 아무 걱정하지 마라. 지금 현재의 내 삶에 대해 뭐라고 하는 사람은 아무도 없다. 스스로 자신을 괴롭히지 마라.

어둠이 서서히 걷히면서 창밖엔 바람 소리가 요란하다. 겨울바람이 불어오듯 윙윙거리는 소리가 끊임없이 들려온다. 외부 조건이나 상황에 영향을 받지 않을 수는 없겠지만 잘 이겨내야 한다. 윙윙거리는 바람 소리 때문에 마음이 위축될 필요도 없다. 나는 내 삶의 당당한 주인이다. 아무도 내 삶을 이래라저래라 할 수 없다. 지금까지 나를 바로 세우고 내 삶의 주인이 되기 위해 열심히 읽고 쓰고 걷고 있다.

무엇이 두려운가. 자신을 용서하라. 아니다. 잘못한 것도 없는데 용서는 무슨 용서인가. 자신의 모습을 있는 그대로 인정해줘라. 지나치게 잘하려는 마음을 내려놓아라. 남들에게 잘 보여야 한다는 생각은 이제 많이 내려놓지 않았는가.

아직도 자신을 진정으로 믿지 못하고 있다는 말인가. 자신을 믿어라. 나는 잘하고 있다. 다른 사람들의 평가나 판단에 신경 쓰지 마라. 모두 자신들의 일에 바빠서 사실은 나에게 신경 쓸 겨를도 없다. 나도 그들을 신경 쓸 이유나 필요도 없다. 가장 먼저 해야 할 일은 나를 들여다보고 나를 돌보는 일이다. 내가 나를 돌봐주지 않으면 누가 돌봐줄 것인가. 내가 나를 무시하는데 누가 나를 인정해주겠는가. 지금 마음이 흔들릴 필요가 없다. 흔들려서도 안 된다. 아니다. 흔들리고 있는 것이 아니다.

지금 이 순간 내게 닥친 모든 상황은 나를 단련시켜주기 위해 다가온 고마운 선물이다. 선물은 선물로 받으면 된다. 선물이라 말하며 줄 수도 있고 선물이 아닌 것처럼 전해줄 수도 있지 않을까. 선물을 선물로 생각하고 받으면 선물이 된다. 선물이 아닌 것을 주더라도 선물이라고 생각하고 기쁘게 받으면 선물이 된다.

외부환경과 타인의 말이나 행동에 신경 쓸 필요가 없다. 스스로 선택하고 스스로 받아들이면 된다. 그것이 전부다. 더할 것도 뺄 것도 전혀 없다. 있는 그대로 받아들이면 된다. 나는 지금 그 누구보다 잘 해오고 있다. 내 삶이다. 내 삶이니 당연히 그렇게 살아야 하지 않겠는가.

당연하다고 그랬는가. 세상에 당연한 것은 없다. 당연한 것도 당연하지 않게 생각해야 한다. 마음이 여유롭지 못한가. 스스로 여유를 찾아야 한다. 자꾸만 뭔가를 움켜쥐려는 생각을 내려놓아라. 아무리 많은 것을 움켜쥐어도 마지막에는 모두 내려놓고 가야 하는 것이 인생이다.

지금 무엇을 원하는가. 한 꼭지의 글을 쓰고 싶다. 고민하지 말고 그냥 써라. 무엇이든 쓰면 된다. 내용이 마음에 들지 않는가. 일단은 써라. 한 꼭지의 분량을 채워라. 그다음은 그때 가서 생각해도 늦지 않다. 불안한 마음을 떨쳐버리고 일단은 무엇이든 써라. 지금 이 순간 손가락이 열심히 자판 위를 뛰어다니고 있는 것처럼 계속 뛰어다니다보면 어떤 결과물이든 나오게 되어있다. 계속 뛰어다녀라. 머리로 쥐어 짜내지 말고 그냥 손가락의 움직임에 맡겨라. 흐름을 타고 그대로 흘러가라.

매일 반복해오던 일상들을 하지 않았더니 마음이 편안하지 못하다. 마음이 편안하지 못하다는 것은 무슨 의미일까. 반드시 해야 할 일은 아니다. 해도 그만 안 해도 그만이다. 자기 자신과의 약속이다. 스스로 약속을 지키지 못했다는 사실에 마음이 불편하다. 괜찮다. 그럴 수도 있다. 형편에 따라 살아가면 된다. 지나치게 몰아세우지 마라. 너무 몰아세우면 스스로 힘들어진다. 때로는 모든 걸 내려놓고 하고 싶은 대로 해보라.

계속 반복하는 일상이 내게 무슨 의미였을까. 어떤 의미가 있었길래 단 하루 실천하지 못했다고 이렇게 마음이 불편해지는 걸까. 최근에 이르러 이 세상에 똑같은 일은 없다고 생각하게 되었다. 쌍둥이도 겉모습은 닮았을지 모르지만 모든 게 같지는 않다. 과학기술이 발달하고 산업이 발달하여 복제품이 많이 나오고 있다. 그러한 복제품도 보기에는 모두 똑같아 보이지만 같지 않다고 생각한다. 만들어진 시간이 다르고 시간이 다르다면 바로 그 순간의 상황이 달라졌다는 말이다. 그 어떤 것도 같은 것은 있을 수 없다.

매일 실천해오던 나의 일상도 마찬가지다. 어제와 똑같은 일을 오늘 또 반복하는 것이 무슨 의미가 있느냐고 말할 사람이 있는가. 아무리 노력해도 똑같은 행동은 할 수 없다. 같은 행동이나 동작을 반복한다 하더라도 그 동작은 분명 다르다. 눈으로 그 차이를 확인할 수는 없다. 어떤 동작이든 반복하면 점점 더 그 동작에 익숙해진다. 익숙해진다는 것은 그만큼 내 몸이 스스로 알아서 반응한다는 말이다. 새로운 의미가 부여된다는 말이다. 매일 하는 똑같은 일들은 반복할 때마다 그 의미가 한층 더 깊어진다. 깊어진 의미는 나를 더욱 발전시킨다. 반복하면 할수록 의미와 깊이는 더해간다. 남들이 보기엔 아무런 변화가 없는 똑같은 일처럼 보일지라도 내면의 변화는 반드시 일어난다.

매일 반복하는 일상은 중요하다. 똑같은 일이라고 모두 똑같은 일이 아니다. 겉모습만 보고 판단하지 마라. 내면의 깊이를 더해가는 일상의 똑같은 일이 갖는 가치를 깨달아야 한다. 한없이 깊고 끝없이 넓게 펼쳐질 보이지 않는 내면의 가치를 높이기 위해 똑같은 일을 반복하고 또 반복해야 한다.

05
미치도록
삶이 좋아지다

♣ 여는 시 ♣

행복나무

이
아침
숲속에
파란 하늘
눈부신 햇살
맑고 푸른 공기
영롱한 이슬 맺힌
상큼한 산 들꽃 내음
까치 비둘기 참새 소리
이 멋진 아름다움을
눈으로 볼 수 있고
귀로 직접 듣고
느낄 수 있는
이내 삶이
나는야
너무
행
복
해
행복해!

01. 내 삶을 사랑하는 방법

'사랑한다'라는 말을 많이들 한다. 사랑한다는 말은 과연 무슨 의미인가. 사전적인 정의를 말하고자 하는 것이 아니다. 사랑한다는 이유로 서로에게 얼마나 많은 상처를 주는가. 진정한 사랑이 무엇인지 알지도 못하면서 말이다.

많은 이들이 말하는 사랑은 사실 진정한 사랑이 아니다. 나도 마찬가지다. 진정한 사랑이 무엇인지 모르고 살아왔다. 진정한 사랑이 무엇인지 알고 있다면 가장 먼저 자기 자신과 자신의 삶을 진정으로 사랑할 수 있어야 한다. 자신을 사랑한다는 것은 무엇인가. 자신에 대한 사랑을 어떻게 표현할 수 있는가. 무엇이 진정으로 자신을 사랑하는 것이란 말인가. 말로 장황하게 설명하는 것은 의미가 없다. 일상에서 행동으로 보여주면 된다. 일상에서 어떻게 보여줄 것인가.

글쓰기도 전하고자 하는 메시지를 직접 설명하는 것보다 사례를 이야기로 풀어나가는 것이 더욱 공감을 준다고 한다. 자신을 진정으로 사랑하고 있다면 그 사례를 보여줄 수 있어야 한다.

누군가를 사랑하면 모든 걸 해주고 싶어 한다. 사랑하는 대상의 일거수일투족에 관심을 기울인다. 하나부터 열까지 빠짐없이 챙겨주려고 한다. 내가 없으면 사랑하는 대상은 혼자 살아갈 수 없다고 생각한다. 일방적으로 해주기만 하는 것이 아니라 내가 해주는 만큼 상대방도 똑같이 해주기를 바란다. 이것은 진정한 사랑이 아니다. 지나친 이기심에서 나오는 집착이다. 집착은 자기 자신과 상대방을 모두 힘들고 아프게 한다. 타인의 삶에 대한 간섭이기도 하다. 상대방을 진심으로 믿지 못한다는 말이다. 일방통행을 하고 있어 교감할 수가 없다. 서로 소통이 되지 않는다. 소통하고 마음을 주고받으려면 양방향으로 자유롭게 움직일 수 있어야 한다.

이렇듯 사랑은 양방향으로의 자유로운 움직임이 전제되어야 한다. 각자 자신의 길만 고집하며 가는 것이 아니라 서로의 길을 인정하고 함께 걸어가는 것이 사랑이다. 사랑은 서로의 길을 함께 걸으며 자신이 걸어온 길에서 만나보지 못한 대상을 새롭게 받아들이는 것이다. 처음 마주하게 되는 생소한 지형이나 환경도 받아들이고 적응하려는 노력이다. 전혀 다른 근원에서 출발하여 서로의 길을 걸으며 새로운 길을 체험하고 각자가 걸어온 길과 접목하여 새로운 길을 만들어 나가는 것이 사랑이다.

타인과의 사랑이나 다른 대상과의 사랑처럼 자기 자신에 대한 사랑도 마찬가지다. 진정으로 자신을 사랑한다면 내 안에 있는 진정한 나를 용기 있게 마주할 수 있어야 한다. 있는 그대로의 내 모습을 인정하고 받아들일 수 있어야 한다. 내가 그렇게 되기를 바라는 모습이 아니라 바로 지금 이 순간의 내 모습을 말하는 것이다. 내 마음에 들던, 들지 않던 그 모습 그대로를 인정할 수 있어야 한다는 말이다. 어떻게 되기를 바라는 모습은 결국 남들에게 보여주기 위한 가식이다. 진정한 내 모습이 아니라 다른 사람들에게 인정받기 위해 갖추고 싶어 하는 가면을 쓴 자신이다.

가면을 쓴 자신으로 살아간다는 것은 진정한 내 삶이 아니다. 다른 사람들의 요구를 충족시키기 위해 끊임없이 애쓰고 노력하여 원하는 모습을 만들고 나면 거기서 끝이 아니다. 눈높이는 점점 더 높아져 아무리 애쓰고 노력해도 눈높이를 맞출 수 없게 된다. 내 삶이지만 그 삶 속에는 나의 존재는 어디에도 찾아볼 수 없다. 껍데기 인생을 살고 있을 뿐이다. 나를 찾아야 한다. 다른 그 누구도 아닌 내가 바로 내 삶의 당당한 주인으로 우뚝 서야 한다.

우리는 누구나 다른 사람으로부터 많은 사랑을 받길 원한다. 이것은 다른 사람에게 인정받고 싶어 하는 마음이다. 타인으로부터 인정받는 것이 더 중요한 게 아니다. 내가 나를 진정으로 인정해주고 사랑하는 것이 가장 먼저여야 한다.

　타인으로부터 인정받고 사랑받고 싶어 하는 마음은 나를 힘들고 아프게 한다. 아무리 애쓰고 노력해도 한없이 높아지는 기대를 충족시키는 것은 불가능하다. 끊임없는 기대와 요구에 부응하기 위해 발버둥 쳐보지만 비난하는 말에 고개를 떨구고 만다. 여기서 끝이 아니다. 더 큰 문제는 목표를 이루지 못한 원인을 자신의 태만함이나 부족함으로 돌린다. 비난의 화살을 자기 자신에게 보낸다. 자존감이 낮아지고 자책하는 마음은 자신에게 더욱 깊은 상처를 남긴다.

　나를 사랑하고 내 삶을 사랑하는 방법은 무엇인가. 외부로 향한 시선을 자신의 내부로 돌려야 한다. 남의 시선이나 말을 지나치게 의식하지 않도록 해야 한다. 외적인 조건이나 환경을 탓하지 말아야 한다. 나에게 일어나는 어떤 일도 외부의 탓으로 돌려서는 안 된다. 도움이 되는 일이든 해를 끼치는 일이든 나에게 일어나는 일은 모두 나에게서 비롯된 결과임을 알고 인정해야 한다.

　나를 진정으로 사랑한다는 것은 결국 나를 있는 그대로 받아들인다는 말이다. 이 말은 자신을 긍정하는 것이다. 나를 긍정적으로 받아들인다는 말이다. 자신에 대한 저항이 사라지면 마음이 편안하고 안정된다. 마음이 편안하고 안정되면 자신을 둘러싸고 있는 모든 대상을 바라보는 시각이 달라진다. 눈앞에 보이는 대상에 대한 저항감을 내려놓게 된다. 어떤 상황이라도 긍정적으로 바라보며 받아들일 수 있다. 모든 걸 받아들일 수 있으니 감정의 물결이 일어나지 않는다. 일어나더라도 그 물결 속으로 쉽게 휩쓸려 들어가지 않는다. 잔잔한 호수처럼 마음이 편안해진다. 자기 자신과 상황을 있는 그대로 받아들이는 것이 결국 진정으로 나를 사랑하는 것이다.

긍정의 마음을 가질 때 우리는 자기 자신과 상황을 받아들이기 쉽다. 긍정의 마음은 자연에서 배울 수 있다. 자연은 언제나 순리를 따른다. 숲속 오솔길을 걷거나 근린공원에서 맨발 걷기를 하면서 자연과 하나 됨을 느낄 수 있다. 오솔길에서 만나는 나무와 풀꽃을 바라보며 마음을 주고받으면 긍정의 마음이 생긴다. 맨발 걷기를 하며 발바닥과 맨땅이 서로 에너지를 주고받으면 마음이 편안해져 긍정의 마음을 느낄 수 있다.

감사하는 마음 또한 긍정의 마음과 맥을 같이 한다. 감사할 일이 전혀 없는 상황에서도 감사하는 마음을 갖게 되면 답답한 마음이 사라진다. 긍정 에너지가 번져 나오기 시작한다. 도저히 불가능할 것 같았던 일도 해결책이 보인다. 마음이 열리고 상황을 있는 그대로 받아들이기 시작한다. 모든 일에 감사하는 마음을 갖게 되면 나를 사랑할 수 있다. 어렵고 힘든 상황일수록 더욱 감사하는 마음을 가져야 하는 이유가 바로 여기에 있다.

내 삶을 사랑하는 방법은 어디 멀리서 찾을 필요가 없다. 바로 내가 선택하고 만들어가는 것이다. 자기 자신 또는 외적 조건이나 상황을 어떻게 바라보고 받아들일 것인가에 있다. 책을 읽고 글을 쓰며 자신을 들여다봄으로써 자신을 찾고 자신을 사랑하게 된다. 이른 새벽 깜깜한 어둠 속에서 홀로 맨발 걷기를 하면서 끊임없이 자신의 존재에 대해 질문하면서 자신을 찾고 자신을 바로 세우게 된다. 이 모든 과정을 통해서 긍정과 감사의 마음을 갖게 된다. 모든 상황을 있는 그대로 받아들이며 내 삶의 당당한 주인으로 우뚝 설 수 있다.

내 삶을 사랑하는 첫 출발점은 바로 나를 찾는 것이다. 나를 알고 나를 찾아야만 나를 바로 세울 수가 있다. 나를 바로 세워야만 내 삶의 당당한 주인으로 우뚝 설 수 있다. 내 삶의 당당한 주인으로 우뚝 설 때 그것이 진짜 내 삶이 된다. 진정한 나로 살 때 나를 사랑하게 되는 것처럼 진정한 내 삶이 될 때 내 삶을 사랑하게 된다.

매일 새벽 일어나 책을 읽고 필사를 한다. 아침 글쓰기를 하고 맨발 걷기를 나간다. 특별한 목적을 위해 하는 일이 아닌 매일 반복되는 일상으로 자리 잡아가고 있다. 이러한 일상이 곧 나를 찾아 나서는 길이다. 나를 들여다보고 나의 존재를 확인하는 일이다. 나를 있는 그대로 바라보고 받아들이는 연습을 하는 것이다. 때로는 힘들기도 하지만 묵묵히 하루하루 반복해간다. 매일 반복하는 과정에서 마음이 흔들릴 때도 있지만 긍정과 감사의 마음으로 다시 제자리를 찾

는다. 보잘것없어 보이는 작은 일들의 반복이 결국은 소중한 내 삶
이다.

내 삶을 사랑하는 특별한 방법은 없다. 매일 반복하는 일상에 최
선을 다하고, 바로 지금 이 순간 자신의 모습을 있는 그대로 받아들
이고, 바로 지금 이 순간의 행복을 온전히 누리는 것이 내 삶을 사랑
하는 유일한 방법이다.

02. 결국은 내 안에 있었다

매일 아침 맨발 걷기를 하며 글쓰기를 하고 있다. 맨발 걷기를 하면서 처음부터 글쓰기를 함께 하지는 않았다. 아침 맨발 걷기 후기를 블로그에 올리는 것도 처음엔 매일 하지는 않았다. 어느 순간 맨발로 걸으며 글을 쓰고 블로그에 올리는 것이 아침 일상이 되었다. 오늘로 153번째 맨발 걷기 후기를 블로그에 올렸다. 무엇이 나를 이렇게 만들었을까. 알 수 없는 힘에 이끌리고 있다.

맨발 걷기를 하며 글을 쓰는 시간은 몰입을 경험하게 해준다. 처음 맨발로 걷기 시작했을 땐 공원을 몇 바퀴 돌았는지 세기도 하고, 한 바퀴를 도는데 걸리는 시간을 재기도 했다. 맨발 걷기를 한 시간과 맨발로 걸은 거리에 신경을 쓰곤 했다. 맨발 걷기와 글쓰기를 병행하면서 점점 더 깊이 몰입하고 있음을 느낄 수 있었다. 자연스럽게 글이 써지지 않는 날은 몰입도가 떨어지곤 했다. 손가락이 머뭇

거림 없이 자판 위를 신나게 뛰어다니는 날은 시간이 언제 흘러갔는지도 모를 정도로 집중력을 발휘할 수 있었다.

맨발 걷기와 글쓰기는 내면을 철저히 들여다볼 시간을 만들어주었고 진정한 나를 마주할 용기를 주었다. 내면에서 일어나는 여러 가지 감정의 변화를 있는 그대로 바라보고 이를 알아차릴 수 있게 해주었다. 아무리 높은 풍랑이 일더라도 감정의 물결 속으로 뛰어들지 않고 관찰자의 입장으로 가만히 지켜보는 힘을 길러주었다.

책 읽기와 글쓰기 그리고 맨발 걷기를 실천하기 오래전의 삶을 떠올려본다. 대학을 졸업하고 그해 3월부터 현재 근무하고 있는 학교에서 아이들을 가르치기 시작했다. 직장생활을 시작하고 처음 한 달 동안만 하숙하다 바로 이어서 자취 생활을 시작했다. 결혼 전이라 집을 떠나 혼자 생활하니 시간적 여유가 많았다. 야간자율학습 당번이나 숙직이 아니면 일찍 퇴근하여 개인 시간을 충분히 가질 수 있었다.

지금 생각해보면 그 많던 시간을 도대체 뭘 하며 보냈는지 아쉬움이 많다. 그 당시엔 철이 없었는지 뚜렷한 미래의 꿈도 없었다. 삶의 방향도 없이 하루하루를 무기력하게 보냈다. 내게 주어진 시간이 얼마나 소중한지도 깨닫지 못한 채 당연하게 받아들이고 무의미하게 보냈다. 처자식이 딸린 것도 아니고 아무도 방해할 사람이 없었는데 왜 책 읽기나 글쓰기와 같은 의미 있는 일을 하지 못했을까. 지금처럼 책을 읽고 글도 쓰면서 생활할 수 있었다면 삶의 방향이 완전히 달라졌을지도 모른다.

초등학교 6학년 때 갑자기 어머니가 돌아가시는 바람에 마음의 상처가 많이 깊었을 것이다. 그래서인지 믿고 의지할 사람이 없어 늘 불안하고 눈치를 많이 보며 살았다. 사소한 일도 스스로 결정하기 힘들었다. 남들 앞에서 어떤 말이나 행동도 자신 있게 하지 못했다. 확실한 꿈이나 목표도 없었으니 미래에 대한 불안감이 늘 가득했다. 이미 지나간 일에 대한 후회와 자책을 자주 했다. 모든 결과에 대한 책임이 전적으로 나에게 있는 것처럼 느꼈다. 다른 사람들은 모두 잘하고 있는데 나만 문제가 있어 제대로 처리하지 못했기 때문이라고 생각했다. 낮은 자존감은 더욱 자신을 홀대하고 마음에 상처만 남겨놓았다. 부정적인 사고가 점점 더 깊이 뿌리내렸다.

부정적인 생각은 부정적인 에너지를 더욱 끌어당겼다. 자신의 감정 상태를 있는 그대로 바라보지도 못했고 자신의 능력을 제대로 파악할 수도 없었다. 지금 현재 자신의 상태를 제대로 알아야만 어떤 일이든 적절한 대처가 가능하다. 그러나 그때는 그야말로 아무런 목적도 없이 바람이 부는 대로 물결 따라 표류하는 부표나 다름없는 삶을 살았다. 무기력한 삶이었다. 가슴 뛰는 삶은 꿈도 꾸지 못했다.

불안과 두려움 때문에 부정적인 생각이 지배하면서 해결책을 찾지 못하고 사소한 일도 스스로 문제를 키웠다. 다가온 일들을 그대로 받아들이지 못하고 문제의 원인을 외부 탓으로만 돌렸다. 받아들이려는 긍정의 마음이 없으니 저항하게 되고 저항하다 보니 문제는 더욱 커져 실마리를 찾기는 더욱 힘들었다.

타고난 기질이 그랬는지는 모르겠지만 사소한 일인데도 뜻대로 되지 않으면 쉽게 짜증이 나거나 화가 나곤 했다. 이해관계가 얽히면 상대방 탓으로 돌리고 문제가 생기면 자신에게 화를 내기도 했다. 마음 그릇이 얼마나 작았으면 작은 일에도 수시로 감정의 물결이 일었는지 지금 생각해보면 이해할 수 없다.

책을 읽고 글을 쓰고 맨발 걷기를 하면서 결국 모든 문제의 원인은 내 안에 있음을 깨달았다. 내가 나를 바라보는 시각과 어떤 대상이나 상황을 바라보는 관점이 있다. 그에 따라 요동치는 감정의 물결에 뛰어들 수도 있고 관찰자의 입장으로 가만히 바라보며 평정심을 유지할 수도 있음을 깨달았다는 말이다. 즉, 외적 환경이 문제가 아니라 내 안에 답이 있는 것이다. 이에 대해 얼마 전 맨발 걷기를 하며 메모해두었던 글을 가져와 본다.

[2018.06.11.(월)]

☆ 202일차…. ♫♪♩~^^

– 새벽 맨공 43분(05:32~06:15)

집을 나서자 비가 내리고 있다. 내리는 비가 반갑고 가슴 설레게 한다. 맨발 걷기의 맛을 알기 시작하면서 오히려 비 오는 날이 기다려진다. 빗물을 흠뻑 머금고 있는 대지를 맨발로 만나볼 수 있기 때문이다. 비가 내리지 않으면 만나볼 수 없는 소중한 경험이다.

받쳐 든 우산 위로 빗줄기가 세차게 떨어지고 있다. 아직 대지는 빗물에 흠뻑 젖어 있지는 않지만 촉촉한 빗물의 느낌은 그대로 전해진다. 비가 내리는 날엔 근린공원은 늘 나의 독무대다. 나만의 시간을 마음껏 누릴 수 있다. 그래서 비는 내게 더욱 고마운 존재다. 비가 내리고 있고 우산을 받쳐 들었지만 바짓가랑이와 옷이 빗물에 젖고 있다. 발바닥은 맨땅을 밟고 걸으니 흙투성이다. 그런데도 신나게 걷고 있는 나는 뭐지? 짜증내거나 불평하고도 남을만한 상황이지 않은가. 지금 이 순간 가슴 설레고 신이 나는 이유는 무엇인가. 맨발로 걷는 이 순간이 행복하기 때문이다. 즉, 행복을 느끼는 이유는 내가 스스로 선택한 일을 하고 있고 내면의 목소리를 따르고 있기 때문이다.

외적인 조건이나 환경이 지금 이 순간 나를 행복하게 하는 것이 아니다. 앞서 말했듯이 일반적으로는 불평불만을 쏟아내고 있을 게 뻔하지 않은가. 빗줄기는 점점 거세지고 바람까지 불고 있으니 말이다. 대지는 점점 더 온순한 양으로 변하고 있다. 발가락 사이로 부드러운 반죽이 미끄러져 올라온다. 이 느낌을 글로 표현할 수 없어 마음속에 가만히 담아두기로 한다.

메모하느라 우산을 약간 앞으로 숙이고 있었더니 등이 젖고 목덜미로 빗방울이 들어간다. 우의를 입고 있으니 걱정할 일은 아니다. 메모만 하지 않는다면 우산도 쓰지 않고 쏟아지는 비에 흠뻑 젖어보고 싶다. 어제 아침에 이렇게 비가 내렸다면 가능했을 텐데, 오늘 출근만 하지 않는다면 바로 비를 맞고 싶다. 비가 장맛비처럼 쏟아지고 있다. 웅덩이에 물이 고이기 시작한다. 물웅덩이에 들어가 개구쟁이처럼 물장난을 치고 싶다. 첨벙거리며 물웅덩이에 뛰어들어 발로 휘저어본다. 흙탕물이 일어난다. 재미있다.

지금 이 순간 순수한 동심으로 돌아갔다. 다른 생각 없이 흙탕물만 바라보고 서 있다. 빗방울은 끊임없이 물웅덩이에 떨어지고 있다. 시간이 지나자 흙탕물은 바닥으로 가라앉고 물속이 들여다보인다. 물웅덩이를 지켜보고 있으니 살아 숨 쉬고 있는 내 마음이 보인다. 내 마음의 작용이나 방금 발로 휘저었던 물웅덩이의 반응이 똑같다. 감정의 물결이 일어나더라도 염려할 필요가 없다. 소용돌이치는 물결 속으로 자신이 뛰어들지 않고 내가 물웅덩이를 지켜보고 서 있었던 것처럼 지켜볼 수만 있으면 된다. 오로지 그뿐이다. 단순하고 명쾌하다. 더할 것도 뺄 것도 없다.

다시 한번 물웅덩이를 바라본다. 빗방울은 아직도 쉴 새 없이 떨어지고 있고 물웅덩이는 빗방울을 편견 없이 모두 받아들이고 있다. 그냥 받아들이면 별문제가 없다. 결국은 그릇의 문제다. 물웅덩이가 더 넓고 깊었다면 내가 발로 휘저어도 별다른 동요가 없었을 것이다. 외적인 환경의 문제가 아니다. 근본적인 문제는 내 마음 그릇의 크기다.

감사합니다.

비가 내리고 바람이 불어도 불평하지 않고 설레는 마음으로 맨발 걷기를 할 수 있게 해주셔서 감사합니다.

새벽은 그 자체가 신물입니다. 새벽이 귀한 선물임을 깨닫게 해주셔서 감사합니다.

새벽이 나를 깨우고 새벽이 내게 준 선물을 받아들고 새로운 깨달음을 얻게 해주셔서 감사합니다.

오늘 같은 날은 내리는 비도 선물입니다. 비가 내리지 않았다면 물웅덩이도 없었을 것이고 마음의 작용을 떠올리지 못했을 겁니다. 이 또한 감사합니다.

관점을 달리하고 생각 하나 바꿨을 뿐인데 이렇게 가슴 설레는 아침을 주시니 이보다 더 큰 행복이 있겠습니까. 이 또한 감사합니다.

감사합니다. 감사합니다.

모든 것에 감사합니다.

감사합니다.

우리는 대체로 문제가 생기면 시선을 외부로 향하고 있으면서 남을 의식하거나 상황 탓으로 돌리는 경향이 있다. 방금 맨발 걷기 후기로 남겼던 글에서 보다시피 해결책은 결국 내 안에 있다. 우리를 둘러싼 환경이 어떻든 내면으로부터 고요하게 반응할 수만 있다면 아무런 문제가 없다. 스스로 내면의 고요한 중심을 찾기만 하면 평정심을 잃지 않는다. 삶에서 마주치는 모든 문제의 해결책은 결국 내 안에 있다.

03. 매 순간 삶을 느끼다

모처럼 새벽에 저절로 눈이 떠졌다. 한동안 바쁜 일정으로 피로가 누적되어 몸도 마음도 힘들었다. 사실 지금도 몸 상태가 최고조에 달했을 때보다는 느낌이 별로 좋지 않다. 하지만 새벽에 저절로 눈이 떠졌다는 것만으로도 기분 좋은 순간이다. 새벽이 나를 깨운 것인지 내가 새벽을 열고 있는 것인지 분간이 되지 않는다. 지금 이 순간은 후자를 선택하고 싶다. 수동적이기보다는 능동적인 삶이 더 아름답다고 생각하기 때문이다.

월요일 새벽, 능동적으로 하루를 열어가고 있는 이 순간을 감사한 마음으로 시작한다. 사실은 아침 글쓰기도 어떻게 시작해야 할지 처음에는 막막했다. 컴퓨터를 켜고 하얀 화면을 바라보며 몇 분 동안 첫 문장을 어떤 말로 시작할까 고민하고 있었다. 어느새 여기까지 쓰고 있는 걸 보면서 마음을 열고 자신을 믿으면 무엇을 하든 계속 나아갈 수 있다는 사실을 깨닫고 있다.

매 순간이 중요하다. 삶의 과정에서 우리는 다가오지 않은 미래를 걱정할 필요도 없고 이미 지나간 과거를 후회하며 시간을 낭비할 필요도 없다. 오직 바로 지금 이 순간에 충실하고 이 순간을 오롯이 느끼면서 살아가면 된다. 말은 쉽지만 이를 일상에서 실천하기는 결코 쉬운 일이 아니다. 끊임없이 연습해야 한다. 늘 깨어있어야 한다. 늘 깨어있어야 한다는 말은 매 순간 자신의 내면을 들여다보며 찬찬히 살펴야 한다는 말이다. 무엇을 살펴야 한다는 말인가. 내 안에서 어떤 일이 벌어지고 있는지 알아야 한다. 내 안에 누가 존재하고 있으며 내 안에 존재하고 있는 그 아이가 어떤 모습을 하고 있는지 유심히 살펴야 한다.

우리 안에는 누구나 내면 아이가 존재하고 있다. 이 내면 아이를 잘 돌봐주어야 한다. 내면 아이가 상처를 안고 살아가고 있는지 행복한 표정으로 여유로운 삶을 살아가고 있는지 살펴야 한다. 내면 아이를 돌봐주지 않고 내버려 두면 삶은 어디로 나아갈지 알 수가 없다. 어둠으로 덮인 기나긴 터널 속에서 빠져나오지 못할 수도 있다. 한 줄기 희망의 빛을 발견하지 못한다면 영원히 터널 속에 갇혀 일생을 마감할 수도 있다.

매일 새벽 일어나 책을 읽고 필사를 하고 글을 쓴다. 갑작스러운 사정이 생겨 매일 하던 일상을 실천하지 못하면 마음이 무겁다. 마음이 무거운 이유는 무엇일까. 새벽 시간에 매일 반복하는 일상은 스스로 만들어가는 자신과의 약속이다. 자신과의 약속이므로 다른 사람의 눈치를 볼 필요는 없다. 하루 정도 실천하지 않았다고 해서 아무도 뭐라 하지 않는다. 다른 사람의 시선을 의식해서가 아니다. 자신과의 약속도 중요하다. 다른 사람과의 약속은 반드시 지켜야 하고 자신과의 약속은 지키지 않아도 된다는 말인가. 먼저 자신과의 약속을 지킬 수 있어야 다른 사람과의 약속도 지킬 가능성이 커진다. 자기 자신을 진정으로 사랑할 수 있는 사람이 다른 사람도 진정으로 사랑할 수 있듯이 말이다.

이렇게 생각할 수도 있지 않을까. 피치 못할 사정으로 다른 사람과의 약속을 지키지 못하는 것처럼 어찌할 수 없는 상황 때문에 자신과의 약속도 지킬 수 없는 경우가 생길 수도 있지 않을까. 자신을 너무 지나치게 혹사하면 안 된다. 어느 정도까지가 자신을 혹사하는 일인지 어떻게 판단해야 하는가. 자신의 판단에 맡겨야 한다. 내면의 목소리에 귀 기울이면 알려줄 것이다. 바로 지금 이 순간 처한 상황에서 어떤 판단을 내려야 할지 고민되면 마음을 열고 자신을 믿고 그대로 맡겨야 한다. 흐름에 맡기고 흐름에 따르면 올바른 판단이 가능할 것이다.

글쓰기를 하다 보면 글이 어떤 방향으로 나아가야 할지 막막할 때가 자주 있다. 그때는 어떻게 해야 하는가. 억지로 글을 끌고 나아가려고 하면 더 힘들어진다. 글이 스스로 나아가도록 흐름에 맡겨야 한다. 글이 자꾸만 엉뚱한 방향으로 뛰어가려고 한다는 느낌이 들더라도 그대로 맡겨두어야 한다. 힘이 들어가면 갈수록 더 엉뚱한 방향으로 흘러갈 수도 있기 때문이다. 아니면 앞으로 계속 나아가지 못하고 그 자리에 멈춰버리는 수도 있기 때문이다.

지금 이 순간도 마찬가지다. 억지로 생각 줄기를 잡아당기지 않고 있다. 어릴 적 연날리기를 해본 기억이 있는가. 바람이 많이 불지 않을 때 처음 연을 하늘에 띄우기 위해서는 연줄을 어느 정도 풀어서 앞으로 열심히 내달려야 한다. 한참 달리다 보면 연이 하늘로 서서히 날아오르기 시작한다. 일정한 궤도에 오르면 바람을 타고 스스로 날기 시작한다. 점점 더 하늘 높이 날아오르게 되면 바람이 강해진다. 바로 이때 연줄을 조금씩 풀어주지 않고 계속 강하게 잡아당기기만 하면 연은 곤두박질치기 시작한다. 바람의 저항을 이겨내지 못하고 뱅뱅 돌다가 아래로 내리꽂히는 경우가 있다.

글쓰기에서도 마찬가지다. 연이 바람의 저항을 받아 연줄이 팽팽해졌을 때는 바람의 강도에 맞춰 서서히 연줄을 풀어줘야 하는 것처럼 글이 스스로 나아갈 때는 억지로 자기 생각을 끌어들이면 안 된다. 의도적으로 생각을 주입하려 하면 글은 바로 그 자리에서 멈춰버릴 수도 있다.

내 삶을 되돌아본다. 어떤 삶을 살아왔는가. 지나온 삶이 만족스러운가. 아니면 전혀 마음에 들지 않아 다시 되돌리고 싶은가. 아무리 열심히 살아온 사람이라 할지라도 후회는 남을 것이다. 단 한 번뿐인 인생이지 않은가. 삶을 다시 되돌릴 수 있다면 어떤 삶을 살아갈 수 있을까. 매 순간을 아끼며 최선을 다하는 삶을 살아갈 수 있을까. 한번 살아보고 마음에 들지 않으면 언제든지 되돌릴 수 있는 삶이라면 지금처럼 소중하고 가치 있게 여겨질까.

시간이 많이 주어진다고 해서 늘 좋은 결과물을 얻는 것은 아니지 않은가. 오히려 시간이 없을 때 더욱 집중력을 발휘하여 훨씬 더 나은 결과를 얻게 되는 경우를 경험해보지 않았던가. 시간이 많고 적음이 중요한 것이 아니다. 주어진 시간을 어떤 마음가짐으로 받아들이고 이를 어떻게 활용하느냐의 문제라고 볼 수 있다. 물론 어느 정도 절대적으로 필요한 시간의 양과 길이는 있을 수 있다. 이 절대적인 양과 길이를 충족시키는 범위 안에서는 개인에 따라 결과는 전혀 다를 수 있을 것이다.

다시 현실로 돌아와 생각해보자. 우리는 모두 단 한 번의 삶을 살수 있을 뿐이다. 부자든 가난하든 아무런 상관이 없다. 모두에게 하루 24시간이 주어지고 지나간 시간은 아무도 되돌릴 수 없다. 누가 만들었는지는 모르겠지만 멋진 시스템이라 여겨지지 않는가.

어떤 과제를 수행할 때 마감기한이 없다고 생각해보라. 과연 주어진 과제를 끝마치는 사람이 얼마나 있을까. 정해진 기한이 없으면 언제든지 해도 된다고 생각한다. 마음만 먹으면 언제든 할 수 있으니 나중에 하면 된다고 생각한다. 바로 이러한 생각이 결국은 어떤 것도 이룰 수 없게 만든다.

반면에 마감기한이 삶을 힘들게 하기도 한다. 마감기한에 쫓겨 허둥대기도 하고 엄청난 스트레스 때문에 괴로워하기도 한다. 한편으로는 정신적 긴장감과 압박감으로 도저히 견딜 수 없다는 생각이 들기도 하지만 그 순간을 이겨내고 나면 성취감을 느끼고 한 단계 성장할 수 있다.

한 번 지나간 시간은 절대로 되돌릴 수 없다는 사실이 지금 이 순간의 삶에 더욱 가치를 불어넣는다. 어떻게 살아야 하는가. 매 순간을 살지 못한다면 내 삶의 자취에는 무엇이 남아 있을 것인가. 지나간 삶에 대한 후회만 가득하지 않겠는가. 바로 지금 이 순간을 누리지 못하고 미래와 과거에만 머무른다면 뒤돌아볼 엄두도 생기지 않을 것이다. 무엇이 남아 있겠는가. 미래에 대한 불안과 과거에 대한 후회로 지금 이 순간을 보냈으니 남아 있을 게 없다. 내가 만든 결과물은 아무것도 없다.

이른 새벽 시간, 나는 왜 깨어나 컴퓨터 앞에 앉아 자판을 부지런히 두드리고 있는가. 바로 지금 이 순간 깨어있기 위함이다. 매 순간을 가치 있는 그 무엇으로 채워가기 위해서다. 다가오지 않은 미래를 걱정하는 바로 그 순간 나에게 주어진 시간은 흘러가고 있다. 과거에 대한 후회와 자책으로 지금 이 순간은 유유히 흘러가고 있다. 아까운 시간이 낭비되고 있다. 가뭄이 극심할 때 단 한 방울의 빗물도 아끼고 모아야 하듯 일분일초의 시간도 아껴야 한다. 늘 깨어있지 않으면 안 된다. 매 순간 집중하지 않으면 시간은 순식간에 지나간다.

어제는 이미 지나간 삶이다. 내일은 아직 다가오지 않은 삶이다. 내가 어찌할 수 있는 시간은 오직 오늘 바로 지금 이 순간뿐이다. 이 순간을 잡지 못하면 내 삶은 어디에도 없다. 책을 읽고 글을 쓰거나 맨발로 걷는 매 순간 나는 늘 깨어있다. 끊임없이 자신을 들여다보고 진정한 나를 마주하려 노력하고 있기 때문이다. 가치 있는 삶을 살아가고 싶은가. 진정 행복한 삶을 원하는가. 오직 바로 지금 이 순간 내 삶을 느껴라.

04. 꿈꾸는 삶을 만나다

그 어느 때보다 꿈 이야기를 많이 하는 요즘이다. 너도나도 꿈 이야기다. 어른이나 아이 할 것 없이 마찬가지다. 무엇이든 유행처럼 번지는 경우가 많다. 꿈 이야기도 한때의 유행으로 끝나버리는 걸까. 어릴 적 꿈이 무엇이냐는 질문을 받은 기억이 나는가. 누구나 한 번쯤은 들어본 질문일 것이다.

100세 인생에서 삶의 반환점을 막 돌아선 지금 내게 분명한 꿈이 생겼다. 명확한 꿈도 없이 하루하루 의미 없는 시간을 보내고 있는 아이들을 보며 새로운 꿈을 가지게 되었다. 이 무기력한 아이들에게 꿈의 씨앗을 심어주고 희망의 싹을 틔우게 하고 싶다. 꿈도 목표도 없는 아이들이 스스로 삶의 당당한 주인으로 살아갈 수 있도록 힘과 용기를 주는 동기부여 강연가가 되고 싶은 꿈이 있다. 학교에서 지친 아이들을 보며 이러한 꿈이 더욱 생생해지고 있다.

꿈이 생생해질수록 그 꿈을 이루기 위한 구체적인 방법을 찾고 있다. 부족한 점이 있다면 이를 보완해나가야 한다. 역량을 기르기 위해 스스로 노력하고 있다. 소심해서 남들 앞에 나서지 못하던 성격이었지만 이제는 달라지고 있다. 먼저 다가가 인사를 건네고 모르는 것이 있으면 물어본다. 꿈이 생기면서 모든 초점이 꿈을 이루기 위한 방향으로 모이고 있다. 열정이 깨어나고 있다.

지금 현재 두 번째 책의 초고를 쓰고 있다. 이른 새벽에 일어나 거실 컴퓨터 앞에 앉아 자판을 부지런히 두드리고 있다. 아무도 없는 고요한 새벽 거실에서 과거의 기억을 되살리고 있다.

어린 시절을 되돌아본다. 뚜렷한 꿈이 없었다. 주위 사람들이 내 성적이고 얌전한 나의 성격을 보고 늘 했던 말이 있다. '어딜 보나 넌 선생 하면 딱 맞겠다.' 너무 자주 듣게 되자 무의식중에 세뇌가 되었는지 어느 순간 '시골 작은 학교에서 가축을 기르고 텃밭에 채소도 키우며 아이들과 함께 지내고 싶다.'라는 생각을 갖기 시작했다.

초등학교는 시골에서 다녔고 중학교 시절 대도시로 전학을 갔다. 그때는 꿈이 무엇인지 생각도 하지 않았다. 그러다 중학교 3학년이 되었다. 인생에서 중대한 갈림길에 섰다. 어떤 계열의 고등학교를 진학하느냐에 따라 삶의 방향이 크게 달라질 수 있었다. 초등학교 시절 시골에서 교사의 삶을 살아가겠다는 막연한 꿈은 잊어버렸는지 상업계 고등학교에 원서를 쓰겠다고 했다. 무슨 생각으로 상고에 진학할 생각을 했는지 기억도 없다. 단지 은행원이 되고 싶다는 막연한 생각뿐이었다. 지금 생각해보면 수학이나 셈을 무척 싫어했던 나에게 전혀 어울리지도 않았을 것 같다.

내 삶의 방향이 결정된 첫 번째 갈림길에서 그 당시 담임선생님께서 부모님과 면담을 요청하셨다. 부모님과 상의 끝에 반드시 인문계 고등학교에 진학해야 한다고 결정을 내리셨다. 뚜렷한 목표도 없었지만, 선생님의 결정이 마음에 들지 않았다. 내 삶인데 왜 그렇게 완강하게 말씀하시는지 이해하지 못했다. 아직도 선생님의 말씀이 떠오른다. '이 아이는 성격상 반드시 인문계 고등학교로 진학해야 합니다. 인문계로 가서 대학진학을 해야 합니다.'

원하든 원하지 않든 인문계 고등학교로 배정을 받았다. 고등학교 1학년 시절, 뚜렷한 꿈이나 목표를 가진 학생이 얼마나 있었을까. 고등학교 시절을 떠올려보면 그저 막연히 하루하루를 보냈던 것 같다. 하라는 대로 꼬박꼬박 시키는 일만 하는 그런 삶이었다. 정말 하고 싶은 일이 있어서 했던 기억은 거의 없다. 혼자서는 결코 풀 수 없는 수학숙제 같은 힘겨운 일들만 내 앞에 나타나는 느낌이었다. 약골로 태어나 어린 시절부터 잔병치레를 많이 했던 나는 체력이 약한 편에 속했다. 감기도 자주 걸렸고 소화기 계통도 약해 배탈도 자주 났다. 이러한 신체조건이 자신감을 가질 수 없게 만들었고 매사에 소극적인 삶을 살게 했던 것 같다.

고3이 되고 얼마 지나지 않아 심한 감기를 앓은 적이 있었다. 단순한 감기가 아니었다. 엑스레이를 찍고 검사를 받아본 결과 기관지염이었다. 그때부터 고난의 삶이 시작되었다. 고3이라 병원에 갈 시간이 없어 하루에 모두 다섯 차례씩 약을 먹어야 했다. 삼시 세끼에다 아침 공복과 잠자기 전에 반드시 약을 먹었다. 하루에 약을 꼬박꼬박 챙겨 먹는 것만도 힘든 일이었다. 약을 먹고 나면 약에 취해 잠이 오기 일쑤였다. 수업시간에 나도 모르게 꾸벅꾸벅 졸다가 선생님께 혼이 난 적도 많았다.

스스로 체력관리를 하지 못한 부분도 있었겠지만, 삶이 힘든 것은 선천적인 요인이라 생각한 적도 많았다. 다른 친구들은 건강한 몸으로 태어나 무엇을 하든 적극적으로 하는 걸 보며 부러움 반 시기심 반이었다. 철없는 마음에 왜 이렇게 약골로 태어나게 했느냐며 부모님을 원망한 적도 있었다. 그만큼 고3 시절이 힘들었던 모양이다.

아무리 힘들어도 언제나 시간은 흘렀다. 인생의 두 번째 갈림길에서 원서를 써야 할 시기가 왔다. 뛰어난 학생도 아니었지만 병치레하느라 원하는 성적이 나오지도 못했다. 적당히 점수에 맞춰 원서를 써야 할 형편이었다. 건강상태도 좋지 않았으니 부모님께서는 집에서 가까운 학교로 진학하길 원하셨다. 어린 시절 막연하게 생각했던 시골 학교 교사의 꿈을 이루기 위해서는 교육대학을 가야 했다. 하지만 성적이 못 미쳐 어쩔 수 없이 교직을 이수할 수 있는 학과를 선택하게 되었다.

낭만과 자유를 꿈꾸며 시작한 대학 생활도 그리 즐겁지 않았다. 적극적이지 못한 성격이라 새로운 사람을 만나는 자체가 부담스럽고 힘겨웠기 때문이다. 공부할 땐 공부하고 놀 땐 즐겁게 놀아야 하는데 이 단순한 원리를 삶에 적용하지 못했다. 늘 그 반대였다. 공부해야 할 땐 놀 궁리를 하고 신나게 놀아야 할 땐 공부 걱정을 했으니 삶의 행복을 느낄 수가 없었던 게 당연하지 않았을까. 이렇게 걱정만 하느라 남들처럼 낭만적인 대학 생활을 보내지도 못했다. 무엇을 하든 한 가지 일에 완전히 몰입해본 기억도 없다. 나의 대학 시절은 그렇게 모두 지나 가버렸다.

대학을 졸업하고 곧바로 중소도시에서 교편을 잡았다. 어린 시절 막연하게 꿈꾸었던 시골 학교 교사는 아니었지만 설레는 마음으로 교직 생활을 시작했다. 새로운 환경에 적응하는 것은 쉬운 일이 아니었다. 학창시절에도, 직장생활을 하면서도 삶을 힘겹게 하는 근본적인 원인이 무엇인지 깨닫지 못하고 살았다. 나를 둘러싼 환경이 삶을 늘 고달프게 만든다고 생각했다. 자신을 바꾸려는 생각은 하지 못하고 환경 탓만 하면서 살았다. 가끔은 자신을 바꾸려 해보았으나 더욱 힘겨웠기 때문에 포기하기 일쑤였다.

불혹의 나이를 넘어 지천명을 바라볼 무렵 삶이 바뀌기 시작했다. 지나온 삶을 돌아보았다. 앞으로도 계속 지금까지 살아온 것과 같은 삶을 살아서는 안 되겠다는 생각이 들었다. 내 삶 어디에서도 나를 찾을 수가 없었다. 내 삶의 주인이 아니었다는 말이다. 진짜 내 인생을 살아온 것이 아니라 남의 인생을 살고 있었다. 나를 찾아야겠다는 생각이 들었다. 어떻게 나를 찾아야 하는가. 나에게 관심을 가지고 나를 들여다보아야 했다. 산속 오솔길을 혼자 걷기도 하고 책을 읽기 시작했다. 산책과 책 읽기는 글쓰기로 이어졌다. 책을 읽고 글을 쓰면서 점점 진정한 나를 마주하는 시간이 늘어났다. 나를 찾기 시작하자 자존감이 회복되었다. 자존감이 회복되자 나를 바라보는 시각이 달라졌다. 자신감이 생기고 긍정의 마음이 차오르기 시작했다.

어떻게 살아야 하는지 진지하게 생각하는 시간을 가져본다. 나 혼자 잘 먹고 잘사는 것이 과연 행복한 삶일까. 인간은 혼자서는 살아갈 수 없는 사회적 동물이라고 했다. 우리는 모두 눈에 보이지는 않지만 하나로 연결되어 있다. 우리가 하는 모든 말이나 행동은 서로에게 영향을 준다. 더불어 행복한 삶을 살아가야 하는 존재다. 개인적인 욕심을 버리고 함께 하는 삶을 살아야 한다. 나를 위한 삶이 곧 우리 모두를 위한 삶이 되는 그런 삶을 살아야 한다. 책 읽기와 글쓰기로 시작된 내 삶의 변화는 많은 새로운 인연으로 이어지고 있다. 새로운 인연을 만나면서 더불어 행복한 삶이 어떤 것인지 배워가고 있다.

새로운 인연들이 나를 꿈꾸게 하고 있다. 꿈을 생각하면 가슴이 설렌다. 지금까지 살아오면서 가슴이 설레는 일은 많지 않았다. 그것도 새로운 꿈을 떠올리면서 가슴이 뛰는 일은 없었다. 이젠 새로운 꿈을 만나고 가슴 설레는 날들을 자주 경험하고 있다. 내 삶이 변화한 것이다. 스스로 삶의 당당한 주인이 되어 꿈꾸는 삶을 살아가고 있다. 나 혼자만을 위한 꿈이 아닌 모두가 더불어 행복한 세상을 만들어가고자 하는 꿈을 만났다. 꿈꾸는 삶은 행복하다. 행복한 삶은 언제나 새로운 꿈으로 가득한 삶이다.

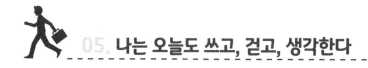

05. 나는 오늘도 쓰고, 걷고, 생각한다

삶은 어느 시기에 누구를 만나느냐에 따라 완전히 달라질 수 있다. 언제 어디서 누구를 만나게 될지는 아무도 모른다. 그렇다고 내가 할 수 있는 일이 아무것도 없는 것은 아니다. 순리에 따라 인연을 만나게 되겠지만 그 인연이라는 것도 어느 정도는 스스로 만들어가는 것이 아닐까. 순간의 선택에 따라 삶의 방향이 전혀 다른 길로 나아갈 수도 있다.

그동안 수많은 만남과 스쳐 지나가는 인연 속에서 지금 현재의 모습이 만들어졌다고 할 수 있다. 아직도 변화를 거듭하며 계속 나아가고 있겠지만 현재 내 모습이 만족스러운가. 뚜렷한 꿈도 없이 무기력하게 하루하루를 보내던 시절을 떠올려보면 지금은 더할 나위 없이 멋진 삶을 살아가고 있다. 소중한 삶 속에서 누구를 만나느냐도 물론 중요하다. 더욱 중요한 것은 얼마나 빨리 진정한 자신을 만나느냐가 아닐까. 비교적 이른 시기에 진정한 자신을 마주하는 행운을 잡는 사람이 더욱 의미 있고 가치 있는 삶을 살아갈 확률이 높다.

　삶에서 무엇보다 중요한 일은 바로 자기 자신을 제대로 아는 것이다. 자기 자신을 알아야만 삶의 주인으로 살아갈 수 있다. 삶의 주인으로 살아간다는 것은 자신을 알고 자신을 진정으로 사랑한다는 것이다. 태어날 때 갖고 있던 순수한 본성을 그대로 유지하면 내 삶의 당당한 주인이 될 수 있다. 내 삶의 당당한 주인이 되기 위해서는 먼저 진정한 나를 만나야 한다. 진정한 나를 만나는 시간은 고요하고 평온하다. 언제 만날 것인가. 아무런 노력도 하지 않고 진정한 자신을 만나기를 기대해서는 안 된다. 진정한 나를 만나 마음을 열고 서로 소통하며 돈독한 유대관계를 맺어야 한다. 자기 자신과 돈독한 유대관계를 맺을 때 진정한 내 삶이 시작되고 소중한 인연은 이어진다.

　이 책의 마지막 꼭지를 쓰고 있는 지금은 사방이 깜깜하고 고요한 이른 새벽이다. 오늘도 이른 새벽 깨어나 글쓰기로 하루를 시작하고 있다. 무엇을 위해 지금 이 순간 일어나 글을 쓰고 있는가. 진정한 나를 만나기 위해서다.

　나를 들여다보고 지난 삶을 돌아본다. 그동안 철없이 착하게만 살려고 했다. '착하다'라는 말은 어떤 의미인가. 진정한 내 삶은 없고 다른 사람의 눈치를 보며 그들에게 맞춰주는 삶이다. 문득 '착하다'라는 말은 '척하다'라는 말과 같은 의미라는 생각이 든다. 싫으면 싫다고 말해야 하지만 자신의 속마음을 숨긴 채 아무렇지도 않은 척하는 게 바로 '착한' 사람의 전형적인 특징이 아닐까.

진짜 내 삶이 아닌 가짜 인생을 사느라 얼마나 힘들었을까. 보여주기 위한 삶을 사느라 자신을 돌보지 못하고 살아온 세월이 반평생이다. 참고 또 참으며 살아온 내면 아이의 몸과 마음은 어떤 상태일까. 먼저 종합진단을 받아야 한다. 지친 몸과 마음을 추스르고 태어날 때의 순수한 본성을 회복하기 위해 얼마나 많은 시간이 필요할까. 어쩌다 이 지경까지 이르렀을까. 스스로 일어설 수 없을 만큼 몸도 마음도 무너진 모습을 마주할 용기가 있을까. 무슨 일이 있어도 먼저 무너진 자신의 모습을 있는 그대로 인정해주고 묵묵히 바라볼 수 있어야 한다. 다른 누구도 대신해 줄 수 없는 일이다. 오직 스스로 일어서고자 하는 용기를 가져야 한다. 가슴속에서 진한 감동이 느껴져야만 가능하다. 스스로 딱딱한 알을 깨고 세상 밖으로 나오겠다는 의지가 있어야 한다.

고요한 새벽 글쓰기를 하며 앉아있다. 나의 내면을 들여다보며 진정한 나와 마주 앉아있다. 슬픈 감정의 물결이 한바탕 지나간다. 다시 고요해진다. 계속해서 가만히 들여다본다. 무엇이든 계속해서 써나가라고 말한다. 내면의 목소리다. 가만히 귀 기울이며 지시를 따른다.

지금 무엇이 문제인가. 문제가 되는 것은 없다. 이렇게 서로 마주 보며 있는 그대로의 모습을 바라보는 것만으로도 큰 위로가 된다. 아무도 관심 가져주지 않았던 과거를 생각하면 가슴 벅찬 순간이다. 특별히 뭘 해줘야겠다는 생각은 할 필요가 없다. 그저 바라보기만 하는 것만으로도 닫혀 있던 마음이 서서히 열리게 된다. 마음이 열리면 아무리 작은 틈이라도 한 줄기 희망의 빛이 새어 들어갈 수 있다. 가녀린 빛이지만 소중한 빛이다. 이 한 줄기 희망의 빛이 번져나가기 시작하면 치유는 시작된다.

치유는 내면에서부터 시작된다. 열린 마음을 통해 한 줄기 희망의 빛이 스며들면서 서서히 시작된다. 서두름이 없어야 한다. 마음의 문을 여는 것이 중요하다. 인내하며 기다릴 줄 알아야 한다. 억지로 힘을 써서 외부에서 열어젖히려고 하면 마음의 문은 더욱 굳게 닫혀 버린다. 차가우면 물질이 굳어지듯 마음도 마찬가지다. 여유를 가지고 따뜻한 마음으로 다가가야 한다. 자연의 이치는 모두 하나다. 따뜻하면 부드러워지고 부드러워지면 열리게 된다. 글쓰기를 하면 감정의 물결이 서서히 가라앉게 되고 마음이 따뜻하고 부드러워진다. 진정한 자신을 만날 수 있는 분위기가 마련된다. 마음을 열고 소통할 수 있다. 상처받은 내면 아이를 감싸 안아주고 다독여줄 수 있게 된다.

이른 새벽 일어나 글쓰기를 하며 자신을 들여다보고 진정한 자신을 만나는 시간을 가진다. 있는 그대로의 자신을 용기 있게 마주 보며 마음의 안정을 찾는다. 글쓰기로 마음의 안정을 찾고 나면 걷기가 시작된다. 걷는다는 것은 내가 살아있음을 보여주는 강력한 증거다. 스스로 몸을 움직이고 있다는 말이다. 스스로 자신의 몸을 움직인다는 것은 내 삶의 주인이라는 말이다. 누군가의 압력에 의해 억지로 움직이고 있다는 말이 아니다.

맨발 걷기를 계속해오고 있다. 거의 매일 새벽 맨발로 걷는다. 가까운 근린공원에서 어제도 걸었고 오늘도 걷고 내일도 걸을 것이다. 매일 비슷한 시간에 같은 장소에서 반복하면 지루하지 않을까. 재미도 없는 맨발 걷기를 매일 반복하는 이유는 무엇일까. 직접 경험해보지 않은 사람들은 맨발 걷기를 왜 하는지 이해하지 못할 수도 있다. 어둠이 채 가시지 않은 이른 새벽 맨발로 대지를 밟아보라. 맨발과 지구별 맨살이 만나며 서로 교감하는 시간을 가져보라. 모든 생각을 내려놓고 오직 맨발바닥으로 전해오는 느낌에만 집중해보라. 글쓰기를 하면서 진정한 자신을 만날 수 있었던 것처럼 맨발 걷기도 마찬가지다. 완전히 몰입한 상태에서 진정한 자아를 만날 수 있다. 신성한 새벽의 기운을 온몸으로 느끼며 나를 들여다보고 진정한 나를 만날 수 있다.

창밖이 훤히 밝아오고 있다. 글쓰기를 마무리하고 이제 맨발 걷기를 하러 갈 시간이 다가오고 있다. 오늘은 과연 어떤 느낌이 들까. 맨발 걷기를 하며 떠오르는 느낌들을 메모할 것이다. 매일 같은 일을 반복하고 있지만 단 하루도 똑같은 날은 없었다고 생각한다. 같은 시간대에 같은 장소에서 맨발로 걸어왔으나 그때마다 상황은 달랐을 것이다. 오늘은 어떤 메시지를 전해줄지 가슴이 설레기 시작한다.

맨발로 걸으면서 휴대폰 메모장에 글을 쓴다. 무엇을 쓸 것인지 고민하지 않는다. 쓰고 싶지 않으면 그냥 맨발로 걷기만 한다. 맨발 걷기에 집중하며 계속 걸어가다 보면 어느새 손가락이 자판 위를 뛰어다니고 있다. 생각 줄기가 스스로 뻗어 나가고 있다. 내가 억지로 잡아당기지 않아도 맨발 걷기에만 집중하고 있으면 생각 줄기는 무럭무럭 자란다.

글을 쓰고 맨발로 걸으며 생각한다. 끊임없이 자신을 들여다보는 시간을 갖는다. 몸과 마음의 균형을 잡는 시간이다. 꾸준히 걷는다는 것은 가장 먼저 몸의 감각을 깨워주고 균형을 바로잡아준다. 몸이 균형을 잡고 바로 서게 되니 마음도 자연스럽게 건강해진다. 몸과 마음은 서로 밀접한 관계를 유지하고 있기 때문이다. 몸이 피곤하고 지치면 마음의 균형도 무너지기 쉽다. 글을 쓰고 맨발로 걷는 일은 나를 찾고 나를 바로 세우는 길이다. 매일 꾸준히 반복하면서 몸과 마음에 한 겹 한 겹 새로운 결을 만들어간다. 겹겹이 늘어나는 결은 몸과 마음의 근육을 더욱 단단하게 만든다. 몸과 마음의 근육이 단단해질수록 내 삶은 흔들리지 않는다. 아무리 어려운 상황이 닥치더라도 뿌리 깊은 나무처럼 중심을 잡고 스러지지 않는다.

오늘도 나는 글을 쓰고 맨발로 걸으며 생각한다. 살아있음을 느낀다. 철없이 착하게만 살아온 내 삶을 돌아보며 이제는 착하게 살지 않기로 했다. 내면의 목소리에 귀 기울이며 철저히 참나를 따르기로 했다. 남의 눈치를 보며 '척하는' 삶을 살지 않기로 했다. 글쓰기와 맨발 걷기로 나를 찾고 내 삶의 당당한 주인으로 우뚝 서 있기 때문이다.

가슴이 뛴다. 글쓰기와 맨발 걷기가 나를 살렸다. 오늘도 글을 쓰고 맨발로 걸으며 생각 줄기를 이어가는 것은 내가 살아있다는 증거다. 살아있음을 느끼고 바로 지금 이 순간의 행복을 누리고 있는 나는 오늘도 쓰고, 걷고, 생각한다. 이는 바로 지금 이 순간의 내 삶이기 때문이다.

마치는 글

가만히 앉아있어도 온몸에서 땀이 흘러내린다. 땀으로 흠뻑 젖은 셔츠는 등에 들러 붙어버렸다. 올해 여름만큼 무더웠던 적이 있을까. 거실 창밖으로 뭉게구름이 두둥실 떠가고 있다. 컴퓨터 앞에 앉아 〈마치는 글〉을 쓰고 있다. 숨이 막힌다.

지난겨울 최강한파 속에서 맨발 걷기를 하며 진정한 나를 찾고 마음의 근육을 단련시키려 노력하지 않았던가. 지금은 한여름 찜통더위가 기승을 부리고 있다. 극과 극의 상황이다. 다시 한번 나를 단련시키기 위한 시험대에 서 있다. 뒤 베란다 창틀 너머에서 불어온 한 줄기 바람이 거실을 가로질러 지나간다. 바람결에 온전히 나를 맡긴다. 온몸이 시원하다. 한 줄기 바람이 지금보다 더 감사할 때가 있을까. 이렇게 숨 막히는 무더위 속에서도 살아있음이 감사하다.

이제 오늘 〈마치는 글〉을 끝으로 초고를 마무리 지으려 한다. 최강한파 속에서 맨발 걷기를 하며 건져 올린 깨달음을 책에 담았고 찜통더위 속에서 마치는 글을 쓰고 있다.

극과 극을 오가며 두 번째 책을 마무리해가고 있는 지금 나를 들여다본다. 오랜 시간 숲길을 산책해왔고 지난해 말부터 맨발로 걸으며 글을 썼다. 그때마다 내 안을 들여다보며 진정한 나를 만나는 시간을 가졌다. 맨발로 걸으며 글을 쓸 때마다 결론은 거의 매번 '나'에게로 돌아왔다.

삶은 결국 진정한 나를 찾는 과정이다. 수많은 날을 쓰고 걸으며 끊임없이 나를 들여다보는 시간을 가졌다. 아직도 그 여정은 계속되고 있다. 최강한파가 몰아치는 한겨울에도 찜통더위가 기승을 부리는 한여름에도 쓰기와 걷기는 계속되고 있다. 매일 똑같은 글쓰기와 걷기를 반복해봐야 무슨 소용이 있느냐고 반문하는 사람이 있을지도 모르겠다. 우리 삶은 단 한 순간도 똑같은 것은 없다고 생각한다. 바로 지금 이 순간이 지나고 나면 다시는 돌아오지 않는다. 매일 같은 장소에서 걷고 같은 시간대에 글을 쓰더라도 절대로 같지 않다. 이미 하루라는 시간이 흘렀고 하루라는 시간 동안 나에게도 변화가 있었을 것이기 때문이다. 중요한 것은 매일 꾸준히 반복하는 것이다. 이렇게 매일 반복하는 과정에서 내 삶의 결은 한 겹씩 두터워지고 내면의 깊이도 더욱 깊어지게 될 것이기 때문이다.

삶은 누구에게나 소중하다. 그 소중한 삶을 어떻게 살아갈 것인가. 나를 있는 그대로 바라보며 인정하고 내 삶의 당당한 주인으로 살아가야 한다. 다른 사람의 눈치를 볼 필요도 없다. 내 삶의 주인은 바로 나이기 때문이다. 쓰기와 걷기를 통해 진정한 나를 찾고 자존감을 회복하여 내 삶의 당당한 주인으로 살아가고 있다.

이번 책에서는 그동안의 깨달음을 쓰기와 걷기를 통해 직접 실천하는 과정을 보여주고자 했다. 하루를 시작하는 의식처럼 맨발 걷기와 글쓰기를 반복하면서 몸과 마음의 조화와 균형을 이루고 나를 더욱 바로 세우고자 노력하는 과정을 담았다. 머리로만 생각하고 이해하는 단계에서 멈추지 않고 이를 일상에 적용하고 실천하여 얻은 결과물을 보여주고자 하였다.

혼자서만 잘 먹고 잘살겠다는 편협한 마음을 버리고, 너와 나 그리고 우리 모두 더불어 행복한 세상을 만들어가겠다는 넓은 마음으로 살아가는 삶을 선택하고자 노력했다. 홍익하는 삶을 위해 먼저 꿈을 찾고 꿈을 이루기 위한 양 날개로 긍정과 감사를 생활 속에서 실천하는 모습을 담았다. 더불어 행복한 세상을 만들기 위한 꿈을 정하고 긍정과 감사의 마음을 연습하고 실천하여 꿈을 이루어가는 노력을 담았다.

매일 쓰고 걷는 단순한 삶에 대한 보잘것없는 이야기다. 하지만 우리 삶에서 가장 중요한 것은 단순한 것의 반복과 실천이다. 아무리 거창한 계획을 세우고 준비하더라도 이를 실천하고 반복하지 않으면 변화와 성장은 이룰 수 없다.

낙숫물이 바위를 뚫는 것은 떨어지는 물방울의 힘이 강해서가 아니다. 그것은 바로 꾸준함 때문이다. 꾸준함은 반복이자 실천이다. 필자는 쓰기와 걷기로 깨달음을 얻고 그러한 깨달음을 꾸준히 실천함으로써 삶의 변화를 이루어 자신의 삶을 사랑하고 바로 지금 이 순간의 행복을 누리고자 노력하고 있다.

살아있는 한 우리 삶에는 늘 고통이 찾아올 것이다. 하지만 이젠 어떤 고통도 고통이 아닌, 내 삶을 성장시켜줄 소중한 기회이자 디딤돌로 받아들일 수 있다. 일상에서 깨달은 단순한 진리를 반복하고 꾸준히 실천함으로써 얻은 선물이다.

보잘것없는 삶의 이야기가 이 세상 단 한 사람의 독자에게라도 희망과 용기를 줄 수 있었으면 좋겠다. 일상에 지친 많은 이들이 홍익을 실천하는 꿈을 찾고 긍정과 감사의 마음을 기르고 실천하여 내 삶의 당당한 주인으로 살아갈 수 있기를 간절히 바란다.

삶의 질을 높여주는

쓰기와 걷기의 철학

초판인쇄	2018년 10월 31일
초판발행	2018년 11월 05일

지 은 이	김창운
발 행 인	조현수
펴 낸 곳	도서출판 프로방스
마 케 팅	최관호 최문섭
IT 팀장	신성웅
편 집	Design one
디 자 인	Design one

주 소	경기도 고양시 일산동구 백석2동 1301-2
	넥스빌오피스텔 704호
전 화	031-925-5366~7
팩 스	031-925-5368
이 메 일	provence70@naver.com
등록번호	제2016-000126호
동 록	2016년 06월 23일
I S B N	979-11-88204-79-3(03810)

정가 15,000원